JUDITH KNIGGE
Zwei mit Fernweh

Autorin

Judith Knigge hat bereits erfolgreich exotische Sagas und unter anderem Namen historische Familiengeschichten veröffentlicht. Mit *»Zusammen ist der schönste Ort«* erfüllte sie sich den Wunsch, einen emotionalen Gegenwartsroman zu schreiben. Einfühlsam erzählt sie von Freundschaft, Zusammenhalt und dem Mut, etwas Neues zu wagen. Die Autorin lebt mit ihrer Familie und ihren Pferden in Norddeutschland. *»Zwei mit Fernweh«* ist ihr zweiter Gegenwartsroman bei Blanvalet.

Von Judith Knigge bereits erschienen
Zusammen ist der schönste Ort

Besuchen Sie uns auch auf
www.instagram.com/blanvalet.verlag und
www.facebook.com/blanvalet.

JUDITH KNIGGE

Zwei mit
Fernweh

ROMAN

blanvalet

Sollte diese Publikation Links auf Webseiten Dritter enthalten,
so übernehmen wir für deren Inhalte keine Haftung,
da wir uns diese nicht zu eigen machen, sondern lediglich auf
deren Stand zum Zeitpunkt der Erstveröffentlichung verweisen.

Penguin Random House Verlagsgruppe FSC® N001967

1. Auflage
Copyright © 2020 by Judith Knigge
Erschienen im Blanvalet Verlag, in der Penguin Random House
Verlagsgruppe GmbH, Neumarkter Str. 28, 81673 München.
Dieses Werk wurde vermittelt durch die Literarische Agentur
Thomas Schlück GmbH, 30161 Hannover.
Redaktion: Angela Kuepper
Umschlaggestaltung: www.buerosued.de
Umschlagmotiv: plainpicture/Narratives/Wayne Kirk;
www.buerosued.de
JF · Herstellung: sam
Satz: GGP Media GmbH, Pößneck
Druck und Bindung: GGP Media GmbH, Pößneck
Printed in Germany
ISBN 978-3-7341-0806-8

www.blanvalet.de

Einmal im Jahr solltest du einen Ort besuchen,
an dem du noch nie warst.

DALAI LAMA

Prolog

Hamburg, im Juni 2016

Kaum hatte ihre Tochter Jenny das hölzerne Gartentor aufgestoßen, wackelte Heikes Enkelsohn Finn schon auf seinen kurzen Beinchen auf sie zu.

»Oh-mah, Oh-mah«, er streckte die Arme aus und strahlte über das ganze Gesicht.

»Hallo, mein Großer!« Heike hockte sich hin und breitete die Arme aus. Ihr ging jedes Mal das Herz auf bei Finns Anblick. »Komm her, Oma hat schon auf euch gewartet.«

Ihr Enkel lief ihr in die Arme und quietschte vergnügt, als sie ihn emporhob. »Sag mal, bist du schon wieder schwerer geworden?« Sie küsste dem kleinen blonden Jungen die dicken Pausbacken und drückte ihn an sich.

»Hi, Ma.« Jenny lächelte müde, stellte die große Tasche, in der sie immer alles mit herumtrug, was Finn so brauchte, auf der Terrasse ab und ließ sich dann in einen der Gartenstühle plumpsen. »Mensch, bin ich müde. Dieses Kind braucht momentan irgendwie keinen Schlaf, was man von mir nicht behaupten kann.« Sie wischte sich mit den Händen über das Gesicht.

»Och, magst du nicht schlafen, Finn?« Heike schuckelte ihren Enkelsohn hin und her. »Vielleicht kriegen wir dich ja heute etwas müde.« Dann sah sie mitleidig zu ihrer Tochter. »Das hat er sicher nicht von dir, du hast in dem Alter mehr geschlafen als alles andere.«

Jenny zog eine Grimasse. »Könnte ich heute noch, wenn meine Männer mich ließen. Finn wird abends immer richtig fit, will stundenlang Bilderbücher gucken und wehe, wenn nicht. Und immer wenn er dann gerade ruhig wird und ihm langsam die Augen zufallen, kommt Felix nach Hause, und zack!, ist er wieder hellwach.« Sie rieb sich die Augen. »Felix macht gerade jede Menge Überstunden, in der Klinik ist die halbe Belegschaft krank. Wenn er sich dann todmüde ins Bett fallen lässt, sehe ich zu, das Finn erst mal wieder beschäftigt ist, bis auch er dann endlich einschläft. Ich bin so froh, wenn alles ruhiger wird, wenn wir erst mal in …« Sie brach den Satz ab.

Heike schwieg einen Augenblick und beobachtete ihren Enkel, der von ihrem Arm aus ganz gebannt in das Blätterdach des Kirschbaumes sah. Die Blätter tanzten leicht im Wind, dazwischen glitzerten die Sonnenstrahlen, und hier und da versteckten sich die noch grünen Kirschen. Wie schnell die Zeit verging. Wenige Monate, und der Baum würde schon wieder die Blätter verlieren … Heike verspürte einen schmerzhaften Stich in der Herzgegend. Im Oktober würde ihre Tochter mit Felix und Finn nach Schweden umziehen. Einerseits konnte sie die Entscheidung verstehen. Felix war Arzt, und sein Job in der Zentralen Notaufnahme am Klinikum St. Georg mehr als aufreibend und wenig familienfreundlich. Als

Finn noch nicht auf der Welt gewesen war, hatten Jenny und er schon daran zu knabbern gehabt, dass sie sich kaum sahen. Da hatte Jenny aber auch noch in der Personalabteilung des Klinikums gearbeitet. Finn hatte das Leben seiner Eltern komplett umgekrempelt, und schnell waren sie sich einig geworden, dass es so nicht weitergehen konnte. Felix hatte schließlich von seinem Onkel den Tipp bekommen, dass in Schweden Ärzte gesucht würden. Dieser war selbst vor einigen Jahren nach Schweden ausgewandert und führte eine orthopädische Praxis in Jönköping. Zunächst war Felix skeptisch gewesen, doch als er und Jenny etwas recherchiert hatten, hatte es geradezu verlockend geklungen. Wenig später hatten alle den Onkel besucht und waren so begeistert, dass Felix gleich Kontakt zu einer kleinen örtlichen Klinik aufgenommen hatte. Geregelte Arbeitszeiten, ein gutes Gehalt, beste Sozialleistungen und sogar ein Haus für die Familie würde gestellt.

Felix war überzeugt, dass sie es nicht besser treffen könnten. Jenny konnte seither gar nicht aufhören, von der schönen Landschaft und den lauschigen Dörfern rund um die Stadt Jönköping zu schwärmen. Sie wohnten in Hamburg-Barmbek in einer kleinen Wohnung in der vierten Etage. Sich in Hamburg ein Häuschen in einem der grünen Stadtteile leisten zu können war utopisch, dazu hätte es zwei Vollverdiener gebraucht. Mindestens. Zudem bekam Felix einen Sprachkurs finanziert, und für Jenny wurde auch ein Job in Aussicht gestellt, wenn Finn dann alt genug für die klinikeigene Kita wäre.

Alles in allem war das ein durchaus reizvolles Gesamtpaket, das sah auch Heike ein. Aber ihre Tochter und ihr Enkel wären dann Hunderte Kilometer weit entfernt. Natürlich hatte sie gleich heimlich auf einer Karte nachgesehen, wo dieses Jönköping überhaupt lag, und erst mal schwer geschluckt. Auch wenn sie sich mehrmals im Jahr besuchen würden, so war ihr klar, dass sie viele schöne Momente in Finns Entwicklung schlichtweg verpassen würde. Den ersten ganzen Satz, den er sprechen konnte, das erste Lied, das er sang, Dreiradfahren, Fußball spielen … all die Kleinigkeiten, auf die sie sich so gefreut hatte. Wie sie es auch drehte und wendete – sie würde ihn nicht aufwachsen sehen, seinen Alltag nicht kennen, nicht mitbekommen, wie er die Welt Tag für Tag neu eroberte. Dabei hatte sie sich so sehr darauf gefreut! Bei diesem Gedanken drückte sie auch jetzt ihren Enkel fest an sich, was dieser allerdings mit einem ungeduldigen Gezappel quittierte.

Jenny schien Heikes aufkeimende Traurigkeit nicht entgangen zu sein. »Ach, Mama, das wird schon alles nicht so schlimm, wir sind ja nicht aus der Welt. Und Schweden ist so schön. Wenn ihr uns dann besuchen kommt … Wo ist Papa eigentlich? Es ist doch schon fast sechs Uhr?«

»Der muss momentan immer so lange arbeiten, aber er kommt sicher bald.« Heike ließ Finn sanft hinab auf den Rasen. Er stapfte sofort in Richtung seiner Sandkiste, die sich unter dem großen Kirschbaum befand. Heike setzte sich neben ihre Tochter und tätschelte Jenny kurz den Arm. »Ist schon gut, ich werde damit klarkommen. Aber ich werde euch vermissen, das weißt du. Möchtest du was trinken?« Heike wartete die Antwort nicht ab, sondern schenkte Jenny ein Glas Zitronenwasser ein.

»Danke. Hast du was von Kai gehört?«

»Dein Bruder hat sich gut eingelebt in der WG, sagt er. Und ansonsten … na, du kennst ihn ja. Er ist froh, weit weg zu sein.« Heike entfuhr unvermittelt ein Seufzer.

Jenny musste lachen. »Ach, Mama, wir sind jetzt halt erwachsen.«

»Da bin ich auch froh drüber.« Heike lächelte etwas schief. »Aber dass es euch beide gleich in die große, weite Welt ziehen muss …«

»Mama, Kai ist in Köln, das ist nicht New York oder Australien. Außerdem gibt es Telefon, wir können per Video chatten, und ihr könnt uns jederzeit besuchen. Also Felix, Finn und mich … Was Kai angeht, weiß ich das nicht so genau.« Sie lachte. »Kann sein, dass er erst mal nicht so wild auf Familienbesuche ist.«

»Der hat mit seinem Studium sicher genug zu tun.« Heike goss sich auch ein Glas Wasser ein und beobachtete dabei ihren Enkel, der konzentriert mit den Händen im Sand buddelte. Jetzt hatte er die rote Schaufel entdeckt. Doch statt damit zu graben, steckte er sie sich in den Mund. »Nein, Finn, das ist bah!«

»Bah, bähhhh, bah«, schallte es fröhlich aus der Sandkiste zurück.

Vor dem Haus parkte ein Wagen, die Autotür schlug zu. »Ich glaube, Papa kommt«, meinte Jenny und wandte sich zur Terrassentür um.

»Oh, dann ist er heute ja richtig früh dran.«

Kurz darauf trat Jochen Berger vom Wohnzimmer aus

auf die Terrasse. »Na du, mein Schatz.« Er küsste Jenny die Stirn. Heike legte er kurz die Hand auf die Schulter. »Mensch, war das heiß heute, im Büro bin ich fast geschmolzen.« Er zog sich das Jackett aus und warf es über die Lehne eines unbesetzten Gartenstuhls. »Bringst du mir ein Bier?«, fragte er, an Heike gewandt.

Sie nickte, stand auf und verschwand kurz im Haus. Jochen schien der Umzug ihrer Tochter weniger auszumachen, jedenfalls redete er nicht davon. Seufzend öffnete sie den Kühlschrank, holte eine Flasche heraus und ging wieder nach draußen.

Jochen nahm das Bier entgegen und setzte sich neben seine Tochter. »Ah, ist das schön kühl. Das ist jetzt genau das Richtige.«

Jochens Ankunft war nicht unbemerkt geblieben. Finn kletterte über den Rand der Sandkiste und tappte über den Rasen. »Ohmah! Ohhhhmahhh!« Plötzlich hielt der kleine Kerl inne, zog auf putzige Weise die Augenbrauen zusammen und fixierte Jochen. »Ooohhhpah!«

Heike beugte sich vor und klatschte in die Hände. »Hast du gerade Oooopaaa gesagt? Jochen – er hat Opa gesagt!«

Finn reckte die Arme und lief auf Jochen zu. »Oooopah!«

»Ja, ich würde definitiv sagen, er hat gerade Opa gesagt.« Jenny lachte. Finn konnte zwar schon viele Worte, aber ein deutliches Opa war bisher noch nie dabei gewesen. Jochen hatte stattdessen »Schhh, schhh« geheißen, da dieser immer und immer wieder Eisenbahn mit Finn auf seinen Knien spielte.

»Na, komm her, du Räuber.« Jochen schnappte sich seinen Enkel und hob ihn auf seinen Schoß. »Was hast du gerade gesagt?«

»Ohpah« Finn quietschte und lachte.

»Opa, ja genau. Ich bin – Opa.«

Kapitel 1

Hamburg, im Mai 2019

»Berger, Heike, zweiundfünfzig Jahre alt, Schwächeanfall mit Ohnmacht.«

Heike hörte eine fremde Stimme neben sich. Sie klang, als wenn jemand in ein Rohr spräche, verzerrt und viel tiefer vom Ton als normal. Sie wollte die rechte Hand heben, bemerkte aber, dass diese ihr nicht gehorchte, wie auch der Rest ihres Körpers. Panik stieg in ihr auf, sie atmete schneller und spürte sogleich wieder den massiven Schwindel in ihrem Kopf, der sie zu Boden gestreckt hatte. Was war dann passiert? Angestrengt versuchte sie, sich zu erinnern. Man hatte sie in einen Krankenwagen geschoben, ein Sanitäter hatte sich über sie gebeugt. Sie hatte etwas sagen wollen, doch es war nicht gegangen. Sie war nicht Herr über sich selbst.

»Frau Berger. Alles gut. Sie sind im Krankenhaus, wir kümmern uns jetzt ums Sie.« Eine Hand berührte kurz ihre Schulter. »Macht bitte Blutdruck und EKG!«

Heike spürte, wie ihr wieder eine Maske auf das Gesicht gedrückt wurde. Verschwommen nahm sie eine junge Frau im weißen Kittel wahr. »Das wird Ihnen helfen. Atmen Sie ganz tief ein und aus.«

Die junge Frau behielt recht. Kaum füllte der Sauerstoff Heikes Lunge, begann auch ihr Kopf wieder zu funktionieren. *Verdammt.* Jetzt, da ihre Gedanken wieder klarer wurden, wurde ihr auch bewusst, was passiert war. »Ich werde gehen«, hatte Jochen gesagt. Im nächsten Moment war sie gefallen und weg gewesen

Sie spürte, wie ihr die Krankenschwester etwas Kaltes auf ihrer Haut verteilte, was sie noch ein Stück mehr in die Wirklichkeit zurückholte. Dann befestigte sie mit routinierten Griffen die EKG-Elektroden. Gleich darauf erklang ein gleichmäßiges Piepen. Als Nächstes schob sie ihr die Blutdruckmanschette über den Arm und pumpte sie auf.

»Hundertvierzig zu fünfundneunzig« hörte sie die Frauenstimme sagen.

»Das sieht schon mal ganz gut aus.« Ein weiteres Gesicht tauchte in ihrem Blickfeld auf. Augenscheinlich der Arzt. »Frau Berger, Ihr Blutdruck ist ein wenig hoch, aber stabil, Puls und Atmung sind normal, das EKG unauffällig. Hatten Sie so etwas schon öfter?«

Heike schüttelte den Kopf.

»Gut. Haben Sie irgendwelche anderen Erkrankungen?«

»Nein.« Heike hörte, wie heiser sich ihre Stimme anhörte.

»Nehmen Sie Medikamente?«

»Nein.«

»Haben Sie Kopfschmerzen?«

»Nein.«

»Schmerzen in der Brust oder im Rücken?«

»Nein.«

»Sie bekommen jetzt erst mal noch ein bisschen Sauerstoff und bleiben an der Überwachung. Ich komme später wieder zu Ihnen.« Der Arzt nickte kurz und verschwand dann. Die Krankenschwester legte Heike die Hand auf die Schulter. »Ich bin gleich nebenan. Okay?«

Heike nickte. Der Sauerstoff hatte ihren Kopf wieder auf Touren gebracht. Sie versuchte, gleichmäßig und tief zu atmen.

Ich werde gehen. Dieser Satz aus Jochens Mund war die Spitze eines Berges, der sich über einige Jahre aufgetürmt hatte. Aber anstatt ihren Mann zu fragen, wie er sich das überhaupt vorstelle – mit dem Haus, mit den Kindern, mit *ihr* –, hatte es Heike blitzschnell in einen tiefen dunklen Abgrund gerissen. Das Gefühl, das sie überkommen hatte, als Jochen diese drei Worte ausgesprochen hatte, war schlichtweg grausam gewesen. *Ich werde gehen* – das ließ keinen Zweifel und auch keinen Spielraum zu, das hatte sein Tonfall mehr als deutlich gemacht. Heike hatte wie vom Donner gerührt dagestanden, eine Plastikdose mit Nudelsalat in der Hand. Dann waren wie in einem dieser Horrorfilme plötzlich die Wände ihres Hauses in sich zusammengefallen, und ein schwarzer Abgrund hatte sich um sie herum aufgetan. Jetzt lag sie da und atmete durch eine Maske. Einige schmerzende Stellen an ihrem Körper sagten ihr zudem, dass sie ziemlich unsanft auf dem Küchenboden aufgeschlagen sein musste.

»Mist!«

»Bitte?« Der Kopf der Schwester tauchte im Türrahmen auf ihr auf. »Ist alles in Ordnung?«

»Ja, es geht so langsam wieder«, hörte Heike sich mit heiserer Stimme sagen. Doch das war eine Lüge. Gar nichts war in Ordnung. Obendrein hatte sie den Augenblick verpasst, ihrem Mann gehörig die Meinung zu sagen. Wie konnte er nur! Nach all den Ehejahren hatte sie doch zumindest eine Erklärung verdient. Ach was, er hätte längst mit ihr darüber sprechen sollen, was ihn unzufrieden machte, statt hinter ihrem Rücken Pläne für seine Zukunft zu schmieden. Eine Zukunft ohne sie. Am liebsten wäre sie zurückgekehrt in die schwarze Stille, in der sie versunken war, denn dort war es ruhig und friedlich, im Gegensatz zu dem, was sie als Nächstes im Leben erwarten würde.

Passenderweise deutete die junge Schwester in Richtung Tür. »Ihr Mann wartet draußen … soll ich?«

»Nein!« Heikes Antwort war wohl etwas heftig ausgefallen, denn die Schwester sah sie erschrocken an, und das EKG-Gerät gab ein lautes Piepen von sich.

Heike hob matt eine Hand und schüttelte den Kopf. »Nein, ich hätte gerne noch einen Augenblick für mich.«

»Natürlich. Er hat nur schon mehrmals nach Ihnen gefragt.« Sie trat näher. »Ich messe noch Ihren Blutzucker. Setzen Sie sich bitte auf. Geht es?«

Heike versuchte, sich auf der Behandlungsliege hinzusetzen. Im nächsten Moment kam der Arzt auch schon wieder hinzu. Heikes Kopf wehrte sich einen Herzschlag lang gegen die aufrechte Haltung, aber nachdem sie mehrmals tief durchgeatmet hatte, legte sich der Schwindel.

»Ja, so ist gut.« Der Arzt nickte ihr wohlwollend zu. »Bleiben Sie einfach noch einen Augenblick so sitzen. Die Schwester misst jetzt Ihren Blutzucker. Haben Sie vielleicht zu wenig gegessen heute?« Er leuchtete ihr mit einer kleinen Lampe in die Augen.

»Kaffee, ich hatte einen Kaffee heute Morgen.«

»Na, das ist ja nicht viel – vielleicht haben wir das Problem damit auch schon gefunden. Frau Lohman, gleich kommt noch ein Autounfall rein, und der Dachdecker in der Fünf muss zum Eingipsen.« Er sah wieder zu Heike. »Frau Berger, wir können Sie gerne zur Überwachung auf die Station überweisen und noch einige Tests machen.«

Heike strich sich mit beiden Händen über das Gesicht. »Ich – ich würde gerne nach Hause. Ich fühle mich wieder ganz gut. Ich glaube, das war eine einmalige Sache.«

Der Arzt sah sie abschätzend an. »Nun gut. Ihre Werte sind alle im Normalbereich, den leicht erhöhten Blutdruck sollten Sie bitte mit dem Hausarzt abklären. Sollte Ihnen aber übel oder schwindelig werden, suchen Sie bitte umgehend einen Arzt auf.«

Heike nickte. »Danke, das werde ich.« Sie hob die Schultern und ließ sie wieder sinken. »Ich hatte sehr viel Stress heute.«

Der Arzt nickte verständnisvoll. »Ihr Blutzucker ist etwas niedrig. Vielleicht gehen Sie einfach vorne in die Cafeteria und trinken eine Cola und essen einen Happen. Gute Besserung!« Damit eilte er zum nächsten Patienten.

Die Schwester pflückte ihr die Elektroden vom Körper und reichte ihr ein Tuch. Heikes Blick fiel auf die Abdrücke auf ihrer Haut, sie wischte die Reste vom Gel ab.

»Heike?« Jochen steckte den Kopf durch die Tür, er schien nicht mehr warten zu wollen. »Kann ich reinkommen?«

Bevor Heike etwas sagen konnte, hatte die Schwester auch schon genickt, und Jochen stand neben der Liege.

»Alles gut? Mann, hast du mir einen Schrecken eingejagt.« Er legte ihr freundschaftlich die Hand auf die Schulter.

»Lass das.« Heike wand sich unter seiner Hand weg.

Die Schwester ließ den Blick zwischen ihnen hin und her schnellen. »Herr Berger, Ihre Frau möchte auf eigenen Willen entlassen werden. Sollten irgendwelche Probleme auftreten, kommen Sie bitte umgehend wieder her oder wählen den Notruf.«

Jochen zog die Stirn in Falten und sah Heike an. »Denkst du nicht, es wäre besser, wenn du noch hierbleibst?«

Heike ignorierte ihn. Sie knöpfte sich die Bluse zu, stand auf und straffte sich. Kein Schwindel, das war schon mal gut. Rasch bedankte sie sich bei der Schwester und wandte sich zum Gehen.

Jochen eilte ihr hinterher und bot ihr den Arm als Stütze.

»Geht schon«, sagte sie. »Der Arzt hat gemeint, ich soll eine Cola trinken und einen Happen essen. Ich gehe erst mal in die Cafeteria.« Heike behagte der Gedanke nicht, mit Jochen allein in ihrem Haus in Buckhorn zu stehen. Sie brauchte noch etwas Zeit, sich zu sammeln.

Im Gang der Notaufnahme stauten sich die Rettungsliegen, Schwestern wuselten um die Patienten herum und kümmerten sich um sie. Heike fühlte sich in Anbetracht dessen ziemlich fehl am Platz mit ihrem kurzen, wenn auch heftigen Schwächeanfall. Obwohl ihr in Jochens Gegenwart gleich wieder etwas wackelig zumute war, wollte sie hier auf keinen Fall irgendeinen Platz belegen, der dringender gebraucht wurde. Also folgte sie den Hinweisschildern zur Cafeteria.

Wenige Minuten später saß sie auf einem harten Holzstuhl an einem weißen Kantinentisch, um sie herum Patienten, von denen einige Infusionsständer vor sich her schoben, und Besucher. Der Geräuschpegel war recht laut. Jochen hatte ihr eine große Cola geholt und vor ihr abgestellt. Beinahe zögerlich nahm er nun ihr gegenüber Platz. Heike griff mit der einen Hand nach dem Cola-Glas, mit der anderen rieb sie sich die Schläfe. Sie bekam ihre Gedanken einfach nicht sortiert. Tausend Dinge rauschten ihr durch den Kopf.

Wie stellte Jochen sich das nur vor?

»Tut dir sonst irgendwas weh?«, fragte er besorgt. »Ich meine … die müssen dich vielleicht röntgen … oder du hast eine Gehirnerschütterung? Oder …«

Heike sah ihn bitterböse an. »Nein, Jochen. Bis auf die Tatsache, dass mein Mann mir vorhin mitgeteilt hat, mich nach fast achtundzwanzig Jahren Ehe einfach so mir nichts, dir nichts zu verlassen – alles gut.«

»Heike … lass uns bitte ganz in Ruhe darüber sprechen. Es tut mir leid, wenn ich dich damit überfallen
habe.« Er bekam einen hilflosen Gesichtsausdruck. »Aber
ich dachte … ich meine … wir haben uns in den letzten
Jahren so auseinandergelebt … Du bist immer noch
meine beste Freundin und Vertraute … aber … Und ich
will auch keinen Streit.«

Heike hob die Hand. »Lass uns das bitte zu Hause besprechen, nicht hier.« Sie horchte zaghaft in sich hinein.
Anstelle des schwarzen Nichts, das sich vorhin aufgetan
hatte, fühlte sie sich recht ruhig und gefasst.

»Gut. Ich … ich hol dann mal den Wagen. Vorhin war
alles zugeparkt, ich stehe ein ganzes Stück entfernt.
Warte hier auf mich, ja?« Er machte Anstalten aufzustehen.

»Ja, mach das.«

Heike sah ihm nach und trank einen Schluck von der
Cola. Jochen trug eine helle Baumwollhose, ein hell-
blaues Hemd und einen dunkelblauen Pullover um die
Schultern. Er sah recht sportlich aus, fiel ihr mit einem
Mal auf. Früher war er eher der gediegene, unauffällige
Ehemann gewesen, jetzt hatte er einen kurzen Vollbart,
trug anstelle von T-Shirts bunte Polohemden, auf de-
nen meist irgendein schnörkeliger Schriftzug stand, der
Wörter wie »Surf«, »Sail« oder »Race« beinhaltete und
an deren Knopfleiste zu allem Überfluss von März bis
Oktober auch noch eine Sonnenbrille baumelte. Er hatte
seinen praktischen Familienkombi vor einem Jahr gegen
einen sportlichen Zweisitzer ausgetauscht und ging allen
Ernstes inzwischen gerne und oft auf Partys. Sie wohn-

21

ten noch im selben Haus und schliefen nebeneinander im Ehebett. Das war aber auch das Einzige, was von der ehemaligen Familie Berger übrig war. Heike hatte keine Ahnung, wer dieser Mann war, der in ihrem Haus lebte. Aber der Jochen, in den sie sich einst verliebt und den sie geheiratet hatte, war es nicht. Heike musste sich die Hand auf den Mund pressen, um jetzt hier in der Cafeteria des Krankenhauses nicht laut zu schluchzen. Es hatte vor gut drei Jahren angefangen, dass Jochen sich so verändert hatte. Heike wusste nicht, was der Auslöser gewesen war, und sie hatte auch nicht danach gefragt. All die Zeit hatte sie versucht, wieder einen Draht zu Jochen zu bekommen. Hatte für ihn gekocht, hatte ihn ermuntert, doch mal etwas mit ihr gemeinsam zu unternehmen. Aber wenn sie ehrlich zu sich war, musste sie sich eingestehen, dass sie einfach nicht mehr an ihn herangekommen war.

Heike hatte zunächst nicht wahrhaben wollen, dass sich ihr Leben veränderte. Dass die Kinder aus dem Haus waren und ihre eigenen Wege gingen, war schon schwer genug gewesen. Als dann aber die Veränderungen bei Jochen einfach zu offensichtlich geworden waren, hatte Heike sich doch Sorgen gemacht. Er war ein guter Familienvater gewesen, und sie war davon ausgegangen, dass es nicht anders werden würde, wenn sie Großeltern waren. Doch während Heike die Stille im Haus betrauerte und sich nach ihrem Enkel sehnte, nahm Jochen die Gelegenheit beim Schopf und konstruierte sich ein neues Ich und gleich auch noch eine ganz neue Lebensart dazu. Dass sie beide sich dabei immer mehr voneinander entfernt hatten, hatte ihn nicht gestört. Sie hatten nie gestritten – aber so richtig Liebe war das auch nicht mehr zwischen ihnen.

Jochen kam zurück und strich sich kurz über die schwarzen Haare. Deutlich zu schwarz für sein Alter, dachte Heike. Im Gegensatz zu ihr ließ er sich seine grauen Haare regelmäßig färben. Noch so etwas, was sie nicht verstand. Es war doch keine Schande, älter zu werden.

»Der Wagen steht draußen im Halteverbot«, sagte Jochen und half ihr auf.

Heike seufzte in sich hinein. Sie würde sich dem, was nun kam, sowieso stellen müssen. »Gut – fahren wir.«

Kapitel 2

Auf dem Rückweg starrte Heike aus dem Autofenster. Sie hatten es nicht weit von Wandsbek über Sasel nach Buckhorn. Die Häuser aus rotem Klinker zogen an ihr vorbei. Hier und da erblickte sie die Beine von Passanten und ab und an auch mal einen Hund an der Leine – mehr konnte sie aus dem flachen Sportwagen heraus kaum erkennen. Heike wusste nicht, was Jochen an dem Ding fand, es war unbequem und unpraktisch. Sie selbst fuhr einen Kombi, da passte alles rein, man saß bequem und fühlte sich nicht wie in einer Sardinenbüchse. Mit einem schnellen Blick sah sie zu Jochen, dieser starrte beharrlich geradeaus.

Es war inzwischen Abend geworden, die Straßen, die aus Hamburg hinausführten, wie üblich verstopft. Heike war vor einunddreißig Jahren hierhergezogen. Jung und glücklich, dem beschaulichen Leben in dem kleinen Dorf bei Lüneburg, wo sie aufgewachsen war, zu entkommen. Damals studierte sie Betriebswirtschaft und lernte in ihrem zweiten Jahr in der Großstadt auf einer Party Jochen kennen. Schnell verliebten sie sich ineinander, er war so charmant und gleichzeitig auch bodenständig. Schon bald nach ihrem ersten Kennenlernen verbrachten sie jede freie Minute miteinander, besuchten

Kneipen und Konzerte, kochten und lachten zusammen. Jochen zeigte Heike jede Ecke von Hamburg, ob Elbstrand oder Hagenbecks Tierpark. Er hatte eine kleine Wohnung in Volksdorf, und Heike zog aus ihrer Studenten-WG zu ihm. Drei Jahre später heirateten sie. Jochen arbeitete schon damals bei Elbequell, einem kleinen, aber produktionsfreudigen Spirituosenhersteller. Oft neckten ihre Freundinnen sie, dass Jochen deswegen wohl so ein lustiger Geselle war. Auf Partys stand er gerne im Mittelpunkt und sorgte auch meist dafür, dass die Bar nie leer wurde. Aber zu Hause war er überhaupt kein Draufgänger. Da saß er gemütlich mit ihr auf dem Sofa, sah mit ihr Filme an, oder sie kochten zusammen.

Aus seiner Arbeit bei Elbequell wurde mit den Jahren sein Leben. Er arbeitete sich hoch und war seit mehr als einem Jahrzehnt die rechte Hand von Gustav Hollenberger, seinem Chef. Natürlich war Heike immer froh darüber, dass Jochen einen so guten Job hatte. Das hatte ihnen viel ermöglicht – nicht zuletzt die Freiheit, dass sie zu Hause bleiben konnte, als die Kinder kamen.

Heike lehnte den Kopf gegen die kühle Autoscheibe. Wann hatte ihr Leben wohl einen Knick bekommen? Sie wusste es nicht. Irgendwann, als die Kinder größer geworden waren, hatte sie durchaus bemerkt, dass Jochen und sie sich nicht mehr so nah waren wie noch als junges Ehepaar. Als die Kinder dann aus dem Haus gegangen waren, hatte sie oft mit ihrer Einsamkeit gekämpft, sich aber eingeredet, das sei normal. Vielen Frauen ging es so, wenn das Nest sich leerte. Aber war es das – normal? Hätte ihr Mann ihr in jener Zeit nicht vielleicht etwas mehr Aufmerksamkeit schenken müssen? Oder sie ihm?

Der Motor des Sportwagens heulte auf, als Jochen Gas gab. Die Straße vor ihnen wurde nun freier. Heike fühlte sich plötzlich müde und unendlich alt.

Wenig später erreichten sie ihr Ziel. Das Haus in der beschaulichen Siedlung in Buckhorn, im grünen Speckgürtel der Stadt, hatten sie nach der Hochzeit bauen lassen. Damals war Heike bereits mit Jenny schwanger gewesen. Inzwischen war das Haus alles andere als modern. Aber die Bäume neben den Parkbuchten, die vor dreißig Jahren noch von dicken Pfählen hatten gestützt werden müssen und von denen Heike damals einen aus Versehen mit ihrem Kleinwagen umgefahren hatte, waren hoch und kräftig und ließen jeden Herbst unendlich viel Laub auf den Gehweg und in den Vorgarten fallen. Das einst rote Dach ihres Hauses hatte mit der Zeit eine grüne Patina bekommen, und auch der weiße Klinker zeigte hier und da Altersflecken. Dennoch war es ihr Zuhause.

Jochen parkte den Wagen unter dem Carport neben Heikes Kombi. Es war inzwischen fast dunkel, und die Straßenbeleuchtung war an.

»Soll ich dir helfen?«

Heike hatte schon die Tür aufgemacht und wand sich aus dem Fahrzeug. »Nein, geht schon«, sagte sie knapp, obwohl sie sich mit einem Mal ziemlich erschöpft fühlte. Sie wollte keine Hilfe von Jochen, nicht jetzt und vielleicht auch nie wieder.

Mit einem Klicken sprangen die Bewegungsmelder

vor dem Haus an und spendeten Licht auf dem Weg zur Haustür. In der Küche brannte noch die Lampe über dem Herd, auf dem Fußboden vor der Arbeitsplatte lag die Plastikdose und daneben ein trauriges Häuflein Nudelsalat. Sie hatte, wie jeden Nachmittag, das Essen vorbereitet. Im Gegensatz zu Jochen arbeitete sie bloß vormittags und dies auch nur drei Tage in der Woche. Jochen hatte immer betont, dass sie dies nicht müsse, wenn sie nicht wolle, doch als Jenny und Kai in die Schule gekommen waren, war Heike zu Hause schnell die Decke auf den Kopf gefallen. Ihre Tätigkeit bei Behrs Autohandel war nicht besonders anspruchsvoll, sie kümmerte sich um die Buchhaltung, doch sie fühlte sich gebraucht und hatte zwei nette Kolleginnen. Dreizehn Jahre war sie schon da, und als sie nun in der Küche vor dem Nudelsalat stand, fiel ihr ein, dass sie dort gleich noch anrufen musste, um sich krankzumelden. So wohl, dass sie morgen arbeiten gehen könnte, fühlte sie sich nun doch nicht. Ganz in Gedanken versunken, riss sie ein paar Blatt von der Küchenrolle, bückte sich und wischte den Nudelsalat auf. Hier hatte sie vorhin gestanden, als …

»Hast du eine andere?«, entfuhr es ihr plötzlich. Mit den Küchentüchern in der Hand richtete sie sich wieder auf und drehte sich zu Jochen um, der etwas verloren in der Tür zur Küche stand.

»Nein!«, widersprach er heftig. »Nein, Heike, so ist das nicht. Lass uns … Lass uns bitte in Ruhe darüber sprechen. Es tut mir leid, dass ich dich vorhin so überfallen habe, aber … aber ich musste es einfach loswerden.«

»Loswerden?« Heike stopfte die Papiertücher in den Mülleimer und steckte die Plastikdose in den Geschirrspüler. Nach Abendessen war ihr nicht mehr. Stattdessen nahm sie ein Glas aus dem Schrank und eine angebrochene Flasche Rotwein aus dem Kühlschrank. »Gut, reden wir.« Diesmal würde sie nicht in Ohnmacht fallen ... Gott – was wohl die Nachbarn gedacht hatten, als vorhin der Krankenwagen angerauscht gekommen war? Hastig goss sie sich im Stehen ein Glas ein und leerte es in einem Zug.

»Denkst du, das ist gut jetzt?« Jochen sah sie besorgt an.

Heike hob nur die freie Hand und hielt sie abwehrend vor sich. »Spiel mal nicht den besorgten Ehemann.«

»Aber ich bin besorgt! Du bist vorhin umgefallen wie ein Baum. Ich habe mich zu Tode erschrocken ... hätte ja was Schlimmes sein können.« Er hob die Hände.

»Schlimmer als ›Ich verlasse dich‹?«

»Das habe ich so nicht gesagt!«

»Ach, komm – so habe ich das aber sehr wohl verstanden.«

»Lass uns bitte wie zwei erwachsene Menschen darüber reden.« Er deutete in Richtung der Sofas.

Heike zuckte die Achseln und ging mit ihrem Glas und der Weinflasche in das Wohnzimmer, das nur durch den Essbereich von der Küche getrennt wurde. Dort setzte sie sich auf das helle Sofa, von dem aus sie einen Blick in den Garten hatte. Jochen nahm ihr gegenüber Platz, stützte die Ellenbogen auf die Knie und knetete nervös die Hände.

»Wenn dir komisch wird … dann sag Bescheid …
Wir … wir müssen das jetzt nicht …«

Heike winkte ab. »Doch, doch … wir müssen, genau
hier und jetzt. Also, was um Himmels willen ist in dich
gefahren?« Auffordernd sah sie Jochen an. Er war ihr
plötzlich so fremd, obwohl sie sich doch so gut kannten.

»Bernd will seinen Posten aufgeben, und ich habe
mich dazu entschieden, ihn zu übernehmen.«

Bernd Krause arbeitete seit zehn Jahren auf Mallorca,
selbstredend eines der absatzstärksten Gebiete für einen
Hersteller alkoholhaltiger Getränke. Daher unterhielt
Jochens Arbeitgeber seit jeher einen festen Posten für
Marketing und Verkauf auf der Insel. Aber nie – nie! –
hatte Jochen angedeutet, dass dies ein Job wäre, den er
gern hätte. Und jetzt wollte er plötzlich nach Mallorca
auswandern? Ein neues Leben beginnen? Ohne sie?

Als Heike schwieg, verzog Jochen kurz die Mundwinkel. »Hollenberger, na ja, der hat mir den Job angeboten.
Er braucht einen fähigen Mann vor Ort, die Konkurrenz
schläft nicht.«

»Und das möchtest zukünftig du sein?« Heike nahm
einen tiefen Schluck von ihrem Wein.

Jochen wand sich. »Ich weiß nicht, wie ich es sagen
soll … aber guck doch mal. Wir leben hier total festge-
fahren.«

»Bisher hat dich das aber nicht gestört?«

»Doch, hat es, schon seit einiger Zeit. Das Haus, die
Kinder, ja, das war ein wichtiger Abschnitt unseres Lebens. Aber jetzt … Jenny ist in Schweden, Kai in Köln,
und wir … wir dümpeln hier so vor uns hin.«

Heike schnaufte. »Na, ganz alleine bin ich da aber nicht dran schuld!«

Jochen hob abwehrend die Hände. »Das sage ich doch auch gar nicht. Aber denkst du nie daran, was noch alles auf einen wartet? Was man verpasst hat? Noch erleben könnte? Ich meine … das kann doch jetzt nicht alles gewesen sein?« Seine Stimme bekam einen leicht verzweifelten Unterton.

Heike hob die Schultern. »Ich dachte, du wärst glücklich, so wie es ist.«

»Glücklich? Ich bin zufrieden, ja. Aber … hast du nie das Gefühl, dass irgendetwas fehlt?«

»Die Kinder?« Heike goss sich Wein nach. Ja, die Kinder fehlten ihr. Aber sonst? Sie sehnte sich nicht nach Veränderungen und Abenteuer, sie war zufrieden mit dem, was sie hatte. Zufrieden … das war Jochen auch. Aber glücklich? Finn hatte sie glücklich gemacht, ihr Enkel.

»Nein«, meinte Jochen in ihre Gedanken hinein. »Mir geht es nicht um die Kinder. Ich meine, natürlich fehlen sie mir. Aber sie sind inzwischen alt genug und müssen ihren eigenen Weg gehen. Ich meinte, dass bei uns irgendwas fehlt …«

»Sex?«

»Heike!«

»Ich weiß nicht, was dir fehlt, Jochen. Bis heute Nachmittag habe ich noch gedacht, unser Leben wäre so weit in Ordnung.« Heike stand auf und wanderte ein paar Schritte im Wohnzimmer hin und her, bemüht, ihre Stimme nicht zu laut werden zu lassen. »Dann kommst du nach Hause und eröffnest mir, dass du mich verlassen wirst. Um nach Mallorca zu gehen. Ohne mich. Oder habe ich da jetzt etwas falsch verstanden?«

Jochen senkte den Blick, schwieg und schüttelte den Kopf.

»Also. Entschuldige, dass mich das aus den Socken gehauen hat.«

»Ich möchte einfach nicht so weitermachen.« Seine Stimme klang jetzt kleinlaut. »Ich bin doch erst vierundfünfzig. Wie ich schon sagte ... Das kann doch jetzt nicht alles gewesen sein. Arbeiten, Rasen mähen, Fernsehen gucken ...«

»Das ist doch Schwachsinn. Du mähst keinen Rasen, und abends kommst du so spät nach Hause, dass du fürs Fernsehgucken viel zu müde bist ...« Heike setzte sich wieder hin.

Jochen schüttelte den Kopf. »Heike, wir leben hier in einer schmalen Einbahnstraße. Es ist doch inzwischen jeden Tag der gleiche Trott.«

»Du bist doch ständig unterwegs – reicht dir das nicht als Abwechslung?« Sie beobachtete seine Reaktion genau, doch wie zuvor wirkte er nicht so, als wollte er etwas verheimlichen. Es wäre wohl zu einfach gewesen, wenn er eine andere gehabt hätte.

»Ich bin halt gerne unter Leuten. Dass das nicht so deins ist, dafür kann ich ja nichts.«

»Jochen, du treibst dich auf Partys mit schräger Musik rum wie ... wie ... ein Hipster oder so. Wir sind über fünfzig, da geht man doch nicht mehr auf solche Partys! Außer man holt eins seiner Kinder ab oder ... Ach was weiß ich.«

»Und wer sagt, dass man mit über fünfzig keinen Spaß mehr haben darf?«, begehrte Jochen auf. »Wenn du lieber zu Hause hockst, nun gut. Aber ich mag das, ich tanze auch noch gerne.«

Heike prustete. »Du und tanzen.«

Jochen verzog das Gesicht, offenbar hatte sie ihn verletzt. »Ist ja auch egal«, meinte er. »Aber hier in der Gegend ist doch nichts los. Ich habe keinen Bock auf Skatspielen mit Krämers.« Er deutete mit der Hand vage in Richtung Nachbarhaus.

Krämers wohnten dort fast ebenso lange wie sie, waren allerdings gut zehn Jahre älter. Nette, ruhige und hilfsbereite Nachbarn. Heike konnte nichts Schlechtes über sie berichten, und ja – sie ging gerne einmal im Monat rüber zu Doris und Ralf zum Skat. Es machte ihr Spaß.

Jetzt schlug Jochen sich mit den Händen auf die Knie. »Es ist letztendlich auch egal. Heike – ich tue das für uns beide. Ich werde nach Mallorca gehen, und du … du solltest deinem Leben auch wieder etwas mehr Sinn geben.«

»Mein Leben hatte bis vorhin noch Sinn«, murmelte sie und starrte niedergeschlagen in ihr leeres Glas.

»Ich mache das wirklich für uns. Ich will einfach nicht, dass wir so enden wie …« Er schluckte den Rest des Satzes hinunter.

»Wie wer?« Heike sah ihn misstrauisch an.

»Du weißt ›wie wer‹!«

»Meine Eltern sind Rentner!«, gab Heike zurück. »Was soll das?! Die beiden haben nun wirklich nichts mit deiner Entscheidung zu tun.«

32

»Acht Uhr Frühstück, danach die Tageszeitung bis neun Uhr dreißig. Zehn Uhr irgendein Arzttermin, Fußpflege oder Friseur. Dreizehn Uhr Mittagessen. Vierzehn Uhr Mittagsschlaf. Sechzehn Uhr Kaffee und ein Törtchen. Achtzehn Uhr Abendbrot. Zwanzig Uhr fünfzehn Fernsehen. Zweiundzwanzig Uhr Licht aus.« Er schlug die Hände auf seine Schenkel und richtete sich auf. »Merkst du was? Die machen das jetzt seit fünfzehn Jahren so. Seit damals hängen sie zu Hause rum und schlagen die Zeit tot. Wobei, nein, ich korrigiere: Einmal im Jahr machen sie für zehn Tage Urlaub auf Usedom. Bevorzugt vom fünfzehnten bis fünfundzwanzigsten August.« Er sah sie vorwurfsvoll an. »So will ich auf keinen Fall enden.« Jetzt stand Jochen auf und strich sich über die Haare. »Heike – wie ich vorhin schon sagte, ich will keinen Streit, und du bist auch immer noch meine beste Freundin, ich liebe dich auch noch irgendwie … Es ist nur einfach nicht mehr so wie früher, und wenn wir jetzt nichts an unser beider Leben ändern, dann werden wir in einem ähnlichen Gleichmut alt und grau werden wie deine Eltern und … nein.«

»Pfff, das hört sich ja glatt so an, als wolltest du mir einen Gefallen tun.«

»Vielleicht tue ich das sogar. Wer weiß. Ich jedenfalls gehe hier ein, wenn wir so weitermachen.«

»Aber …« Sie sah Jochen hoffnungsvoll an. »Hast du nicht vielleicht mal überlegt, wie wir das gemeinsam schaffen könnten?«

Jochen schwieg einen Moment. In Sekundenschnelle ging Heike die Möglichkeiten durch. Sah sich selbst auf

Mallorca das neue Haus einrichten, im Garten arbeiten ...
Aber das war doch gar nicht, was sie wollte ... Und was
Jochen anging, so ging der ihr sowieso aus dem Weg. Heike
wusste somit, wie seine Antwort ausfallen würde.

»Nein. Ich glaube, seit die Kinder aus dem Haus sind,
gibt es bei uns kein ›wir‹ mehr. Sieh uns doch an. Wir
leben zwei unterschiedliche Leben, zwar unter demsel-
ben Dach, aber ... einfach nicht mehr auf der gleichen
Wellenlänge.«

Heike sah ihn jetzt unverhohlen an. Wenn sie ehrlich
war, hatte sie das ein oder andere Mal in den letzten Jahren durchaus die Befürchtung beschlichen, dass ihre Ehe
den Bach runterging. Aber dass es so enden würde, so
sang- und klanglos ...

Sie spürte in sich hinein und staunte im nächsten Moment über sich selbst. Gut, sie hatte fast eine ganze Flasche Wein intus, jetzt irgendwie tat es gar nicht mehr so
weh. Sie hatte ihren Jochen mal geliebt – aber wenn sie
ganz ehrlich zu sich war, hatte sie dem Polohemden-
Mann mit seinem Sportwagen nichts abgewinnen können. Wenn er also meinte, sein Leben komplett umkrem-
peln zu müssen.

»... wenn du dir also sicher bist, deine Familie verlassen zu müssen, dann bitte.«

»Familie ... Wach auf, Heike, guck dich mal um. Unsere Kinder kommen längst ganz gut ohne uns aus. Deine
Eltern leben ihr Leben in Lüneburg, und was meine Eltern angeht ...« Er stockte kurz. »Wir sind hier alleine,
Heike – und das bedeutet, es wäre jetzt mal an der Zeit,
sich um sich selbst zu kümmern.«

Jochens Eltern waren beide vor Erreichen des Rentenalters gestorben. Wehte vielleicht daher der Wind?

War seine Sorge, irgendetwas im Leben zu verpassen, inzwischen übermächtig, weil er in Wahrheit Angst hatte, nicht so alt zu werden, wie die Statistik besagte? Heike fühlte sich plötzlich unermesslich leer.

»Und was passiert mit alldem hier? Den Kindern? Dem Haus? Mir?«

»Ich finde das Haus sowieso zu groß für uns allein. Wir sollten es verkaufen. Ich kann die Wohnung vom Bernd auf Mallorca übernehmen, und du ... du könntest dir was schickes Kleines suchen. Natürlich bekommst du Geld, wenn wir das Haus verkaufen, und falls wir ... na ja ...«

»... uns scheiden lassen?«

Jochen atmete hörbar aus. »Falls es dazu kommt, teilen wir natürlich gerecht, und dir wird es an nichts fehlen. Ich ... ich will dich auch nicht rauswerfen. Nur – würdest du hier allein weiterleben wollen?«

»Aber was, wenn Jenny oder Kai zurückkommen? Oder wenn du doch ...« Sein Blick ließ sie den Rest des Satzes hinunterschlucken. Jochen hatte sich längst entschieden.

»Von den Kindern will doch keines mehr hier einziehen. Heike, das ist genau das, was ich meine. Du klammerst dich zu sehr an vergangene Zeiten. Die Kinder sind längst groß, und wir – wir sind frei. Es ist nicht unsere Aufgabe, bis an unser Lebensende ein Bett für die beiden bereitzuhalten. Und außerdem sind wir ja nicht aus der Welt. Sie können mich jederzeit besuchen kommen. Und du natürlich auch. Ich werde immer ihr Papa bleiben und auch Finns ... Opa.«

Obwohl Heike bis ins Mark erschöpft war und der Wein sein Übriges tat, wurde ihr plötzlich schlagartig klar, wann Jochens Veränderung angefangen hatte. Die Art, wie er dieses Wort aussprach, öffnete ihr die Augen. Es war an dem Tag gewesen, an dem Finn das erste Mal Opa gesagt hatte. Tags darauf war Jochen zum Friseur gegangen und hatte sich die Haare färben lassen. Es gab nichts mehr zu sagen.

»Ich muss noch bei Behrs anrufen, dass ich morgen nicht komme.« Heike ging in die Küche und suchte ihr Handy.

Kapitel 3

»Midlife-Crisis. Klarer Fall von Midlife-Crisis, Heike. Da musst du dir gar nichts vorwerfen. Das ist sein Ding, und da wirst du ihn auch nicht zurückhalten können.« Gabi goss einen Schuss Cognac in Heikes Kaffee. »Männer kriegen den zweiten Frühling, Frauen hingegen werden leider oft depressiv.«

Heike saß an Gabis kleinem Küchentisch. Die Wohnung ihrer Freundin lag im Erdgeschoss eines Mehrfamilienhauses in Volksdorf. Sechzig Quadratmeter verteilt auf drei Zimmer, Küche, Bad. Quadratisch, praktisch, gut, sagte Gabi gerne. Die Küche war gerade eben groß genug, dass man zwischen dem Tisch mit beiden Stühlen und dem Herd durchpasste.

Vom Fenster sah man auf eine Hauptstraße. Gabi dekorierte gerne und opulent, und so fanden sich auf der Fensterbank neben pflegeleichten Grünpflanzen auch allerlei kleine Figuren. Elfen? Zwerge? Heike wusste es nicht genau, was die kleinen Wesen mit ihren Zipfelmützen darstellen sollten, die inmitten von Stoffblüten saßen oder unter Papierblumen standen. Manchmal erwischte Heike Gabi dabei, wie diese die winzigen Figuren ganz liebevoll hin und her rückte und ihnen zaghaft mit dem Finger über die Mützchen strich. Dann wurde Heike im-

37

mer etwas schwer ums Herz. Gabi war keine eigene Familie vergönnt gewesen. Nach außen hin tat sie so, als würde ihr das nichts ausmachen, aber insgeheim war es wohl doch anders, zumindest an so manchem Tag.

Der Rest der Wohnung war eine bunte Mischung aus Reiseerinnerungen. An diesen hielt Gabi sich gerne fest und wurde nicht müde, ihre Sammlung Jahr für Jahr zu erweitern. Auch ihre Kleidung spiegelte ihre Routen wieder: bunte Kleider aus Spanien und Portugal, Wollpullover aus Norwegen und Sommerblusen aus Italien.

Gabi war ihre älteste und, wie sich Heike gerade in den letzten Wochen hatte eingestehen müssen, ihre einzige Freundin. Sie sahen sich heute allerdings zum ersten Mal nach dem verhängnisvollen Tag X, denn Gabi hatte genau drei Tage vor Jochens Eröffnung ein neues Kniegelenk bekommen und war vom Krankenhaus aus gleich in die Reha gegangen. Jetzt war sie wieder da, und Heike war erleichtert, sich endlich alles von der Seele reden zu können. Sie hatte ihrer Freundin zwar am Telefon einen kurzen Abriss der Geschehnisse gegeben, aber es war viel besser, sich Auge in Auge mit ihr zu unterhalten. Heike hatte die vergangenen Tage und Wochen damit verbracht, irgendwie zu funktionieren, hatte ihren Kummer abends gern mit einem großen Glas Wein betäubt und war am nächsten Morgen immer noch genauso ratlos gewesen, wie es mit ihr weitergehen sollte. Auf der Arbeit hatte sie sich krankgemeldet.

Jetzt hatte sie Gabi ihr Herz ausgeschüttet und fühlte sich wenigstens ein bisschen besser.

Allerdings machte Gabi gar nicht so ein Drama aus

der ganzen Sache. Sie hatte eine ziemlich ernüchternde Art, mit derartigen Wendungen im Leben umzugehen. Dies wiederum verlangte Heike einiges an Beherrschung und der Flasche den einen oder anderen Cognac ab.

Gabi plapperte ungerührt weiter. »Bei Männern kommt das öfter vor, als man denkt. Der Peter von der Klarinette, aus Oldesloe … Der hat auch so was gebracht. Zack, hat alles aufgegeben und ist dann erst mal in so in Indisches … wie heißt das, Arschram?«

»Ashram!«

»Egal – wir standen plötzlich ohne Klarinette da. Bekomm mal mitten in der Spielzeit Ersatz … Auf jeden Fall kam Peter nach einem halben Jahr wieder, in einem bunten Nachthemd und reichlich erleuchtet, und gibt jetzt Yogakurse.« Gabi gackerte los.

Heike musste unwillkürlich schmunzeln. Eine Unterhaltung mit Gabi war wie eine erfrischende Dusche. Ihre Freundin war nicht nur von ihrer Art her ganz anders als Heike, sondern auch einen Kopf kleiner als sie, weißblond, etwas pummelig, und sie liebte auffällig bunte Klamotten. Wahrscheinlich ergänzten die beiden Frauen sich deshalb so gut. Sie hatten sich vor zwanzig Jahren in der S-Bahn kennengelernt. Gabi hatte dort mit ihrem großen Cellokoffer gesessen, und Kai, der damals gerade fünf Jahre alt gewesen war, hatte fasziniert auf das seltsame Gepäckstück geschaut. So waren sie ins Gespräch gekommen.

Heike blickte in ihre Kaffeetasse, sie fühlte sich mit einem Mal niedergeschlagen. »Jochen packt schon. Er will ein paar Möbel in seine neue Wohnung schicken und … Ach, Gabi, das Haus ist mit einem Mal so still und leer.«

Ihre Freundin bekam einen ernsten Gesichtsausdruck. »Heike, das war es auch schon vorher. Deine Kinder sind beide seit drei Jahren weg.« Sie nahm Heikes Hand und drückte diese. »Und du – du solltest genau das tun, was Jochen jetzt quasi erzwingt. Du solltest zusehen, dass du dein eigenes Leben lebst.«

»Das habe ich doch.« Heike merkte, wie ihr plötzlich die Tränen in die Augen schossen.

»Du hast eure Familie gemanagt, als die noch eine Familie war. Aber in den letzten Jahren, was hast du denn da für dich gemacht?«

»Ich hab mich um das Haus gekümmert, den Garten, bin arbeiten gegangen …«

»Ja, spannend wie das Programm auf Sender 25 nachmittags um vier.« Gabi zog eine Grimasse.

»Ich bin halt nicht so ein Flattervogel wie du. Ich war glücklich und zufrieden mit meinem Leben.« Heikes Ton wurde trotz der Tränen trotzig.

»Schau, Herzchen, weißt du noch, was du damals zu mir gesagt hast, als Harry gestorben ist? Ich solle mich bloß nicht hängen lassen.«

»Das war aber auch etwas anderes, Gabi.«

»Nein – finde ich nicht. Mein Harry ist gestorben. Einfach so. Bums, lag er da im Blumenbeet vor dem Supermarkt. Er war mein Mann, er war gerade mal fünfundvierzig Jahre alt. Und ich stand plötzlich allein da. Schau mich heute an, ich habe es überstanden. Gut überstanden. Bei dir ist jetzt zwar Gott sei Dank keiner gestorben, aber auch du bist jetzt allein und frei. Mach das Beste draus.«

Heike sah ihre Freundin an. Was für ein Drama das gewesen war, damals vor zehn Jahren. Die Erinnerungen schmerzten, denn Harry war ein toller Typ gewesen. Heike hatte ihn auch sehr gemocht. Er und Gabi waren einfach ein perfektes Paar gewesen. Dass das Schicksal dann so zugeschlagen hatte, war alles andere als fair gewesen. Aber ja, sie erinnerte sich: Sie hatte genau diese Worte zu Gabi gesagt, nachdem der erste Schock damals überwunden war, Harry beerdigt und Gabi wieder halbwegs ansprechbar. Heike hatte furchtbare Angst gehabt, dass Gabi an diesem Verlust zerbrechen würde, und alles drangesetzt, dass ihre Freundin irgendwie darüber hinwegkam. Heike hatte damals selbst so viel Stress gehabt. Jenny hatte vor dem Abitur gestanden, Kai eine schwere Teenie-Trotzphase, und Jochen war nur zum Schlafen zu Hause gewesen. Heike hatte versucht, trotzdem auch noch für Gabi da zu sein.

Aber Gabi war ganz anders gestrickt als Heike. Sie war immer schon ein unabhängiger Mensch gewesen, trotz Ehe hatte sie auch ihr eigenes Leben geführt, was in ihrem Fall die Musik war. Sie spielte Cello in einem Orchester, das europaweit gastierte. Entsprechend oft war sie unterwegs. Und in der freien Zeit ging sie selbst auf Reisen, ganz allein, mit ihrem heiß geliebten Wohnmobil. Als ihr Harry noch gelebt hatte, fiel es Heike jetzt ein, waren sie nie in den Urlaub gefahren. Als ein waschechter, leicht knurriger Hamburger, für den das Ausland jenseits der Elbe oder spätestens dort begann, wo sich das Autokennzeichen änderte, hatte er dem Reisen nichts abgewinnen können. Gabi hatte aus Liebe zu ihm darauf verzichtet und gehofft, er würde eines Tages auf den Geschmack kommen. Nach Harrys Tod hatte Gabi sich ein Wohnmobil gekauft und war losgefahren. Das war ihre ganz eigene Therapie gewesen. Heike hatte zunächst Angst um sie gehabt. Eine Frau, allein mit dem großen Wagen durch ganz Europa unterwegs. Heike war kein Reisemensch und stets besorgt und unruhig gewesen, wenn Jochen auf Reisen gewesen war. Mit den Kindern war es nicht besser geworden. Klassenfahrten waren ihr ein Graus gewesen! Wehe, die Kids meldeten sich mal einen Tag nicht. Sie hatte am liebsten alle zu Hause gehabt. Geschäftsreisen oder Klassenfahrten waren aber nichts gegenüber dem, was dann kam.

Als ihre beiden Kinder das Nest verlassen hatten, da hatte ihr das Herz geblutet. Doch sie hatte es sich verboten zu jammern, allein schon, um die beiden nicht unter Druck zu setzen. Sie hatten schließlich das Recht auf ein eigenes Leben. Erst war Jenny zu Felix gezogen und später dann Kai zum Sportstudium nach Köln. Aber dass dies auch das Ende ihrer Ehe bedeuten könnte, wäre ihr früher nie in den Sinn gekommen. Wenn sie sich einsam gefühlt hatte, dann hatte sie sich ausgemalt, wie die Kinder und Enkel in das elterliche Heim zurückkehrten. Zu Weihnachten vielleicht … Hatte bisher leider aber auch nicht geklappt. Doch Gabi war da gewesen und hatte ihr über diese schwere Zeit hinweggeholfen.

»Hey … hey …!« Gabi holte Heike zurück aus ihren Gedanken. »Du weißt, dass ich das nicht böse meine,

42

Heike. Aber dein Leben ist wirklich etwas langweilig geworden. Du bist ein richtiges Heimchen! Sorry, aber echt. Hast du denn nichts, was du vermisst? Etwas, das du mit viel Mut verwirklichen kannst?«

Heike zuckte mit den Achseln. »Nein.«

»Hm, na gut, vielleicht ist das jetzt auch alles noch etwas frisch. Aber du solltest dir da echt mal Gedanken machen.«

Heike senkte den Blick. »Ich schlafe auf dem Sofa, seid … seid Jochen gesagt hat …«

»Auf dem Sofa? Autsch. Na gut … ich kann verstehen, dass du das Bett nicht mehr mit ihm teilen willst. Warum nimmst du nicht eins der Kinderzimmer?«

»Das sind doch die Kinderzimmer!«

»Heike – hallo? Deine Tochter ist fast siebenundzwanzig Jahre alt, Mutter eines bald fünfjährigen Sohnes und lebt mit ihrem Mann in Schweden. Und dein Sohn ist Mitte zwanzig und hat sein eigenes Bett in einer WG in Köln! Die brauchen ihre Kinderbetten nicht mehr.«

Heike schniefte laut und wischte sich die Tränen von den Wangen, wobei sie ein »Ja, weiß ich doch« hervorquetschte.

»'tschuldigung, aber das muss auch mal gesagt werden, Heike. Es ist wirklich an der Zeit, dass du deine Familie loslässt«

Heike schob auffordernd ihre Tasse in Richtung Gabi.

»Du wolltest noch fahren, dachte ich?«

»Ich kann auch die S-Bahn nehmen. Los, gib mir noch einen Schluck, wenn du mich hier schon so mit Vorwürfen bombardierst.«

Gabi tat wie befohlen und kippte einen ordentlichen Schuss Schnaps in die Tasse, ohne Kaffee diesmal. »Ich mache dir keine Vorwürfe, Heike. Ich versuche dir nur die Augen zu öffnen. Und wegen des Sofas … Wenn's gar nicht geht, kannst du auch zu mir kommen. Also in mein Gästezimmer. Ich muss da zwar ein bisschen aufräumen, aber …«

Heike nahm einen kräftigen Schluck aus ihrer Tasse. »Danke. Weißt du, ich hab gar keine Ahnung, was ich jetzt machen soll? Soll ich mir eine Wohnung suchen, oder was? Jochen packt fröhlich seine Koffer, und ich steh wie ein Depp da.«

»Na, wie schnell wollt ihr denn das Haus verkaufen?«

»Ich weiß es nicht. Dazu hat er noch nichts gesagt. Na gut, eigentlich schon. Er hat gesagt, dass er es mir überlässt, wie lange ich dort wohnen möchte.«

»Dann kannst du doch in Ruhe überlegen, was du tust.«

»Ich bin bald ganz alleine.«

»Momentan bin ich ja noch da. Wie es aussieht, noch etwas länger als mir lieb ist.« Gabi deutete auf eine Krücke, die neben ihrem Stuhl stand.

»Was macht denn dein Knie?« Heike hatte plötzlich ein schlechtes Gewissen, sich gar nicht nach Gabis Befinden erkundigt zu haben. Die Operation bedeutete für Gabi eine Zwangspause mit dem Orchester wie auch mit dem Reisen.

»Der Arzt sagt, ich dürfte nicht vor Ende September wieder los. Der hat doch keine Ahnung! Ich meine, ich verdiene mein Geld mit der Musik, was denkt der sich denn. Außerdem tanze ich nicht, ich sitze. Jean, mein Physiotherapeut, meint, dass ich vielleicht Anfang oder spätestens Mitte August wieder fit bin. Das würde mir gut passen, um die Zeit fahre ich normalerweise nach Erfurt zu den Klassiknächten. Aber momentan geht gar nichts, ich komm grad mal in die Küche, und wenn der Taxifahrer nicht so nett wäre, mir immer die Stufen hoch und runter zu helfen oder liebe Freundinnen für mich einkaufen würden ...« Gabi grinste und deutete auf eine Einkaufstasche, die halb gefüllt auf der Arbeitsplatte stand. Heike hatte wohlwissentlich vor ihrem Besuch angefragt, ob Gabi noch irgendetwas brauche.

»Ich helfe dir, wo es geht, du musst nur Bescheid sagen.«

»Ja, weiß ich doch. So wie du weißt, dass ich nicht gern um Hilfe bettle. Aber was deine Situation angeht ...« Gabi schüttelte den Kopf, als könnte auch sie Jochens Entscheidung noch nicht richtig fassen. »Du kannst jederzeit herkommen, wenn dir zu Hause die Decke auf den Kopf fällt. Ich sitz hier ja erst mal eh nur rum.«

»Danke.« Jetzt war es Heike, die Gabis Arm tätschelte.

Kapitel 4

Als Heike am späten Nachmittag zu Fuß von der S-Bahn-Station nach Hause lief, sah sie einen Transporter in der Einfahrt parken. Jochen stand draußen vor dem Hauseingang und redete mit zwei Männern.

»Oh, Heike, da bist du ja.« Er winkte ihr zu. »Die Firma kann heute ein paar Sachen mitnehmen, die noch in den LKW passen. Hollenberger hat gesagt, das geht in Ordnung. Dann muss ich keinen teuren Umzug bezahlen.«

»Jetzt schon?«, fragte Heike überrumpelt. »Ich habe doch noch gar nichts ausgeräumt.«

»Wo ist denn dein Auto?«

»Hab ich bei Gabi stehen lassen. Wir haben auf ihr neues Knie angestoßen.«

»Knie?«

»Ja, auf das Knie. Keine Sorge, ich bin nicht betrunken, falls du das denkst.« Heike merkte den Alkohol wirklich kaum noch. Wobei sie in diesem Moment nichts gegen einen weiteren Cognac gehabt hätte, um ihren Frust fortzuspülen.

»Na dann. Über die Kommode und den Schuhrank hatten wir ja schon kurz gesprochen, die sollten auf jeden Fall mit. Dazu meine Bürosachen ... Ah ja, etwas Bettzeug könnte noch zu der Kleidung.«

»Wie der Herr möchte.« Heike schob sich an Jochen vorbei, öffnete den Schuhschrank im Flur und stellte die verbliebenen Schuhe ziemlich lieblos auf den Boden. Seit die Kinder fort waren, war das Ding sowieso halb leer. Ein Erbstück von Jochens Eltern. Der Schrank war praktisch, aber nicht gerade besonders hübsch. Ihm würde sie keine Träne hinterherweinen.

Die beiden Männer packten das Möbelstück und trugen es aus dem Haus. Heike ging die Treppe hinauf ins Schlafzimmer und leerte die Kommode. Darin hatten sie über die Jahre hinweg Socken und Unterwäsche aufbewahrt. Achtlos warf sie den Inhalt der Schubladen auf das Bett. Jochen hatte die meisten seiner Sachen schon in Kartons verpackt, die im Flur standen und von denen nun die ersten auf den Armen der Männer das Haus verließen.

Heike trat zum großen Kleiderschrank und schob die Tür zu dem Fach mit der Bettwäsche auf. Wie passend – auch die Bettwäsche trennt sich jetzt, dachte sie im Stillen, als sie je ein Kopfkissen und einen Deckenbezug der paarweise sortierten Garnituren hervorzog. Es war ein Moment, der überraschend wehtat und ihr die Entscheidung ihres Mannes mehr als bildlich vor Augen führte. Sie schluckte. Ihr wurde klar, dass sie in Zukunft nur noch ungern in dieser Wäsche schlafen würde, in dem Wissen, dass ein Teil davon nicht länger zu ihr gehörte.

»Kann ich das einpacken?« Jochen war unbemerkt die Treppe emporgekommen.

»Ja, nimm, was du willst. Was den Rest angeht, müssen wir dann mal sehen. Ich werde ja auch nicht alles mit-

nehmen können.« Sie hatte diese Worte einfach so da-
hingesagt, als hätte sich ihr Kopf bereits damit abgefun-
den, hier bald auszuziehen.

Jochen sah sie verwundert an. »Hast du dir schon was
überlegt? Ich meine … willst du dir eine Wohnung nehmen?«

»Ach, weiß ich noch nicht. Ist ja noch ein bisschen
Zeit, aber alleine in dem Haus hier, das ist auch nichts für
mich.«

Jochen nickte nur und sah sich gedankenverloren um.
Ganz so leicht schien ihm das Verlassen seines Heims
wohl doch nicht von der Hand zu gehen. Er seufzte leise.
»Na dann. Ich werde übermorgen mit dem Wagen runterfahren dann. Erst mal für drei oder vier Wochen, bis
Krause mich da eingearbeitet hat. Dann komme ich wieder nach Hamburg, um mit Hollenberg eventuelle Ände-
rungen im Programm für Mallorca zu besprechen. Krause
ist ja nicht mehr der Jüngste, mal gucken, ob wir nicht
noch …« Er schien Heikes desinteressierten Blick zu bemerken und brach ab. »Wie auch immer – dann können
wir ja in Ruhe sehen, was hier mit allem passiert.«

»Jochen?« Heike war gerade etwas eingefallen, das sie
bisher erfolgreich verdrängt hatte. »Was machen wir mit
den Kindern? Ich meine … sie müssen es ja auch wissen.«

Mit einem Mal sah er regelrecht hilflos aus und hob
kurz die Hände. »Ja … ähm … Was meinst du, soll ich sie
anrufen?«

Heike zog die Brauen zusammen. »Moin, hier ist Papa.
Hört mal, Mama und ich haben uns getrennt, das Haus
wird verkauft – und bei euch? Alles klar so weit? Ne,

Jochen!« Heike schüttelte vehement den Kopf. »Das können wir nicht so machen. Das sollten wir ihnen schon von Angesicht zu Angesicht mitteilen.«

»Wie stellst du dir das vor? Ich kann jetzt weder nach Schweden noch nach Köln fahren.« Er hob abwehrend die Hände.

»Du sagst es ihnen nicht am Telefon – kein Wort!« Heike zeigte drohend mit dem Finger auf ihn. Dann rieb sie sich die Schläfen. Dass die Kinder so weit weg waren, war ein echtes Problem in diesem Fall. Dennoch war diese einschneidende Veränderung etwas, das man seinen Kindern nur im persönlichen Gespräch verkündete.

»Ich … ich lass mir etwas einfallen. Falls sich einer der beiden bei dir meldet – oder bei mir –, dann bist du halt auf Mallorca zum Arbeiten. Nicht mehr!«

»In Ordnung.« Jochen sah geradezu erleichtert aus. »Aber du lässt es mich wissen, wenn sie Bescheid wissen.«

»Ja, verdammt.« Heike war sauer. Schön, dass sie das nun auch noch erledigen musste.

Jochen fuhr dem Transporter hinterher, um seine Sachen in den Laster von Elbequell zu laden, der wöchentlich von Hamburg auf die spanische Insel unterwegs war.

Heike war allein im Haus. Müde ließ sie sich im Wohnzimmer auf eines der Sofas sinken. Gedankenversunken strich sie über einen verblassten Fleck. Kirschsaft, den hatte Kai vor vielen Jahren verschüttet. Dann betrachtete sie ihr Spiegelbild in dem ausgeschalteten Fernseher. Sie war alt geworden. Ihre schulterlangen, einst nussbraunen Haare hatten viele graue Strähnen. Eine schnittige Frisur trug sie schon lange nicht mehr. Frisch gewaschen sahen sie noch recht ordentlich aus, und zum Putzen oder für die Gartenarbeit flocht sie sich einen praktischen Zopf im Nacken. Sie hatte Fältchen bekommen um die Augen und um den Mund. Wenn sie ins Büro zu Behrs ging, trug sie etwas Make-up und Lidschatten auf. Ansonsten sahen ihre Schminksachen im Badezimmerschrank ähnlich runzelig und trocken aus wie sie jetzt gerade im Spiegelbild. Hatte sie sich zu sehr gehen lassen? Hätte sie mehr auf sich achten müssen?

Nachdenklich zupfte sie an ihrer Bluse, die auch schon einige Sommer hinter sich hatte, und ließ den Blick schweifen. Plötzlich kam ihr alles im Haus abgewohnt vor. Die Fliesen auf dem Boden hatten hier und da einen Sprung, weil die Kinder oft die Stühle vom Esstisch hatten umkippen lassen. Die Wände hatten schon seit Längerem keine frische Farbe mehr bekommen, und die Möbel ... allesamt über zwanzig Jahre alt. Sie überlegte, was sie von der Einrichtung mitnehmen würde, wenn sie hier auszog. Die Bilder, einige Dekosachen, Kleidung – ja. Aber weder die fleckigen Sofas noch die Schränke oder der Tisch erschienen ihr in diesem Augenblick reizvoll. An jedem Möbelstück in diesem Haus klebten die Erinnerungen wie Kaugummi. Wollte sie sich das antun? Alles roch doch nach Jochen. Heike wurde übel. Noch nie in ihrem ganzen Leben hatte sie sich so einsam gefühlt wie in diesem Augenblick. Sie legte die Hände vor das Gesicht.

»Verdammt!«

Mit einem Mal kamen ihr die Tränen. Und zu allem Überfluss musste sie sich jetzt auch noch überlegen, wie sie ihren Kindern schonend mitteilte, dass ihre Eltern sich trennten.

Kapitel 5

Tags darauf saß Heike wieder an Gabis kleinem Küchentisch. Eigentlich hatte sie bloß ihr Auto abholen wollen,
aber die Flasche Cognac stand auch schon wieder bereit
und schien nur auf sie zu warten. Energisch schob Heike
sie weg.

»Heute nicht, danke.« Dann seufzte sie. »Ich kann
doch Jenny nicht einfach anrufen und ihr das am Telefon sagen?« Sie schüttelte den Kopf. »Das geht doch
nicht.«

»Nein, das finde ich auch nicht richtig.« Gabi rollte mit
den Augen. »Solche Nachrichten sollte man persönlich
überbringen.«

»Jochen ist da fein raus. Der fährt morgen runter auf
die Insel.«

Gabi schüttelte den Kopf. »Ja, hat er sich fein ausge-
dacht, der Herr Ex-Ehemann.«

»Gabi! Geschieden sind wir ja noch lange nicht.«

»Was? Du glaubst doch hoffentlich nicht, dass Jochen
in ein paar Monaten auf Knien angekrochen kommt und
sein altes Leben wiederhaben will. Ne, so wie ich ihn
kenne, hat sich das lange in ihm aufgestaut. Der macht
keinen Rückzieher. Da kannst du das Kind auch ruhig bei
Namen nennen.«

Heike verzog das Gesicht. »Das hört sich so kalt an, wie du das sagst.«

»Ja, aber es ist doch so. Es hilft dir nicht, dir falsche Hoffnungen zu machen, Heike. Nach allem, was du mir erzählt hast, ist eure Ehe zu Ende. Und du kennst ja meinen Wahlspruch: Lieber ein Ende mit Schrecken als ein Schrecken ohne Ende.« Sie beugte sich vor. »Auch wenn du das Gefühl hast, dass dir gerade der Boden unter den Füßen weggezogen wird … Du bist jung genug, um dir ein neues, glücklicheres Leben aufzubauen!«

Heike sah Gabi mit hochgezogenen Augenbrauen an, doch die war noch nicht fertig.

»Wer weiß, vielleicht stellt sich Jochens Entscheidung als das Beste heraus, was dir passieren konnte. Dafür musst du aber innerlich mit deiner Ehe abschließen, statt in Warteposition zu gehen.«

Heike nickte ergeben. Ja, ihre Freundin hatte recht. Sie selbst sollte wohl lernen, sich damit abzufinden. Es gab kein Zurück mehr, das hatte Jochen ihr unmissverständlich klargemacht. Wie früher würde es niemals mehr werden.

»Das mit den Kindern ist wirklich ein Problem«, meinte Gabi jetzt. »Kai ist cool, dem könntest du so etwas sogar per E-Mail schreiben. Aber Jenny? Auch wenn sie längst erwachsen ist, weiß ich doch, wie wichtig ihr Mama und Papa immer waren. Da musst du bedachtsam vorgehen. Willst du zu ihr nach Schweden fahren?«

»Bitte?« Heike war ganz woanders gewesen mit ihren Gedanken und hatte nur halb zugehört.

»Ob du zu Jenny fahren willst?«

»Puh, ich habe keine Ahnung, Gabi. Mir ist klar, dass ich es den Kindern sagen muss. Aber ich weiß ja noch nicht mal, was mit mir selbst wird. Ich meine … wann soll ich aus dem Haus ausziehen? Wie soll ich mir eine Wohnung suchen? Aber wie groß soll die sein, und was darf die kosten? Ich kann mir das einfach noch nicht vorstellen. Ich weiß auch gar nicht, wie ich mir das leisten soll, so ein Leben allein. Jochen hat ja immer gut verdient. Wenn wir das Haus verkaufen, kriege ich sicher einen Teil davon, und ein bisschen Erspartes habe ich ja auch noch …«

»Hm«, machte Gabi nur und legte sich einen Finger auf den Mund. Eine Geste, die typisch für sie war, wenn sie nachdachte.

Heike redete indessen immer weiter. »Ich krieg auf jeden Fall langsam die Krise in dem Haus. Ich fühle mich da vollkommen überflüssig. Am liebsten würde ich den Schlüssel in der Tür umdrehen und wegwerfen. Das wäre vielleicht das Beste … Alles einfach stehen und liegen lassen, so wie Jochen das macht. Soll er doch sehen, was er mit dem ganzen Kram anstellt.«

»Hmhm.«

»Hörst du mir überhaupt zu, Gabi?«

»Ja, tue ich. Auf jeden Fall musst du nach vorne schauen, Heike. Du bist im besten Alter, du hast mindestens noch zwanzig oder gar dreißig Jahre vor dir, in denen du tun und lassen kannst, was du willst. Sieh es doch mal als Chance. Ich weiß, das ist schwer.«

»Ach, Gabi, ich bin nicht so wie du. Ich mochte mein altes Leben. Ich habe mich sicher gefühlt.«

»Ja, aber jetzt ist Zeit für etwas Neues. Öffne dich, probier irgendwas aus, das du immer schon mal tun woll- test, mach etwas Verrücktes – und zwar schnell. Sonst hockst du nämlich bis zum Sankt-Nimmerleins-Tag in der Ecke und wirst mir am Ende noch depressiv. Ich kenne solche Frauen! Und ich will nicht, dass du den Rest deines Lebens so verbringst. Dann kündige ich dir die Freundschaft.«

Heike sah Gabi gequält an. »Setz mich nicht auch noch unter Druck.«

»Tu ich nicht – ich schubse dich höchstens ein biss- chen an. Und weißt du was, ich habe vielleicht sogar die Lösung parat.«

»Fein. Eine Bombe für das Haus oder so?« Heike grinste sarkastisch.

»Nein, im Ernst. Ich weiß, was jetzt das Beste für dich wäre, glaub mir.«

»Noch mehr Schnaps? Da macht meine Leber nicht mit.«

»Ne – das mit dem Schnaps müsstest du dann schon sein lassen.« Gabi grinste plötzlich und machte Anstalten aufzustehen. Was aufgrund der Krücken, die sie brauchte, etwas umständlich war. »Los, hilf mir!«

Heike sprang auf und packte Gabi unter dem Arm, sodass diese einen sicheren Stand hatte. »Wo willst du so plötzlich hin?«

»Komm mit!« Gabi humpelte mit ihren Krücken in den Flur, nahm dort ihr Schlüsselbund und verließ die Wohnung.

Heike tappte geduldig hinter ihrer Freundin her und

stützte sie auf dem Weg die wenigen Treppenstufen hinunter zur Eingangstür. »Was zum Henker hast du denn vor?«

»Das wirst du gleich sehen.« Gabi lächelte breit, auch wenn sie dieser kleine Ausflug sichtlich Kräfte kostete.

Heike folgte ihr aus dem Haus und weiter um die Ecke in einen großen Innenhof, der als Parkplatz diente. Heike hakte sie wieder unter, während ihre Freundin die Reihe der Fahrzeuge entlanghumpelte. Sie hatte nicht die geringste Ahnung, was Gabi im Schilde führte.

»Also, wenn du irgendwohin möchtest, du kannst mit dem Knie sowieso noch nicht fahren. Und mein Auto steht vorne vor dem Haus.«

»Ich fahre nirgendwohin. Aber du.« Gabi strahlte triumphierend über das ganze Gesicht. »Mit Möppi – zu Jenny!«

»Möppi?« Heike ließ Gabi los, was diese kurz zum Straucheln brachte. »Ich habe keine Ahnung, wovon du redest.«

Gabi trat auf Heike zu und dirigierte sie mithilfe ihrer Krücke in Richtung des riesigen Wohnmobils, das auf dem letzten Parkplatz stand.

»Möppi wäre jetzt genau das Richtige für dich. Er würde dich sicher zu Jenny bringen und zu Kai auch und dir eine Auszeit verschaffen. Du kannst den ganzen Kram hier einfach stehen und liegen lassen und erst einmal zu dir finden.«

»Das ist nicht dein Ernst?«

»Doch, ist es. Ich kann ja sowieso nicht weg.«

»Gabi, das ist ein …«

»Wohnmobil, genau!«

Heike verschränkte die Arme vor der Brust und starrte auf das große weiße Fahrzeug, mit dem ihre Freundin schon halb Europa bereist hatte. Dann schüttelte sie den Kopf und gab ein leises »Nein!« von sich.

»Heike, überleg doch mal. Du solltest dir dringend Zeit für dich nehmen. Ich glaube, es ist keine gute Idee, wenn du weiter zu Hause rumsitzt und Trübsal bläst. Außerdem musst du sowieso zu deinen Kindern fahren, um mit ihnen zu reden. Und ob du das mit deinem Auto oder mit meinem Möppi machst ... Die Entfernung bleibt dieselbe, aber mit Möppi bist du viel flexibler. Du kannst dir so viel Zeit nehmen, wie du willst. Also zumindest bis Anfang August, ich hoffe, dass ich dann wieder fit bin. Aber ansonsten ...« Gabi ließ Heike los und drückte deren Arm. »Guck doch wenigstens mal rein.«

»Du spinnst! Ich kann doch nicht einfach mit so ... so einem Ding losfahren.«

»Hey, sag nicht ›Ding‹ zu ihm.« Gabi schob Heike vehement in Richtung des Wohnmobils. »Ich habe ihn gerade generalüberholen lassen: frisches Öl, neue Bremsen, TÜV für die nächsten zwei Jahre – alles ohne Beanstandung. Möppi ist inzwischen über dreißig. Aber er ist ein ganz Treuer, glaub mir. Und er ist ganz einfach zu fahren.«

Ehe Heike sich versah, stand sie auch schon vor der Tür zum Wohnmobil. Gabi redete unterdessen einfach weiter.

»Ich habe so viele Kilometer mit ihm gerissen die letzten Jahre, er hat mir nie Probleme gemacht. Übrigens ist

Schweden ganz toll mit dem Wohnmobil. Man kann da überall stehen, also auch ohne Campingplatz. Ein Morgen ganz allein an einem Fjord ist ein unvergessliches Erlebnis.«

Heike schnitt eine Grimasse. Ganz allein morgens an einem Fjord zu stehen war vielleicht Heikes großer Traum, aber ihrer war es definitiv nicht. Sie wusste, dass Gabi mit diesem Gefährt seit Jahren unterwegs war. Sie nahm lieber ihr eigenes Wohnzimmer mit, wie sie schon oft gesagt hatte, statt Urlaub in irgendwelchen Hotels zu machen.

Gabi schloss die Tür auf und zog einen Tritt hervor. »Geh mal rein, ich warte hier draußen. Mit den Krücken komme ich drinnen nicht so gut zurecht.«

Heike zögerte kurz, dann stieg sie die zwei Stufen hoch und bahnte sich ihren Weg durch den plüschigen grau-blauen Vorhang, der in der schmalen Türöffnung hing. Sie war schon länger nicht mehr im Wohnmobil gewesen. Gabi hatte ihr früher kleine Neuerungen immer mit Begeisterung gezeigt. Heike hatte jedes Mal interessiert getan, hatte aber, wenn sie ehrlich war, für Camping nicht viel übrig. Überhaupt war sie noch nie in einem Wohnmobil gefahren. Ihre letzten Erfahrungen mit Zelten lagen deutlich vor dem Erreichen der Volljährigkeit. Sie erinnerte sich an endlose Aufbauaktionen mit wackeligen Stangen, unbequeme Luftmatratzen, den muffigen Geruch des Zeltstoffs und die ewig klammen Klamotten, die diese Art zu nächtigen mit sich brachte. Bei dem Gedanken daran schüttelte es sie. Allerdings war das Innere dieses Wohnmobils weder muffig noch feucht.

Im Gegenteil, es roch frisch, irgendeine Mischung aus einem blumigen Weichspülerduft, gepaart mit Orange. Ein bisschen, als hinge noch die Luft vom letzten Urlaub darin – es war Südfrankreich im Spätherbst gewesen, erinnerte sich Heike an Gabis lebhafte Erzählungen.

Gabi steckte den Kopf durch den Vorhang. »Sieh mal, da vorne kannst du durchsteigen zum Fahrersitz. Und da, neben dir, ist ein Tisch mit Sitzplätzen für vier; den Fahrer- und den Beifahrersitz kann man nämlich umdrehen und den Tisch noch etwas ausziehen. Brauche ich aber nie, bin ja immer alleine. Aber wenn du den Fahrersitz umdrehst, kannst du prima Fernsehen gucken, der ist ziemlich bequem.«

Heikes Blick blieb an einem großen Plüschschaf hängen, das auf dem Armaturenbrett saß. Dann drehte sie sich etwas und bemerkte einen kleinen Fernseher über der Rückenlehne der nach vorne gerichteten Sitzbank und hob die Augenbrauen. So im Detail hatte sie sich hier wirklich noch nie umgesehen. Tatsächlich schien das Wageninnere ein gewisses Maß an Komfort zu haben.

»Links hinter dir ist die Küchenzeile, dreh dich mal.«

Heike tat wie ihr geheißen und staunte nicht schlecht.

Gabi stützte sich derweil mit einer Hand im Türrahmen ab und fuchtelte mit der ausgestreckten Krücke herum. »Gasherd, drei Kochfelder, Spüle mit hundertzwanzig Liter Abwassertank, der Kühlschrank läuft auf Gas, aber auch auf Strom, ganz wie du willst. Oben in den Schränken ist alles, was man in der Küche so braucht, das Geschirr steht hinten im letzten Schrank vor dem

Bett – und unter der Arbeitsplatte findest du Töpfe, Pfannen und Schalen.«

Heikes Blick fiel auf das große Bett, welches das gesamte Heck des Wagens einnahm. Auf einer dezent geblümten Tagesdecke stapelten sich unzählige Kissen in unterschiedlichen Größen und Formen. Alles in zartem Rosé und Weiß und bei Weitem nicht so qietschbunt, wie sie es sonst von Gabi kannte. Überhaupt war das Wohnmobil von innen sehr hell und freundlich, alle Flächen weiß gestrichen, allerdings nicht in modernem Hochglanz, sondern eher mit einer leichten Patina. Die Sitzbezüge der Stühle passten farblich ebenso zum Bett wie die dünnen Gardinen vor den Fenstern. Heike musste kurz überlegen, wie man diesen Look nannte. Shabby Chic? Sie brauchte einen Augenblick, um diesen hübschen Innenraum auf sich wirken zu lassen.

Gabi plapperte derweil von der Tür aus eifrig weiter – wohl froh, dass Heike nicht gleich mit einem Hechtsprung den Wagen wieder verlassen hatte. »Du hast echt alles drin, was du unterwegs so brauchst. Stauraum gibt es reichlich. Gegenüber der Küchenzeile ist noch ein großer Schrank, und links die Tür – das ist das Bad.«

»Bad?«, wiederholte Heike.

»Ja, Möppi hat ein Duschklo.«

»Duschklo!« Heike lachte auf. »Na prima!«

»Mach einfach mal die Tür auf.«

Heike folgte Gabis Aufforderung. Hinter der Tür befand sich ein winziges Bad, nicht im Shabby Chic, sondern zu einhundert Prozent älteres Vollplastik.

»Ja, ich weiß«, sagte Gabi sofort. »Das Bad könnte

auch mal eine Schönheitskur vertragen, aber es funktioniert alles, und wenn man da erst mal dran rumbastelt, bekommt man es womöglich nicht mehr ganz dicht.«

Heike betrat die kleine Nasszelle. Links war ein schmales Waschbecken mit einem ebenso schmalen Spiegelschränkchen angebracht. An der Außenwand befand sich ein kleines Fenster mit einer blickdichten Scheibe. Auf der rechten Seite stand ein großer weißer Kasten mit einem Toilettensitz drauf. »Und wo ist die Dusche?«

»Du stehst drin.«

Heike sah nach unten und stellte fest, dass der Fußboden in der Tat einer Duschwanne glich. »Super, und man kann alles gleichzeitig erledigen, Zähne putzen, Füße waschen und Pipi machen«, murmelte Heike leise vor sich hin, sodass Gabi es nicht hören konnte.

»Den Hahn vom Waschbecken kannst du herausziehen. Und rechts neben dem Fenster ist der Halter dafür, da kannst du den Hahn einstecken. Dann hast du einen Brausekopf. Man darf nur nicht vergessen, die Tür zuzumachen, sonst schwimmt einem der ganze Wagen weg. Also, man kann da natürlich keine Duschorgien drin feiern, aber zum Abduschen und schnellem Haarewaschen reicht der Wassertank zwei bis drei Tage. Das Klo ist extra.«

Heike wollte gar nicht so genau wissen, wo das ganze Abwasser dann hinging, vom Klo ganz zu schweigen.

Gabi erklärte munter weiter: »Aber wenn man auf Campingplätzen steht, hat man ja überall Waschhäuser.«

»Ich gehe bestimmt nicht in eine Rudeldusche.«

»Ach, Quatsch, das ist heute nicht mehr so. Die meisten Campingplätze haben ordentliche Sanitäranlagen, die guten sogar wahre Wellnessoasen. Selbst viele Stellplätze haben heutzutage kleine Waschräume. Kosten ein paar Euro, aber neben Wasser, Strom und Entsorgung ist das dann schon was Feines.«

Heike schüttelte den Kopf. »Gabi, ich habe doch von dem Ganzen gar keine Ahnung. Ich war noch nie mit einem Wohnmobil auf irgendeinem Campingplatz. Ich kenne nicht mal den Unterschied zu einem Stellplatz? Und was mach ich, wenn der Lokus voll ist? Nein … das ist nichts für mich.«

»Stellplätze sind nur für Wohnmobile. Da kann man eine Nacht oder auch ein paar Tage parken. Man steht dort autark, wie es so schön heißt, also kein Campingplatzluxus, dafür absolute Freiheit.«

»Freiheit.«

»Bevor du dich auf den Weg machst, werde ich dir natürlich alles genau erklären. Aber guck erst mal zu Ende. Da oben …« Gabi deutete mit ihrer Krücke über den Fahrerbereich, »da ist noch ein Alkoven. Da bringe ich meist einen Teil meiner Klamotten unter. Aber im Sommer, wenn es warm ist, kann man dort wunderbar schlafen und das Dachfenster aufmachen. Direkter Blick in den Sternenhimmel!«

»Und wie kommt man da hoch?« Heike sah nirgends irgendwelche Stufen.

»Unter der Sitzbank ist eine Leiter, einfach einhängen und hoch mit dir. Da liegt auch die Kurbel für die Markise – komm mal raus …«

Heike schlängelte sich durch den Vorhang und stieg wieder hinab zu Gabi auf den Hinterhof.

»Da oben ist die Markise, die kannst du auskurbeln. Ein Vorzelt habe ich im Keller, das habe ich aber bisher kaum benutzt. Und hier hinten …« Gabi humpelte hinter das Fahrzeug. »Da ist alles, was man sonst noch so braucht«

Heike richtete kurz den Blick gen Himmel. Ihre Freundin war derart euphorisch in ihre Erklärung vertieft, dass sie überhaupt nicht zu merken schien, wie skeptisch Heike das Ganze sah. Sie und ein Wohnmobil – das passte doch nicht zusammen. Auch wenn es von innen richtig schnuckelig war. Möppi erschien ihr genau wie Gabi, er nahm einen vorbehaltlos und liebevoll in den Arm. Er schien ein richtig dicker Freund zu sein. Aber er war nun mal Gabis Freund, nicht Heikes. Dennoch trat Heike artig hinter das Fahrzeug, wo Gabi soeben eine große Klappe geöffnet hatte.

»Zwei Klappstühle, ein kleiner Tisch, ein Grill, sogar Holzkohle ist, glaube ich, noch welche da. Besen und Kehrblech. Werkzeug, falls doch mal etwas kaputt sein sollte.« Sie kramte mit einer Hand in dem Stauraum herum, der sich unter dem Bett zu befinden schien. »Platz ist auf jeden Fall genug da, wenn du sonst noch was brauchst. Und hier, auf der linken Seite …«, Gabi humpelte weiter um den Wagen herum, »befinden sich die Klappen für Frisch- und Abwasser. Der graue Behälter ist immer fürs Schmutzwasser. Das Klo hat eine eigene Klappe, genau wie das Frischwasser. Und keine Sorge – da riecht nichts, und spritzen tut das auch nicht, wenn man den Fäkalienbehälter herauszieht.«

Beim Wort »Fäkalienbehälter« war Heikes Geduld zu Ende. »Gabi, ich weiß deinen Enthusiasmus zu schätzen, wirklich, aber ich glaube, das ist nicht das Richtige für mich. Überhaupt muss ich erst mal überlegen, wie ich am besten vorgehe. Ich sollte so schnell wie möglich zu Jenny. Da habe ich keine Zeit für eine … Reise mit einem fahrenden Duschklo. Ich dachte eher daran, das Flugzeug zu nehmen.«

»Schätzchen.« Gabi sah Heike mitleidig an. »Du hast alle Zeit der Welt. Auch wenn du dir das nicht eingestehen willst.«

Heike verschränkte die Arme vor der Brust und atmete ein paar Mal tief ein und aus. Ihr war ganz danach, Gabi anständig kontra zu bieten. Dummerweise fiel ihr jedoch nicht ein, warum sie angeblich nicht mit dem Wohnmobil fahren sollte, auf einen Tag mehr oder weniger kam es wirklich nicht an. Heike seufzte unwillkürlich. Wenn sie an ihre nahe oder gar fernere Zukunft dachte, zog sich alles in ihr zusammen. Da war nichts! Sie hatte weder einen Plan noch eine leise Idee von ihrem zukünftigen Leben. Und in zwei Tagen würde ihr Mann – oder Ex-Mann – weg sein und sie ganz alleine dasitzen. Was sollte sie nur tun? Dreimal die Woche zu Behrs ins Büro gehen, als wäre nichts vorgefallen, einmal die Woche Gabi besuchen …? Aber was wäre mit dem Rest der Zeit? Sie fuhr sich mit beiden Händen über das Gesicht, ihr war plötzlich speiübel. Dann hob sie die Hände. »In Ordnung, Gabi, ich werde darüber nachdenken. Nur jetzt gerade ist mir alles zu viel.«

»Du kannst es dir ja in Ruhe überlegen.« Gabi schien

zu spüren, dass Heike etwas überstrapaziert war. »Möppi steht hier bereit, und wenn du ihn brauchst, kannst du jederzeit los.«

»Ich weiß dein Angebot zu schätzen. Ich denke zwar nicht, dass ich … Warum heißt das D … – der Wagen eigentlich Möppi, in Herrgotts Namen?«

Gabi zuckte mit den Achseln. »Weil ich finde, dass er aussieht wie damals das Schaf von meinem Opa. Das hieß Möppi, war kugelrund und weiß und mochte total gerne Löwenzahn.«

Heike musste lachen. »Du spinnst!«

»Ich weiß.«

Kapitel 6

Auf dem Rückweg von Gabi fuhr Heike kurz bei ihrem Arbeitgeber vorbei. Der Autohandel Behrs war vor zwei Jahren vom Junior übernommen worden, und dieser hatte eine recht unterkühlte Art gegenüber den drei Frauen, die seinen Papierkram erledigten. Heike wollte eigentlich nur um weiteren Urlaub oder eine kleine Auszeit bitten. In ihrem derzeitigen Zustand konnte sie sich einfach nicht auf Rechnungen konzentrieren. Doch als sie jetzt im Büro des Autohandels stand, ein kühler, liebloser Raum mit einigen ausgedienten Schreibtischen, und den gewohnt frostigen Gesichtsausdruck ihres Chefs sah, rutschte ihr spontan ein »Herr Behrs, ich werde kündigen« heraus. Ihr Herz machte einen nervösen Hopser, und sie erschrak selbst über ihre Worte.

Christoph Behrs hob nur kurz die Augenbrauen und sagte nur: »Das tut uns natürlich schrecklich leid zu hören, Frau Berger.« Es folgte etwas klischeehaftes Geschwafel und dann auch schon eine schnelle Verabschiedung, er hatte noch einen Kunden.

Kaum stand sie wieder auf der Straße, fuhr sich Heike mit der Hand über die Stirn. Was hatte sie da gerade getan? Die Worte waren ihr einfach so herausgerutscht, irgendetwas in ihr hatte sie förmlich angeschubst … Dabei hatte sie doch gar nicht kündigen wollen.

Im nächsten Moment wurde Heike bewusst, dass sie ab sofort kein eigenes Geld mehr verdienen würde, und ihr wurde leicht schwindlig. Wer wusste schon, inwieweit Jochen sie noch mitversorgen würde? Panik stieg in ihr auf. War sie denn jetzt von allen guten Geistern verlassen? Kurz war sie geneigt, Herrn Behrs abzufangen, doch dann hielt sie inne. Er hatte nicht so gewirkt, als legte er Wert auf ihre Arbeit. Wertschätzung sah anders aus. Sollte sie tatsächlich versuchen, ihre Kündigung rückgängig zu machen? Er würde sie bestimmt für verrückt halten. Nachdenklich ging sie zu ihrem Auto und setzte sich hinter das Steuer, um nachzudenken.

Wirklich falsch fühlte sich ihre Entscheidung eigentlich nicht an. Im Grunde war sie dort doch nur hingegangen, um eine Aufgabe zu haben. Zudem hatte sie noch ein kleines Polster auf ihrem Sparbuch. Selbst wenn Jochen sie hängen ließe, käme sie einige Zeit gut aus und würde ja auch einen Anteil am Haus bekommen. Und überhaupt, im Fernsehen sah man doch andauernd Frauen, die geschieden wurden und dann erfolgreich und glücklich in ein neues Leben starteten.

Sie straffte sich. Jochen würde sie gewiss nicht ohne Geld sitzen lassen. Schließlich hatte sie all die Jahre nicht untätig zu Hause rumgesessen, sondern sich um die Kinder gekümmert, über zwei Jahrzehnte seine Socken gewaschen und seinen Magen gefüllt. Ganz untätig war sie also nicht gewesen, und er hatte es ja auch so gewollt. Und was ihr neues Leben anging, sie wusste nicht wie, was und wo – aber es würde weitergehen, es ging ja immer irgendwie weiter. Auch ohne Jochen und ohne den Job bei Behrs.

Als Heike nach Hause kam und den Wagen unter dem Carport parkte, bemerkte sie Doris. Wie zufällig trat ihre Nachbarin mit einer nicht mal halb vollen Mülltüte aus dem Haus, zupfte kurz an einer Blühpflanze, die in einem Kübel neben der Tür stand, und ging dann zu den Mülltonnen direkt am Zaun zu der Einfahrt von Jochen und Heikes Haus.

In den letzten vier Wochen hatte Heike jeglichen Kontakt mit Doris vermieden. Als sie jetzt aus ihrem Wagen stieg, wappnete sie sich bereits innerlich.

»Hallo, Heike. Wie geht's dir denn so?«, erklang es schon, kaum dass Heike die Fahrertür zugeschlagen hatte.

Heike bemühte sich um einen beifälligen Ton. »Hallo, Doris. Alles gut – und bei euch so?« Aber ihre Nachbarin gab nicht so schnell auf.

»Na, man sieht euch ja kaum noch. Und vorletzten Donnerstag, wo hast du denn da gesteckt? Wir haben dich vermisst.«

Heike hatte den monatlichen Skatabend einfach ausfallen lassen. Sie hatte wenig Lust gehabt, sich den stets neugierigen Fragen der Nachbarn zu stellen. Früher oder später würden sie es ja doch erfahren, aber noch hatte Heike nicht den Mut, ihre Trennung laut hinauszuposaunen.

»Oh, ja, tut mir leid«, antwortete sie geistesgegenwärtig. »Jochen hatte so furchtbar viel zu tun und kam erst spät nach Hause.«

»Der ist ganz schön viel unterwegs momentan.« Doris stand immer noch an ihren Mülltonnen. »Habt ihr entrümpelt? Neulich stand da ein Transporter vor eurem Haus.«

Innerlich verzog Heike das Gesicht. Es war klar, dass hier in der Nachbarschaft nichts verborgen blieb. »Ja, weißt du ... Jochen muss einige Zeit nach Mallorca. Der Kollege dort ... ist krank geworden.«

»Ach, wie nett. Also für Jochen. Fährst du mit?«

Heike winkte ab. »Nein, nein. Das ist nichts für mich da. Aber ...«, in ihrem Kopf ratterte es, »aber es könnte sein, dass ich zu Jenny, Felix und Finn fahre.«

»Auch schön.« Doris lächelte wohlwollend. »Ihr habt euch ja auch schon wieder so lange nicht gesehen. Sollen Ralf und ich das Haus hüten? Wie lange willst du denn wegfahren?« Sie warf endlich die Mülltüte in die Tonne und trat an den Zaun. »Du weißt ja, dass wir das gerne machen – du gießt schließlich auch immer unsere Blumen, wenn wir nicht da sind.«

»Ich ... ich weiß noch gar nicht so genau, wann ich fahre.« Jetzt zuckte Heike etwas hilflos mit den Schultern. »Aber das wäre ganz lieb von euch.«

»Kein Ding. Kannst du dich drauf verlassen. Dann sag einfach Bescheid und bring uns den Schlüssel. Wenn es wieder so trocken wird, gucken wir auch gerne nach dem Garten.«

»Danke, das wäre nett.« Heike spürte plötzlich, wie fremd Haus und Garten ihr mit einem Mal waren.

»Ich ... ich muss dann mal«, sie deutete etwas unbeholfen auf die Haustür. »Ich gebe euch Bescheid.« Schnell ging sie in Richtung Haus und verschwand darin. Im Flur lehnte sie sich mit dem Rücken an die Haustür und atmete einmal tief ein und aus. Wie sollte sie Doris und Ralf nur erklären, dass sie bald wohl andere Nachbarn bekommen würden? Das Ende ihrer Ehe fühlte sich plötzlich nicht nur schmerzhaft an, es hatte auch noch den bitteren Beigeschmack des Scheiterns an sich. Sie hatte es einfach nicht geschafft, ihre Familie zusammenzuhalten. Bevor sie sich in das Gefühl des Versagens hineinsteigern konnte, hörte sie plötzlich Gabis Stimme im Kopf: *Das ist jetzt nicht allein deine Schuld, Heike!* Trotzdem fühlte es sich so an. Heike schniefte und wischte sich mit einer Hand über die Augen. Dann gab sie sich einen Ruck. Nein! Es war wirklich nicht nur ihre Schuld.

Sie wanderte durch die Küche in das Wohnzimmer. Dort stellte sie sich an die Terrassentür und sah nach draußen. Der Garten war nicht sehr groß und zu den Nachbarn hin mit einer hohen Hecke eingefasst. Neben dem Kirschbaum, den sie gepflanzt hatten, damals, bevor der Rasen eingesät war, standen noch ein paar Büsche in den Beeten. Wenig anspruchsvoll alles, dafür pflegeleicht und praktisch. Zur Fertigstellung des Hauses war Heike hochschwanger mit Jenny gewesen. Ihre Tochter war kurz nach dem Einzug geboren. Das war 1991 gewesen, wie die Zeit doch rannte. Es war die perfekte Familienidylle gewesen – eine Neubausiedlung in der Vorstadt. Zwei Jahre später war Kai geboren worden. Die Kinder hatten in der Siedlung immer genug Spielkameraden gehabt, alle waren in denselben Kindergarten und später auf die nahe gelegenen Schulen gegangen. Als Eltern war man sich zwar oft über den Weg gelaufen, doch wirklich enge Freundschaften waren daraus nicht entstanden. Die Kinder hatten allerdings oft zusammen gespielt und später gemeinsam Sport getrieben. Heike hatte den Nachmittagen mit Kai in der Handballhalle nicht viel abgewinnen können. Jenny hingegen hatte einige Jahre voltigiert. Ein nahe gelegener Reitverein hatte damals das Turnen auf dem Pferd angeboten, und Jenny war Feuer und Flamme gewesen, weil einige ihrer Freundinnen dort auch mitgemacht hatten. Heike war mehr als einmal das Herz in die Hose gerutscht, wenn die Mädchen auf dem Pferderücken balancierten und kleine Kunststücke geübt hatten.

Im Grunde hatten sie ihren Kindern fast alle Wünsche erfüllt. Wobei Heikes Part das Herumkutschieren gewesen war, während Jochen sich eher auf das Bezahlen und darauf beschränkt hatte, seine Kinder an den Wochenenden ausgiebig zu loben, wenn diese ihm von ihren Erfolgen erzählt hatten, oder aber zu trösten, wenn etwas schiefgelaufen war. Jenny und Kai waren tolle Kinder gewesen, brav und fleißig, beide mit einem guten Abi und den besten Voraussetzungen für ihr späteres Leben. Und dann zerbrach so mir nichts, dir nichts die Ehe ihrer Eltern.

Heike umschlang ihren Oberkörper mit den Armen. Wahrscheinlich erfüllten Jochen und sie damit nur ein weiteres Klischee. Bei den Eltern von Jennys und Kais Freunden hatte es auch so einige Scheidungen gegeben.

Heike hatte nur nie daran gedacht, dass es sie auch einmal treffen könnte. Im Gegenteil. Jochen hatte sich früher sogar öfter über solche Paare aufgeregt und sich gefragt, wie sie das den Kindern wohl antun könnten. Aber wenn die Kinder keine Kinder mehr waren, lagen die Dinge wohl anders.

Heike spürte, wie eine Welle des Frusts über sie hinwegspülte. Gabi hatte recht, sie musste sich langsam etwas einfallen lassen. Sie drehte sich von der Terrassentür weg und ließ den Blick durch den Raum wandern. Die Stille im Haus war fast unerträglich, sie lauerte wie ein böser schwarzer Schatten hinter den Sofas, unter dem Esszimmertisch und hinter der Tür zum Flur. Heike hatte diesen Schatten die letzten Jahre über gekonnt ignoriert, waren die lauten und bunten Erinnerungen an vergangene Zeiten doch auch noch präsent gewesen. Diese verblassten jetzt allerdings, und der schwarze Nebel der Stille schien über den Fußboden zu wabern und endgültig Besitz von dem Haus ergreifen zu wollen. Heike fühlte sich plötzlich unwohl, ihr Körper regierte mit einem leichten Zittern. Nein, sie würde hier nicht alleine bleiben. Am liebsten wollte sie keine Sekunde länger in diesen Wänden ausharren. Sie ging mit eiligen Schritten in die Küche und suchte nach ihrem Handy. Rasch rief sie die Landkarte auf und tippte *Habo* ein. So hieß der Ort in Schweden, wo Jenny und Felix wohnten. Blitzschnell errechnete das Telefon die Route. Heike zog die Stirn in Falten. Es waren gut siebenhundert Kilometer. Die einfache Fahrt würde acht Stunden dauern. Bei ihren Besuchen bei Jenny und Felix war Jochen immer gefahren.

Ein kurzer Anfall von Hilflosigkeit, so ohne Jochen, überfiel sie. Sie versuchte, das Gefühl zu verdrängen. Im Grunde konnte sie das Ganze auch mal positiv betrachten. Sie war auf sich allein gestellt, und das hieß, sie konnte tun und lassen, was sie wollte, und brauchte niemanden mehr fragen. Bei diesen Gedanken straffte sie sich unwillkürlich. Blieb jetzt nur die Frage: Auto oder Möppi? Heike lehnte sich, das Handy mit der Route drauf immer noch in der Hand, an die Arbeitsplatte der Küche. Die eine Route ging von Hamburg Richtung Fehmarn, weiter durch Dänemark, von Kopenhagen dann nach Malmö und anschließend quer durch das schwedische Inland bis nach Habo, das an einem riesengroßen See, dem Vättern, lag. Die zweite Fahrtmöglichkeit ging über Flensburg, Dänemark, Kopenhagen und dann ebenso durch Schweden. Eigentlich viel zu schade, die Strecke mit dem Auto am Stück abzufahren, durchfuhr es Heike, und sie dachte unwillkürlich an das gemütliche Wohnmobil von Gabi. Auch wenn die ganze Technik drum herum ihr Angst einflößte, war es wirklich ein fahrendes Nest, ein Zuhause. Zwar Gabis Zuhause – aber Heike fühlte sich bei Gabi immer wohl. Die augenscheinliche Nähe zu ihrer Freundin, die Möppi unwillkürlich hervorrufen würde, tröstete Heike jetzt schon.

Ihr Herz machte einen kleinen Hopser. Heike sah verwundert auf. Hatte ihr Herz ihr gerade gesagt, was sie tun sollte? Nicht der Kopf? Ihr Kopf sagte gar nichts. Ihr Herz schien aber freudig zu tanzen und zu rufen: »Ja! Mach es doch einfach.« Heike musste kichern. Das letzte Mal, als sie so deutlich wahrgenommen hatte, dass etwas richtig schien, war vor ihrem Umzug nach Hamburg gewesen. Das hatte sie sich auch von ganzem Herzen gewünscht. Die Aussicht, möglichst schnell aus diesem Haus zu kommen, einfach wegzufahren, das Meer zu sehen und dann Jenny und Finn, das ließ den traurigen Anlass der Reise fast verblassen. Heike holte tief Luft, plötzlich fühlte sie sich gut. Die Fähigkeit, Entscheidungen für sich alleine zu treffen, schien wieder in ihr zu erwachen.

An der Haustür klimperte ein Schlüssel. Jochen! Er würde heute seine letzte Nacht hier verbringen. Hastig ließ Heike das Handy in ihrer Hosentasche verschwinden.

»Oh. Hi.« Er streckte den Kopf zur Küchentür herein. »Alles klar?«

»Ja, alles gut.« Heike konnte sich ein verschmitztes Lächeln nicht verkneifen.

»Aha.« Jochen sah mit einem Mal etwas verwundert aus.

In den letzten Wochen war Heike ihm möglichst aus dem Weg gegangen, was nicht schwer gewesen war, da er meist spät und dann nur zum Übernachten das Haus betreten hatte. Heike klatschte leise in die Hände und rieb diese aneinander.

»Ja, also, ich werde dann zu Jenny fahren in den nächsten Tagen.«

»Nach Schweden?«

»Ja, natürlich.«

»Allein?«

»Ja, allein, Jochen, du kannst ja nicht mitkommen.«

Er verzog kurz das Gesicht. »Find ich gut ... ich meine, dass du ... Sie wird es schon verstehen.«

»Sie wird es verstehen müssen, ja. Und du – hast du schon alles gepackt?«

»Ähm ja, ich muss morgen früh nur noch meine Reisetasche ins Auto packen … und dann kann es losgehen.«

»Gut. Meldest du dich bei mir, wenn du da unten angekommen bist?« Heike biss sich auf die Lippen, diesen gewohnheitsmäßigen Satz hatte sie sich nicht verkneifen können.

Ein Lächeln huschte über Jochens Mundwinkel. »Ja, natürlich. Und wenn du … also, wenn du bei Jenny bist, gibst du mir auch Bescheid?«

»Klar, mach ich.« Heike horchte in sich hinein. Es war wie bei Freunden, wie immer. Kein Stich im Herzen, kein Abschiedsschmerz – dann war es richtig so.

Als sie später auf ihrem Sofa lag, nahm sie noch einmal das Telefon zur Hand. Kurz überlegte sie, ob sie Jenny schon eine Nachricht schreiben sollte. Doch nein, das hatte Zeit. Sie würde sowieso einige Tage länger unterwegs sein und war ja mehr als flexibel. Stattdessen schrieb sie an Gabi.

Ich mache es! Melde mich morgen!

Wenige Sekunden später zeigte ihr Telefon an, dass Gabi die Nachricht gelesen hatte.

Richtig so!, kam es zurück – mit einem Küsschen-Smiley. Heike lächelte gedankenverloren. Dann legte sie das Telefon weg und kuschelte sich unter ihre Decke. Morgen würde also ihr neues Leben beginnen. Eine kribbelige Vorfreude durchfuhr sie.

Kapitel 7

Als Jochen am nächsten Morgen um kurz nach sechs Uhr losfuhr, gab Heike ihm noch ein gewohnheitsmäßiges »Fahr vorsichtig« mit auf den Weg und sah dem Wagen einen Herzschlag lang nach. Statt ihrem Mann hinterherzutrauern, krempelte sie die Ärmel hoch und ging zurück ins Haus. Sie musste packen. Was brauchte man alles für eine Reise mit einem Wohnmobil?

Es war eindeutig noch zu früh, um Gabi anzurufen und um Rat zu fragen. Also stieg sie die Treppe hoch und ging in das Schlafzimmer, um erst einmal die Kleidung zusammenzusuchen. Schnell breitete sie die blaue Tagesdecke über ihr einstiges Ehebett. Kurz musste sie innehalten; alles war so plötzlich und zugleich endgültig über sie hereingebrochen, dass es ihr die Luft abdrückte. Dann aber gab sie sich einen Ruck. Sie wollte nach vorne schauen und nur nach vorne.

Wenig später hatte sie alles Nötige aus dem Schrank geholt und auf dem Bett gestapelt. Da Jochen ihre ehemalige Reisetasche mitgenommen hatte, ging sie in Kais altes Zimmer und suchte dort nach etwas Passendem. Auf dem Kleiderschrank lag ein ganzer Stapel alter Sporttaschen.

»Uh!«, entfuhr es ihr, als sie die oberste öffnete, denn

darin steckte noch ein Paar alter Sportsocken. Die Kinder hatten zwar vor langer Zeit ihre Zimmer ausgeräumt und alles mitgenommen, was ihnen wichtig war, aber dennoch sah es bei Kai ein bisschen so aus, als würde hier noch immer ein Teenie leben. Jennys Zimmer nutzte Heike zum Bügeln und als Ablage. Auf dem Bett ihrer Tochter stapelten sich einige Tischdecken und Wintersachen, aber mit ein paar Handgriffen ließe sich das Zimmer rasch wieder herrichten, um seine frühere Bewohnerin wieder aufzunehmen. Bei Kai war es nicht anders.

Heike seufzte und schüttelte den Kopf. »Sie sind groß, kapier das endlich!«, sagte sie halblaut zu sich selbst und nahm zwei leere Taschen mit in das Schlafzimmer. Wie lange würde sie wohl unterwegs sein? Sie sah noch einmal auf den Stapel Kleidung. In drei Wochen wollte Jochen wiederkommen. Sie würde versuchen, diesen Zeitrahmen einzuhalten.

Rasch zählte sie ihre Sachen durch, und während sie die erste Tasche packte, überlegte sie, ob man auf Campingplätzen nicht auch Wäsche waschen konnte. Sie notierte sich in Gedanken die Frage, um sie später Gabi zu stellen. Dann fiel ihr ein, dass sie eigentlich gar keine Taschen brauchte, denn sie konnte ja alles direkt in das Fahrzeug laden. Gut, aber sie musste ihr Zeug irgendwie dorthin schaffen. Anstatt die zweite Tasche zu packen, nahm sie einfach einen Wäschekorb. Den könnte sie unterwegs vielleicht gebrauchen.

Drei Wochen kamen ihr vor wie eine halbe Ewigkeit. Sie war nie so lange fort gewesen. Urlaub hatten sie selten gemeinsam gemacht, dann und wann eine Woche mit den Kindern in Sankt Peter-Ording. Heike war öfter allein mit den Kindern für eine Woche zu ihren Eltern gefahren, was Jenny und Kai mit zunehmendem Alter aber öde fanden. Kai war später mit seiner Handballmannschaft unterwegs gewesen und Jenny mit Freundinnen. Heike erinnerte sich an einen einzigen Urlaub nur mit Jochen. Ganz am Anfang, im ersten Sommer nach ihrem Kennenlernen, waren sie zusammen in Frankreich gewesen. Sie hatten in kleinen Hotels geschlafen, waren morgens barfuß am Strand gelaufen. Aber das lag nun über ein halbes Leben zurück.

Heike trug nachdenklich die Tasche und dann den Wäschekorb nach unten und stellte beides in den Flur. Heute begann ein neuer Abschnitt ihres Lebens. Sie verspürte ein seltsames Gefühl bei dem Gedanken. Aufregung, Beklemmung, Angst, eine zaghafte Freude – alles zugleich. Was wohl auf sie warten mochte?

In der Küche goss sie sich einen Kaffee ein. Beim Blick auf die Kaffeemaschine fiel ihr auf, dass sie im Wohnmobil keine gesehen hatte, sehr wohl aber eine ganze Reihe Steckdosen. »Kaffeemaschine?«, notierte sie sich, diesmal aber mit einem Stift auf einem richtigen Zettel. Gleich darunter schrieb sie »Wäsche?«. Dann stieg sie wieder die Treppe hinauf und ging ins Bad. Kurz überlegte sie, ob sie wirklich heute schon losfahren sollte. Sie musste das Wohnmobil erst einmal von Gabi abholen, hierherschaffen und dann komplett einräumen. Es würde bestimmt Nachmittag werden, bis sie fertig wäre. Außerdem war morgen Sonntag, da wäre das Fahren sicherlich zunächst einfacher. Heike seufzte, eine weitere Nacht auf dem Sofa war wenig reizvoll, aber wahrscheinlich das Beste.

Sie blickte auf die Uhr, es war inzwischen halb acht. Immer noch etwas früh, um Gabi zu überfallen. Aber sie konnte ja schon mal einkaufen! In diesem Moment bemerkte sie, wie gut es ihr tat, sich auf die Abreise vorzubereiten, anstatt müßigen Gedanken an die Vergangenheit nachzuhängen. Schnell war sie wieder in der Küche, suchte ihr Portemonnaie und schnappte sich eine Einkaufstasche.

Nach zehn Minuten Fahrt war sie im Supermarkt angekommen. Beschwingt schob sie den Einkaufswagen in den Laden, um dann zunächst etwas ratlos in der Gemüse- und Obstabteilung stehen zu bleiben. Was, um Himmels willen, kaufte man für eine Reise im Wohnmobil? In Gedanken ging sie Möppis Küche durch: Herd und ein kleiner Kühlschrank waren vorhanden. Aber allzu viele frische Lebensmittel konnte sie sicher nicht darin unterbringen. Also packte sie ein paar Äpfel in einen Beutel und griff nach einem Netz Zwiebeln. Zwiebeln konnte man zum Kochen immer irgendwie gebrauchen. Dann schob sie den Wagen weiter. Ein bisschen Käse, eine Packung Butter, vor den Eiern stand sie etwas länger. Im Grunde brauchte man sie ja nicht zu kühlen. Sie griff nach einer Sechser-Packung, das würde erst mal reichen. Kurz war sie versucht, mehrere Puddingbecher in den Wagen zu stellen, die würden allerdings ganz schön viel Platz einnehmen in dem kleinen Kühlschrank. Sie ließ sie stehen und ging in den Gang, wo die H-Milch lagerte. Dort gab es Puddings, die nicht gekühlt werden mussten.

Ihre Auswahl im nächsten Regal fiel umfangreicher aus. Nudeln in diversen Variationen wanderten in den Wagen, dazu vier kleine Gläser Mayo, Gewürzgurken, zwei Dosen Mais, und fertig war die Basis für Nudelsalat. In der Abteilung für Fertigprodukte musste Heike sich erst mal orientieren. Selten hatte sie bisher hier zugegriffen, doch heute erschienen ihr viele der Produkte durchaus nützlich: Instant-Kartoffelpüree, Fertigsoßen, zur Sicherheit noch ein paar Tütensuppen. Sie blickte in ihren Wagen. Sie würde zwar nicht gerade gesund und vollwertig leben, aber immerhin nicht verhungern. Und sie fuhr ja auch nicht auf eine Wüstenexpedition, sondern konnte im Grunde überall anhalten und etwas einkaufen. Vorsichtshalber holte sie aus einem Regal noch eine Packung eingeschweißtes Vollkornbrot. Salz, Gewürze und Ähnliches konnte sie von zu Hause mitnehmen. Als Letztes schob sie den Wagen in den Gang mit dem Toilettenpapier. Bei dem Gedanken, sich bald in dem Duschklo erleichtern zu müssen, fing sie an zu kichern. Oh Gott, was tat sie da nur!

Die Kassiererin, die Heike seit Jahren von unzähligen Einkäufen her kannte, beäugte ihre heutige Auswahl mit hochgezogenen Augenbrauen. Ansonsten waren es doch eher frische Lebensmittel, die Heike hier aufs Band legte.

»Camping – wir fahren zum Camping«, erklärte sie, während sie ihren Einkauf in die Tasche packte.

Das Gesicht der Kassiererin hellte sich auf. »Wie schön. Dann viel Spaß! Wir haben auch einen Wohnwagen, ich freue mich schon so auf den Sommerurlaub.«

Heike nickte und lächelte, war insgeheim aber froh,

dass hinter ihr weitere Kunden in der Schlange standen, sodass die Kassiererin sie gar nicht erst in ein Gespräch verwickeln konnte.

Zu Hause stellte Heike ihre Ausbeute erst einmal in die Küche. Es war neun Uhr, jetzt sollte Gabi wohl wach sein. Eilig wählte Heike die Nummer ihrer Freundin.

»Guten Morgen«, ertönte es nach dem ersten Klingeln auch schon am anderen Ende.

»Guten Morgen, Gabi. Bist du schon fit oder störe ich?« Heike wusste, dass Gabi ein bekennender Morgenmuffel und erst nach einer Tasse Kaffee und einem Frühstück vollständig ansprechbar war.

»Bin fit, schlafe eh schlecht, das Knie ärgert mich beim Liegen irgendwie. Also – du hast es dir überlegt, ja? Willst du mit Möppi auf Tour gehen?«

»Ja, Gabi! Wie immer hattest du recht, es ist eine tolle Idee.«

»Sag ich ja.«

»Darf ich vorbeikommen? Dann könnten wir alles besprechen, und ich … ich nehme das Wohnmobil gleich mit.«

Gabi prustete am anderen Ende der Leitung los. »Na, jetzt hast du es aber eilig, wie?«

»Ja, eigentlich schon … Aber wenn dir das nicht passt, ich meine …«

»Quatsch, Heike – komm vorbei, alles gut. Du kannst mit Möppi sofort losfahren, wenn du willst.«

»Alles klar, dann bin ich in einer halben Stunde da.«

»Warte mal!«

»Hm?«

»Wenn du jetzt für eine Weile wegfährst … könntest du vorher noch einmal für mich einkaufen, bitte? Dann muss ich die Nachbarin nicht gleich darum bitten.«

Heike blickte kurz auf ihre gerade getätigten Einkäufe. Am liebsten wäre sie sofort aufgebrochen. Dann bekam sie ein schlechtes Gewissen. Sie würde Gabi nun einige Zeit allein lassen, obwohl diese noch nicht wieder richtig laufen konnte.

»Ja klar«, sagte sie rasch. »Was brauchst du?« Geduldig nahm sie Gabis Bestellung auf, so viel war sie ihrer Freundin mindestens schuldig. Dann schnappte sie sich ihren Autoschlüssel und machte sich erneut auf den Weg zum Supermarkt.

Erleichtert stellte sie fest, dass inzwischen eine andere Verkäuferin an der Kasse saß. So musste sie nicht erklären, warum sie zu den Unmengen Instant-Lebensmitteln auch noch einen ganzen Korb voll Schokolade, Keksen und Tiefkühlpizzen einkaufte. Gabi versuchte, ihren Frust über das schmerzende Knie mit Kalorien zu bekämpfen. Wahrscheinlich nicht der beste Weg, dachte Heike im Stillen. Sie wollte ihrer Freundin aber keine Moralpredigt halten, zumal sie selbst auch nicht gerade die Königin des gesunden Einkaufs gewesen war.

Wenig später arbeitete Heike ihre kleine Frageliste ab, während Gabi die Tiefkühlpizzen in das Eisfach ihres Kühlschranks zwängte.

»Natürlich kannst du auf dem Campingplatz Wäsche waschen, auf vielen gibt es Waschmaschinen und Trockner. Und ja, du kannst Möppi an den Strom anschließen, ich zeige dir nachher noch, wo das Kabel ist und wie herum der Stecker gehört. Wenn du auf einem Platz ohne Strom stehst, hat er zwei Extra-Batterien. Die halten nicht ewig, aber für deine Reise wird es locker reichen. Das Klo musst du regelmäßig ausleeren – nicht schön, aber du wirst dankbar sein, es zu haben, wenn es mal in Strömen regnet und du keine Lust hast, über den Campingplatz zu den öffentlichen Toiletten zu latschen. Keine Sorge, das bekommst du schon hin.«

Gabi hatte ihre Einkäufe weggepackt und setzte sich jetzt mit einem lauten Stöhnen auf einen der Küchenstühle. »Oh Mann, ich fühle mich wie achtzig. Aber ich finde das echt gut, dass du dich entschlossen hast, diese Reise zu machen. Das wird dir guttun, du wirst sehen.«

Heike sah auf ihren Zettel. »Kann ich die Kaffeemaschine im Wohnmobil so anschließen?«

»Ja. Du musst aber aufpassen nicht zu viele Elektrogeräte auf einmal laufen zu lassen, je nachdem wie viel Watt die haben. Also Kaffeemaschine und Föhn gleichzeitig könnten heikel werden. Da gibt's einen Kurzschluss in der Versorgung, wenn du Pech hast.«

Heike blickte Gabi erschrocken an. »Das Ding … Entschuldigung – Möppi brennt mir aber nicht ab, oder?«

Gabi lachte. »Nein, aber du bekommst halt nicht die volle Amperezahl auf einem Campingplatz, so wie zu Hause aus den Steckdosen. Stell einfach alles nacheinander an, statt gleichzeitig, dann geht das.«

Watt, Ampere – das war Heike schon wieder alles zu kompliziert.

Gabi schien ihre Unsicherheit zu spüren. »He, da passiert schon nichts. Wenn ich bisher nirgendwo einen Schaden verursacht habe, dann schaffst du das auch. Übrigens, wenn du kochen oder die Heizung anstellen willst, dann musst du die Gasflasche unter dem Herd aufdrehen und vor der Weiterfahrt wieder gut zudrehen! Sonst ...«

»Sonst was?« Heike wischte sich mit den Händen über die Stirn.

»Mach es einfach, es passiert auch nichts, aber sicher ist sicher. Falls es nach Gas riechen sollte – auf jeden Fall raus aus dem Wohnmobil! Das ist bei mir aber noch nie vorgekommen in den ganzen Jahren ...«

»Ach, Gabi jetzt hast du mir ganz schön Angst gemacht.«

»Heike, da fahren jeden Tag Tausende von Rentnern mit ihren Wohnmobilen durchs Land. Da schaffst du das auch.«

»Ja, technisch versierte Rentner mit hundert Jahren Campingerfahrung.« Heike grinste schief.

»Na, vielleicht kriegst du die ja auch noch zusammen.« Gabi lachte.

»Wohl eher nicht – ich bin doch längst über die Lebensmitte hinweg, zudem auch noch als abgelegte Ehefrau.« Sie hob anklagend die Hände.

»Heike, tu mir einen Gefallen, fahr los! Wenn du dann in Selbstmitleid baden willst, mach das, aber nicht hier in meiner Küche. Die alte Heike ist ab jetzt passé – in Ordnung?! Und jetzt komm, ich weise dich noch mal genau in alles ein.«

Heike bekam ein nervöses Magenflattern, als sie kurze Zeit später wieder in dem kleinen Wohnmobil stand. Obwohl, klein kam es ihr mit einem Mal gar nicht mehr vor, eher riesig, wie einer dieser massiven Lkws. War das Ding über Nacht gewachsen? Sie würde wahrscheinlich nicht mal die paar Kilometer bis vor ihr Haus unbeschadet schaffen.

»Würdest du deinen Wagen noch hier im Hof einparken?«, bat Gabi sie, nachdem sie ihr alles gezeigt hatte, was sie wissen musste. »Dann kann ich mich, sobald ich wieder halbwegs fahrtauglich bin, auch fortbewegen.«

»Ja, klar. Brauchst du noch was aus deinem Möppi?« Heike versuchte, ihrer Stimme einen ruhigen Ton zu verleihen. Sie war mit einem Mal ganz furchtbar aufgeregt.

»Nein, nur heil wiedersehen will ich ihn in ein paar Wochen. Und dich auch. Gott, ich bin fast ein bisschen neidisch, da bekomm ich gleich Reisefieber. Also – nun mach schon, hau ab. Du kannst Möppi kurz vorne an der Straße stehen lassen, dein Auto holen und hier parken – und dann will ich dich nur noch von hinten sehen.« Gabi drücke ihr einen Kuss auf die Wange.

Heike hingegen war eher damit beschäftigt, ihre weichen Knie im Zaum zu halten.

Kapitel 8

Möppis Motor tuckerte laut, als Heike ihn auf die Straße lenkte. Gott, war das Ding groß! Sie blickte immer wieder hektisch von einem Seitenspiegel zum anderen, während sie schon beim Fahren aus der Einfahrt heraus zum Parkplatz Angst hatte, mit Möppis Hinterteil an der nächsten Hausecke hängen zu bleiben. Gabi stand vor der Tür und winkte fröhlich. Heike wagte es nur kurz, die Hand vom Lenkrad zu nehmen. Im gefühlten Schneckentempo versuchte sie, Möppi in der Spur zu halten. Hinter ihr bildete sich schnell eine Autoschlange. Ungehaltenes Hupen erklang. Heike trat zaghaft aufs Gas.

Beim Anfahren an der ersten Ampel schaffte sie es, Möppi gehörig zum Stottern zu bringen. Wie ein bockiges Schaf hopste das Wohnmobil nach vorne, fuhr dann aber brav weiter. Als sie die Spur wechseln musste, um abzubiegen, schnitt sie einigen anderen Autofahrern unsanft den Weg hab.

»'tschuldigung!«, rief sie, auch wenn es niemand hören konnte.

Das Fahren auf der zweispurigen Ausfallstraße war das eine gewesen – die Verkehrsinseln auf den kleineren Straßen Richtung Buckhorn waren das nächste Hindernis.

»Verdammt, ist das eng!«, entfuhr es Heike, während sie an den Verkehrsinseln vorbeizukommen versuchte, ohne dabei die Autos auf dem Parkstreifen rechts zu rammen. Sie war inzwischen so voll Adrenalin und außer Atem, als hätten gerade die Wehen bei ihr eingesetzt. Ziemlich genau so hatte sie sich gefühlt, als Jochen sie vor Jennys Geburt ins Krankenhaus gefahren hatte.

Als Heike mit Möppi vor ihrem Haus ankam, lief ihr der Schweiß die Schläfen hinunter. Himmel! Worauf hatte sie sich da nur eingelassen. Die erste halbe Stunde mit dem Wohnmobil durch den Mittagsverkehr am Hamburger Stadtrand war eine wahre Mutprobe gewesen. Aber sie lebte noch, und Möppi hatte auch keine Beule davongetragen. Sie ließ das Lenkrad los, stellte den Motor ab und versuchte, sich zu beruhigen. Ob man mit der Navigations-App auch eine Route über Landstraßen und Dreißig-Stundenkilometer-Zonen wählen konnte? Sie musste kichern. Nein, eigentlich war es gar nicht so schlecht gelaufen. Die Fahrt war schrecklich aufregend gewesen, dennoch – sie hatte es geschafft. Dankbar tätschelte sie das Lenkrad. »Wir schaffen das schon, wir beide.« Jetzt musste sie nur noch packen.

Heike trug gerade die Wäschewanne mit Kleidung durch den Vorgarten, als sie Doris erblickte. Ihre Nachbarin stand vor ihrer Haustür und schüttelte ein Staubtuch aus, um unauffällig nach dem Rechten zu sehen. Kaum hatte sie Heike erblickt, konnte sie vor Neugier nicht mehr an sich halten.

»Hallo, Heike. Was machst du denn da?«, fragte sie mit hochgezogenen Brauen.

»Hallo, Doris. Ich packe.«

»Du packst? Du willst doch nicht mit dem Ding da losfahren, oder?«

»Doch, das werde ich.«

»Oh!« Doris ließ ihr Staubtuch sinken. »Aber … ich denke, Jochen ist …«

Heike schob ihren Wäschekorb durch Möppis Eingangstür und drehte sich dann zu ihrer Nachbarin um. »Ja, ich fahre allein. Mit diesem Wohnmobil. Es gehört übrigens Gabi.«

»Aha, ach so … na dann. Sollen wir denn … gießen und so?« Doris war sichtlich irritiert.

»Ich komme nachher noch mal rüber und bringe euch den Schlüssel. Entschuldige, wenn ich euch damit jetzt doch recht kurzfristig behellige, aber ich habe drei Wochen Zeit, bis Jochen wiederkommt, und …« Heike stemmte die Hände in die Hüften. »Ich wollte das mal so richtig auskosten mit dem Urlaub.«

»Ja, äh … sieht ja auch gemütlich aus, das … das Ding. Dann komm nachher einfach rüber, wir sind ja da.« Schnell war Doris wieder im Haus verschwunden.

Heike konnte sich bildlich vorstellen, wie ihre Nachbarin jetzt zu Ralf ins Wohnzimmer stürzte, wo der sicher vor dem Fernseher saß. »Du wirst nicht glauben, was Heike vorhat!«

Heike musste kichern. Sie wandte sich wieder ihrem Wäschekorb zu, schob diesen ein Stück weiter in das Wohnmobil und stieg dann hinterher. Es war mehr als reichlich Platz in den Schränken und Staufächern. Sie konnte weit mehr Teile einpacken, als sie vermutet hatte.

Nach einigen weiteren Gängen zwischen dem Haus und Möppi kam es ihr schon so vor, als würde sie gleich ganz in das Wohnmobil ziehen. Und je mehr von ihren Sachen Platz darin fanden, desto wohler fühlte sich Heike. Natürlich war Gabi in Möppis Innerem allgegenwärtig, aber das störte Heike viel weniger als all die Erinnerungen im Haus an Jochen und die Kinder. In ihrem Inneren spürte sie, wie sie sich zu freuen begann. Schon bald würde sie Jenny, Felix und natürlich Finn wiedersehen. Das war immerhin ihr erstes neues Ziel. Auch wenn es einen bitteren Beigeschmack haben würde. Denn Jenny würde die Nachricht von der Trennung ihrer Eltern sicher wehtun.

Es war früher Abend, als sie all ihre Sachen in Möppi verstaut und sich ein wenig in seinem Innern eingerichtet hatte. Zufrieden schloss sie die Tür des Wohnmobils ab und ging dann auf die Haustür von Doris und Ralf zu.

Doris kommentierte Heikes Plan mit gebührlichem Entsetzen. »Du? Ganz allein? Bis nach Schweden? Hast du denn gar keine Angst?«

»Soso ... mit einem Wohnmobil. Das ist ja ganz was Neues.« Auch Ralf ließ Heikes Plan natürlich nicht unkommentiert. »Sei mal schön vorsichtig – man hört ja immer wieder von Überfällen.«

Heike hob abwehrend die Hand. Zu ihrem eigenen Kopfkino, welches ihr Gabis Erklärungen beschert hatten, brauchte sie jetzt nicht auch noch Gruselgeschichten. »Ich bin vorsichtig.«

»Also, drei ganze Wochen bist du weg? Und Jochen? Wann kommt der denn wieder?« Doris warf Heike einen misstrauischen Blick zu.

»Der wird auch in ungefähr drei Wochen wieder da sein – wir machen dieses Jahr getrennt Urlaub. Wobei, er muss ja arbeiten da unten.« Heike bemühte sich um einen beifälligen Tonfall und zuckte mit den Achseln.

Doris hakte nicht weiter nach. »Ja, dann … dann wünsche ich dir eine gute Fahrt. Und grüß mir Jenny ganz lieb und den kleinen Racker.«

»Mach ich. Und ihr passt mir hier gut auf alles auf, ja? Wenn etwas ist – meine Handynummer habt ihr ja.«

Puh! Heike war froh, dass ihre Nachbarn sie nicht ins Kreuzverhör genommen hatten. Wieder im eigenen Haus, ließ sie sich auf das Sofa fallen. Ihr war nach einem Glas Wein, aber das verkniff sie sich wohl besser, denn sie musste ja morgen früh fit sein. Stattdessen nahm sie das Buch zur Hand, welches Gabi ihr noch mit auf den Weg gegeben hatte. Es war ein Camping- und Stellplatzführer, und es war dicker als das Hamburger Telefonbuch. Heike blätterte kurz darin herum. Jeder einzelne Platz war mit Anschrift und Ausstattung aufgelistet. Sicher komfortabel, wenn man wusste, wohin man wollte. Heike hatte bisher nur die direkte Route vor Augen, wollte diese ja aber gerne hier und da verlassen und ein wenig die Gegend erkunden. Sie hatte keinen blassen Schimmer, wo sie zuerst hinfahren sollte. Am besten irgendetwas Einfaches, ein nahes Ziel ohne komplizierten Weg. Sie hatte es ja nicht eilig – eine Tatsache, die sie sich immer wieder ins Gedächtnis rufen musste. Es war ein ungewohntes Gefühl, sich treiben zu lassen, anstatt gezielt von A nach B zu fahren.

Sie legte das Buch zur Seite und zog den kleinen Laptop heran, der auf dem Wohnzimmertisch stand. Sie nutzte ihn eigentlich eher selten, und wenn, dann meistens, um mit Jenny und Finn einen Videochat abzuhalten. Bei dem Gedanken an die beiden fiel ihr auf, dass eine Meldung von Jenny schon längst überfällig war. Doch seit einigen Monaten nahm ihre Tochter das nicht mehr so genau mit den Anrufen zu Hause. Heike überschlug die Zeit. Der letzte Anruf war gut sieben Wochen her! Da war die Welt hier noch in Ordnung gewesen.

Im Grunde wäre es ihr nur recht, wenn ihre Tochter etwas warten würde mit dem nächsten Anruf. Denn dass Heike auf dem Weg zu ihr wäre, wollte sie ihr lieber aus eigener Motivation mitteilen.

Als das Gerät hochgefahren war, rief sie den Browser auf und öffnete eine Karte von Hamburg und Umgebung, wo auch die Ostsee abgebildet war. Dann gab sie den Begriff Campingplatz in die Suchleiste ein. Blitzschnell wurden unzählige rote Markierungen sichtbar.

»Wow«, sagte Heike leise und zoomte die Ostseeküste näher heran. Es war Anfang Juni, das Wetter ganz gut, die Campingplätze in der Nähe der Ostsee sahen alle riesig aus. Sie schob die Karte etwas hin und her. Im Inland fanden sich kaum weniger Punkte, dafür lagen sie deutlich verstreuter. Ein kleiner See unterhalb von Flensburg

sprang Heike ins Auge. Sie vergrößerte den Kartenausschnitt.

»Feensee, Campingplatz Vornholz«, las sie sich halblaut vor. Das hörte sich doch ganz nett an. Die Gegend
schien auch nicht so eine Tourismushochburg zu sein
wie die nahe Ostseeküste. Gabi hatte ihr mehrmals gesagt, dass man auf den meisten Campingplätzen außer
zur Hauptferienzeit nicht im Voraus buchen musste. So
ganz ins Blaue zu fahren behagte Heike nicht. Doch in
den nächsten drei Wochen würde sie wohl öfter einfach
sehen müssen, wo sie blieb.

Sie nahm ihr Telefon und tippte die Adresse des Cam-
pingplatzes in die Navigation ein. Es wären knapp vier
Stunden Fahrt über Bad Segeberg, Kiel und dann Eckern-
förde. Nicht gerade die direkte Route von Hamburg nach
Schweden, aber die Strecke über Flensburg erschien ihr
reizvoller als die Fähre von Puttgarden auf Fehmarn nach
Dänemark. Eine schöne Überlandroute erst mal, keine
Autobahn. Wenn sie an die halbe Stunde Fahrt von Gabi
hierher zurückdachte, würden die vier Stunden über
Land bestimmt genug Aufregung bieten.

»Frau Berger – Sie haben Ihr erstes Ziel.« Heike nickte
zufrieden und schaltete den Laptop aus, klappte ihn zu
und ließ sich zurücksinken. Jetzt musste es nur noch
Morgen werden.

Kapitel 9

Von Hamburg zum Feensee

Als Heike erwachte, zwitscherten draußen im Garten die ersten Vögel. Es war kurz nach fünf in der Früh. Wie lange hatte sie geschlafen? Sechs Stunden vielleicht. Der Gedanke an den Aufbruch hatte sie kaum zur Ruhe kommen lassen, doch irgendwann hatte der Schlaf sie doch übermannt.

Jetzt streckte sie sich auf ihrem Sofa und horchte in sich hinein. Ja! Es fühlte sich gut und richtig an. Allerdings verspürte sie immer noch eine große Portion Respekt vor diesem Abenteuer.

»Na, na, Frau Berger …«, schalt sie sich leise, »nicht kneifen!« Unwillkürlich musste sie daran denken, dass sie womöglich bald wieder ihren Mädchennamen tragen würde. War das nicht so nach Scheidungen? Ohlenberg? Frau Heike Ohlenberg? Oh Gott, das war so lange her. Sie stöhnte leise und rieb sich die Augen. Aber darüber konnte sie sich Gedanken machen, wenn es so weit war. Vor der endgültigen Trennung würde sicherlich noch ein Berg von anderen Dingen auf sie zukommen. Kurz schauderte sie und spürte, wie der Mut sie verließ, dann aber befahl sie den negativen Gedanken, schön brav in diesem Haus zu bleiben. Sie würde sich erst mal erholen, zu sich selbst finden oder wozu auch immer dieser Trip gut sein würde.

»Jawohl! Das wirst du – und du wirst fahren.« Mit diesem an sich selbst gerichteten Befehl schwang sie die Beine vom Sofa und setzte sich auf. Ein klitzekleiner Teil von ihr wollte sich am liebsten wieder in die Polster kuscheln, die Decke über den Kopf ziehen und abwarten. Nur worauf? *Wenn du merkst, du sitzt auf einem toten Pferd, dann steig ab.* Diesen schlauen Spruch hatte sie irgendwo mal gelesen. Das Sofa war jetzt das tote Pferd. Heike fühlte das abgewetzte Leder unter ihren Handflächen und stand auf. Sie streckte sich, ging in die Küche und stellte die Kaffeemaschine an. Es war so still im Haus. Natürlich war es auch vorher still im Haus gewesen, doch jetzt war es eine andere Stille. Verstummte Erinnerungen und eine schweigende Zukunft. Heike presste die Lippen aufeinander. Sie musste sich jetzt auf ihre Reise konzentrieren, wenn sie nicht zusammenbrechen wollte.

Schnell fokussierte sie ihre Gedanken auf die Dinge, die noch zu erledigen waren. Wasser! Sie musste noch Möppis Wassertanks auffüllen! Die Behälter der Küche und des Bades konnte sie herausnehmen, das hatte Gabi ihr gezeigt. Nur wie, um Himmels willen, bekam sie das Wasser in die Toilette? Die konnte sie ja schlecht ausbauen und … Bei dem Gedanken daran, das Klo durch den Vorgarten zu tragen, musste sie selbst lachen. Sie überlegte kurz. Mit einer Gießkanne würde sie bestimmt Wasser in den Einfüllstutzen neben dem Deckel bekommen. Sie stand auf, schlüpfte in ihre Hausschuhe und ging zur Terrassentür. Am Ende des Grundstücks war ein Holzhäuschen, in dem die Gartenutensilien verstaut waren. Das Gras war noch taunass, und es war frisch, als Heike sich in ihrem Schlafanzug auf den kurzen Weg machte. Schnell war die Gießkanne gefunden. Ihr fiel ein kleiner Sonnenschirm ins Auge, den man mit einer Hülse in den Boden stecken konnte und der früher über Finns Sandkiste aufgebaut gewesen war. Diesen griff sie sich auch noch.

Zurück im Haus, hinterließen ihre Pantoffeln feuchte Abdrücke auf den Fliesen. Sie widerstand dem Drang, sie fortzuwischen. Ihren hausfraulichen Ordnungswahn verbannte sie auf später. »Du bleibst mal schön hier«, sagte sie leise, aber bestimmt, als sie nun die Gießkanne auf die Spüle stellte.

Nachdem sie sich umgezogen hatte, ging sie nach draußen zu Möppi und baute die Wassertanks aus. In der Siedlung um sie herum war es noch still. Hier und da wurden Rollläden hochgezogen, das Auto der Schneiders von schräg gegenüber stand nicht vor der Garage, David war sicher arbeiten, er war bei der Berufsfeuerwehr. Es war nett hier gewesen, aber über all die Jahre waren keine tieferen Freundschaften entstanden, wie Heike jetzt feststellte. Zumindest gab es niemanden in der weiteren Nachbarschaft, dem sie hätte mitteilen wollen, dass sie einige Zeit nicht zu Hause wäre. Und schon gar nicht, warum.

Wahrscheinlich fiel ihre Abwesenheit nicht mal sonderlich auf. Möppi war auch keinem aufgefallen. Außer

Doris, die am Abend noch mehrmals bei ihren alibimä-
ßigen Mülltonnen gewesen war und den Hals neugierig
gereckt hatte.

Die vollen Wasserbehälter waren recht schwer, und
Heike kam das erste Mal an diesem Tag ins Schwitzen,
als sie diese zurück zum Wohnmobil schleppte. Danach
befüllte sie die Gießkanne mit Wasser und kletterte damit in Möppis Inneres. Sie kippte die ganze Kanne in den
Einfüllstutzen der Toilette. Noch war das Wasser im Kasten aber nicht zu sehen. Also wiederholte sie die Prozedur, bis es die obere Kante erreicht hatte.

»Soll wohl reichen, oder?« Heike öffnete ratlos den
Toilettendeckel, der Abfluss war verschlossen. Musste
man das irgendwie öffnen? Sie drückte vorsichtig auf die
Spülung. Wasser floss wie gewohnt in die Schüssel, und
der Abfluss öffnete sich nach unten hin und schloss sich
dann wieder. »Aha!« Zufrieden klappte sie den Toilettendeckel herunter. Im Gang des Wohnmobils blieb sie stehen und sah sich um. Hatte sie noch etwas vergessen,
außer der Kaffeemaschine, die sie vorhin noch benutzt
hatte?

Möppi machte einen gut bestückten Eindruck. Gabi
hatte für alles gesorgt, was man in einem Haushalt so
brauchte. Sogar einen Handstaubsauger hatte Heike gesehen.

Zufrieden ging Heike zurück zum Haus. Sie spürte,
dass es nicht nur ein Abschied auf Zeit sein würde, nein –
es war schon ein Abschied für immer, ein Abschied von
der alten Zeit. Sie unterdrückte das Brennen in ihrem
Hals, als sie sich die Kaffeemaschine schnappte. In die

andere Hand nahm sie den Korb, in den sie die letzten wichtigen Dinge gepackt hatte, wie den Laptop, ohne den sie lieber doch nicht reisen wollte, und verließ das Haus wieder.

Minuten später saß sie hinter Möppis Lenkrad. Es war gerade acht Uhr vorbei. »Dann mal los.« Sie drehte den Zündschlüssel, und der Motor startete. Aus dem Radio erklang leise Klassikmusik. Das war ihr am Vortag bei der aufregenden ersten Fahrt gar nicht aufgefallen. »Och nö, Gabi.« Heike drehte am Sendersuchknopf und stellte einen mit leichterer Musik ein. Zufrieden nickte sie. Dann löste sie die Handbremse und trat zaghaft auf das Gaspedal. Möppi bewegte sich artig vorwärts. Ohne einen Blick zurück zum Haus zu werfen, lenkte sie das Wohnmobil aus der Siedlung und in Richtung der nächsten Ausfallstraße.

Heute saß sie schon viel entspannter auf dem mit einem Schaffellschoner bezogenen Fahrersitz. Dieser schwang leicht hoch und runter, wenn die Reifen eine Unebenheit durchfuhren, und Heike fühlte sich eher, als würde sie ein Schiff steuern als ein Wohnmobil.

Es war nicht viel Verkehr auf der Straße, und nach einigen Kilometern löste sich ihr verkrampfter Griff am Lenkrad. Zufrieden rutschte sie auf dem bequemen Sitz etwas hin und her, um sich zu entspannen, lehnte sich zurück und steuerte das Fahrzeug lässig mit einer Hand. Möppi wirkte nun nicht mehr so groß und ungelenk wie noch tags zuvor. Heike fühlte sich mit einem Mal stärker und selbstbewusst. Leise schlich sich dieses berühmte Gefühl von Freiheit ein, von dem so viele Camper schwärmten. Und das, wo sie die Stadtgrenze von Hamburg gerade mal vor zehn Minuten passiert hatte. Sie musste über sich selbst schmunzeln.

Gut dreißig Kilometer hinter Hamburg setzte leichter Nieselregen ein. Möppis Scheibenwischer quietschten über die große Windschutzscheibe. Heike konzentrierte sich aufs Fahren, ihr Kopf war angenehm leer, ihre Gedanken einzig bei dem Wohnmobil und dem Vorankommen auf der Straße.

Um neun, als sie um die sechzig Kilometer hinter sich gebracht hatte, meldete sich ihr Magen mit einem lauten Knurren. Heike steuerte eine große Tankstelle an. Kurz überfiel sie der Stress. Es war eng und voll hier, riesige Lkws standen herum, die Fahrer machten wohl Pause hier, bis das Sonntagfahrverbot endete. Vor den Tanksäulen hatten sich Schlangen gebildet. Mit Schaudern dachte sie daran, dass Möppi sicher auch mal Durst haben würde. Hoffentlich schaffte sie es dann, ihn an die Tanksäule zu lenken, ohne irgendwo anzuecken.

Im Schneckentempo bugsierte sie das Wohnmobil an den Hindernissen vorbei und stellte es auf eine Parkfläche seitlich des Tankstellen-Shops. Geschafft!

Wenig später saß sie hinten in ihrem »Wohnzimmer« und aß ein belegtes Brötchen, das sie sich im Shop geholt hatte. Ihr erstes Frühstück mit Möppi! Draußen nieselte es noch, einzelne Tropfen rannen an der Scheibe hinunter. Heike beobachtete einige Autos, die angefahren kamen, tankten und kurze Zeit später wieder davonbrausten. Hoffentlich würde das Wetter nicht die ganze Zeit so schlecht sein, denn wenn sie jeden Tag im Wohnmobil sitzen müsste, würde sie um trübe Gedanken wohl nicht herumkommen. Sie knüllte die Serviette zusammen, die der Verkäufer um das Brötchen gelegt hatte, und schon fiel ihr auf, was sie vergessen hatte: Müllbeutel. Ob es welche in der Tankstelle gab? In Anbetracht der Feuchte draußen beschloss sie, sich später darum zu kümmern. Und so kletterte sie trockenen Fußes durch den schmalen Einstieg zum Fahrersitz und startete erneut. Doch irgendwie praktisch, so ein Wohnmobil!

Bald fuhr Heike durch ländliche Gegenden. Kühe standen an Weidezäunen und dösten vor sich hin, hier und da tuckerte ein Trecker vor ihr her, einen überholte sie sogar ganz mutig. Die Zeit verging wie im Flug, und gegen Mittag sah sie schon das erste Hinweisschild auf den Ort, in dessen Nähe ihr erstes Ziel lag.

Sie hatte das alte Navigationsgerät, mit dem Möppi ausgestattet war, eingeschaltet, und eine rudimentäre Karte mit einem großen blauen Pfeil wies ihr den Weg. Eine blecherne Frauenstimme gab ihr ab und an Anweisungen.

Plötzlich sagte diese: »Sie haben Ihr Ziel erreicht, Ihr Ziel liegt links.« Heike war auf einer recht schmalen Nebenstraße unterwegs. Links von ihr war aber nichts außer einem Acker. Sie fuhr langsam weiter und besah angestrengt die Umgebung. Am Rand eines Wäldchens stand ein verwittertes Schild, auf dem das Campingplatzsymbol prangte. Es wies nach links auf einen Feldweg. Heike hielt mitten auf der Straße an. »Na toll – da soll ich rein?« Sie blickte sich um. Das war in der Tat der einzige Weg. Dass Camping etwas Wildromantisches war, hatte sie ja geahnt ... aber dass ihr erster Versuch regelrecht in der Wildnis endete, hatte sie so nicht geplant.

Sie lenkte Möppi in die schmale Einfahrt und hoffte, dass die niedrigen Bäume mit ihren tief hängenden Ästen ihm keine Kratzer verpassten. Das Wohnmobil schuckelte und schaukelte jetzt wie ein Krabbenkutter bei gesundem Seegang. »Oohh!« Heike wurde etwas ängstlich zumute. Plötzlich war der Weg mit einer Schranke versperrt. Heike hielt an und starrte auf das Hindernis. »Na toll.«

Neben der Schranke verwies ein großes Holzschild auf den Campingplatz Vornholz. Darunter stand in verwitterten Lettern: *Herzlich willkommen – Welcome – Bienvenue.*

»*Bienvenue.*« Heike seufzte, stellte den Motor ab und stieg aus dem Wagen. Es hatte inzwischen aufgehört zu regnen, und hier und da riss die Wolkendecke auf. Sie äugte über die Schranke und ging dann an dieser vorbei. Ein Stück weiter am Weg stand ein Häuschen. Erleichtert stellte sie fest, dass es die Anmeldung war und diese sogar besetzt war. Ein älterer Herr mit weißem Rauschebart saß an einem Schreibtisch. Sie klopfte an der Tür und trat ein.

»Oh, hallo«, sagte der Mann. »Kann ich Ihnen helfen?« Er stand auf und reichte Heike die Hand.

»Äh, ja, guten Tag, ich ... ich wollte fragen, ob bei Ihnen noch ein Platz frei ist.«

»Ja, ist noch was frei.« Der Mann nickte freundlich und lächelte. »Wohnwagen, Zelt oder Mobil?«

»Mobil, äh, Wohnmobil, es steht vor der Schranke.«

Heike hatte keinen blassen Schimmer, wie die Aufnahmemodalitäten auf Campingplätzen abliefen. Das Ganze war ihr gerade etwas peinlich.

Der Mann nickte und schien Heikes Unsicherheit nicht zu bemerken. Vielleicht tat er auch nur so, aus Höflichkeit. »Wir haben noch einen Platz am See frei, möchten Sie den?«

Heike hob kurz die Hände. »Ja, hört sich gut an.«

»Brauchen Sie Strom, Wasser, Abwasser? Wie lange möchten Sie bei uns bleiben?«

»Oh, ich … Ich bleibe wahrscheinlich nur eine Nacht.« Hoffentlich war das jetzt kein Grund, sie abzuweisen. »Aber Strom, Strom wäre super.«

»In Ordnung.« Der Mann nahm einen Zettel und schrieb etwas darauf. »Ihr Name?«

»Berger, Heike.«

»Wie viele Personen?«

»Eine.«

»Gut, Stellplatz dreiundvierzig. Die Schranke können Sie hochschubsen und nach dem Durchfahren wieder schließen, sie hat nur nachts ein Schloss. Wenn Sie vor sieben abreisen möchten, müssten Sie uns das sagen.«

»Nein, kein Problem, ich habe es nicht eilig.«

»Dann können Sie auch bei der Abreise bezahlen, die Nacht kostet siebzehn Euro fünfzig, da ist die Strompauschale mit drin und eine kleine Müllgebühr. Duschen ist kostenlos. Dann fahren Sie mal rein, ich geleite Sie zu Ihrem Platz.«

Heike nickte mit einem Lächeln und ging zurück zu Möppi. Dabei stieß sie die Schranke hoch, die schwerer aussah, als sie war. Sie fuhr Möppi hindurch und stieg kurz aus, um die Schranke wieder zu schließen. Der nette Herr mit dem Bart stand schon auf dem Weg und winkte ihr zu. Im Schritttempo tuckerte Heike ihm hinterher. Der Campingplatz hatte schnurgerade, schmale Schotterwege, an denen links und rechts Parzellen lagen, auf denen vereinzelt Wohnwagen oder Wohnmobile abgestellt waren. Schließlich blieb der Mann stehen und deutete auf einen Platz vor sich. Auf einem kleinen Schild erspähte Heike die Dreiundvierzig. Sie kurbelte das Fenster herunter. »Danke schön.«

»Bitte schön. Der Stromanschluss ist links in der Ecke, am besten fahren Sie vorwärts rein. Schönen Aufenthalt. Auf der anderen Seite des Sees haben wir einen kleinen Kiosk, falls Sie noch etwas brauchen.«

»Ja, danke.«

Der Mann winkte und ließ Heike allein. Heike besah sich die Parzelle, sie schien breit genug, dass Möppi da ohne Probleme reinpasste. Zu ihrer Erleichterung befand sich gegenüber ein größeres Stück Rasenfläche; immerhin musste sie ja nicht nur hinein-, sondern auch wieder herausrangieren. Langsam ließ sie das Wohnmobil auf seinen Platz rollen, darauf bedacht, genug Abstand zu den Hecken zu halten. Als Möppi stand, ballte Heike die Hände zu Fäusten und machte eine siegreiche Geste, dann atmete sie erleichtert aus. Das war schon mal geschafft.

Sie ließ den Blick schweifen. Weiter vorne, hinter ein paar kleinen Büschen, die das Ende des Standplatzes markierten, lag ein sanft abfallender Uferbereich, teils sandig, teils mit Gras bewachsen. Dahinter erstreckte sich ein großer See. Heike entfuhr ein leises »Oh«, denn die Aussicht war wirklich schön. Die stand einem guten Ferienhaus in nichts nach. Statt andere Camper sah sie nur Wasser, einige große Weiden, die ihre Zweige fast bis in den See hängen ließen, und ein paar Enten, die gemächlich ihre Bahnen zogen. Das war – schön! Konnte sie nicht anders sagen. Zufrieden reckte sie sich.

»Dann mal auf einen schönen ersten Urlaubstag.« Sie spürte, dass ihre Blase sich meldete. Nein, sie würde das Duschklo heute noch nicht einweihen, wenn es auch anders ging. Sie stieg aus, reckte sich noch einmal und trat auf den Schotterweg. Vorhin war sie an etwas vorbeigefahren, das ganz nach Sanitäranlagen aussah. Auf dem Weg dorthin kam ihr eine ältere Dame mit einem kleinen Hund an der Leine entgegen.

»Hallo«, sagte diese freundlich. Heike erwiderte den Gruß, lächelte und ging weiter. Das Waschhaus war nicht groß. Auf die rechte Tür war das Symbol für Männer aufgemalt, auf die linke das für Frauen. Der Raum, den Heike nun betrat, hatte etwas Schwimmbadartiges an sich. Es roch nach Desinfektionsmittel, und an der Decke strahlten helle Neonröhren. Vor ihr lagen einige blitzsaubere Toilettenabteile. Daneben befand sich ein Gang, von dem mehrere Türen abgingen. Auf der ersten prangte das Zeichen für einen Wickelraum, auf der nächsten ein Bild mit mehreren Männchen und einem Duschsymbol. Heike öffnete vorsichtig die Tür, doch die Kabine war leer. Es schien eine Familiendusche zu sein für Mütter mit Kindern. Wie nett, dachte sie sich und trat zur nächsten Tür. Dahinter lag eine saubere Einzelduschkabine, wie auch hinter weiteren vier Türen. Auf der gegenüberliegenden Seite befanden sich kleine Einzelbäder mit jeweils einem Waschbecken und einem Spiegel. Heike schürzte beeindruckt die Lippen. Das war bei Weitem komfortabler, als sie gedacht hatte, vor allem nach der etwas abenteuerlichen Zufahrt. Alles schien zwar älter zu sein, aber war sauber und gepflegt. Nachdem sie die Toilette benutzt hatte und auf dem Weg zu den Waschbecken war, hörte sie die Eingangstür klappern. Eine junge Frau hatte den Raum betreten und wusch sich die Hände.

»Hallo«, sagte auch diese freundlich. Heike antwortete lächelnd, nickte und verließ das Waschhaus. Freundlichkeit schien großgeschrieben zu werden unter Campern, dachte sie und machte sich gut gelaunt auf den Weg zurück zu Möppi.

Als Erstes suchte sie das Stromkabel mit den dicken blauen Enden und schaffte es auch gleich beim ersten Versuch, Möppi anzuschließen. Im Wohnmobil selbst legte sie, wie Gabi es ihr erklärt hatte, einen Schalter auf »Extern« um. Kurz schaltete sie die Lampe am Tisch an. Es brannte Licht – der Anschluss funktionierte. Heike nickte zufrieden. Dann holte sie den Laptop aus dem Korb und setzte sich damit an den Tisch. Kurz sah sie durch die Frontscheibe auf den See hinaus. Wenn all ihre Ziele so idyllisch werden würden ... Sie seufzte wohlig. Bevor sie sich die Zeit vertrieb, wollte sie ihre Route wenigstens grob vorplanen. Abends irgendwo am Straßenrand zu stehen erschien ihr wenig reizvoll. Sie überlegte, wie weit sie am nächsten Tag würde fahren wollen. Ein paar Kilometer mehr als heute durften es schon sein. Allerdings wollte sie auch nicht zu schnell nach Habo kommen. Sie blickte auf die Karte. Da sie sich noch nicht traute, mit Möppi auf einer Fähre überzusetzen, musste sie an dem dänischen Ort Kolding vorbei, dort über die Brücke fahren und würde so auf die Insel Fünen gelangen. Das wären nur knapp zweieinhalb Stunden, wenn sie sich nicht sonderlich beeilte. Sie könnte ganz in Ruhe vormittags starten, irgendwo eine Pause machen und wäre dann am frühen Nachmittag schon am östlichen Ende von Fünen bei Nyborg. Sie zoomte auf den Kartenausschnitt und gab erneut das Wort Campingplatz in die Suche ein. Es gab einige Treffer direkt an der Küste. Sie klickte auf den Link zu der Webseite eines Platzes, der nicht ganz so weit abseits der Straße lag, auf der sie unterwegs sein würde. Auch dort sah alles sehr idyllisch aus. Vor allem der Strand ließ ihr Herz einen kleinen Hopser machen. Neugierig klickte sie auf die Seite mit der Preisliste des Campingplatzes und sog erschrocken die Luft ein. Doch dann wurde ihr klar, dass die Angaben in Dänischen Kronen waren. Sie musste ja noch Geld wechseln! Auch schwedische Kronen sollte sie sich besorgen.

»Verdammt.« Sie fuhr sich über die Stirn. Das war auch so etwas gewesen, das Jochen auf der Fahrt zu Jenny erledigt hatte. Trotzig rief sie die Suchmaschine erneut auf. Es würde wohl nichts geben, das Jochen bisher getan hatte und das ihr das Internet nicht verraten konnte. Sie gelangte auch sofort auf eine Seite von einer Camperin, wo alles Wissenswerte erklärt wurde und sich auch ver-

schiedene Umrechnungstabellen befanden. Heike überschlug grob die Kosten für den Campingplatz und ein
wenig Essen. Hundert Euro würden locker reichen, die
restlichen Dänischen Kronen könnte sie auf der Rück-
fahrt ausgeben.

Neugierig scrollte sie noch etwas auf der Internetseite
herum, die den Namen *Micky-Van* trug und von einer
jungen Frau gestaltet war, wie Heike las. Michaela alias
Micky reiste auch mit einem Wohnmobil umher und berichtete darüber auf diesem Blog. Von solchen Blogs
hatte ihr Jenny erzählt, als sie Informationen für ihre
Auswanderung nach Schweden gesammelt hatte. Heike
war kein Internetspezialist, aber jetzt las sie begeistert
weiter. Micky reiste mit einem alten blauen Transporter,
den sie selbst zum Wohnmobil umgebaut hatte. Heike
bestaunte die Bilder, der Wagen sah sehr gemütlich aus.
Die junge Frau berichtete mit vielen Fotos von ihren
Touren durch Schweden und Norwegen. Bis hinauf zum
Nordkap und sogar Finnland war sie gewesen. Bei einem
Bild, auf dem der blaue Transporter tief eingeschneit irgendwo mitten in der Wildnis zu stehen schien, schauderte es Heike allerdings. So viel Abenteuer brauchte sie
dann doch nicht. Sie bemerkte gar nicht, wie die Zeit
verstrich, während sie in Mickys Abenteuern versunken
da saß. Als sie irgendwann den Kopf hob, war draußen
schon alles in warmes rotes Abendlicht getaucht.

Heike besuchte noch mal das Waschhaus, nicht ohne
wieder diversen freundlichen Mitcampern zu begegnen,
und schmierte sich zum Abendessen ein Brot. Campingplätze waren auf jeden Fall geselliger als ihre eigene

Wohnsiedlung zu Hause. Dort grüßte man sich nur, wenn man sich auch kannte. Nie wäre ihr in den Sinn gekommen, einem fremden Menschen auf der Straße ein nettes »Hallo« zu sagen. Sollte man vielleicht mal einführen, sinnierte Heike, während sie ihr Abendessen auf den Tisch stellte. Man fühlte sich gleich gut aufgehoben und vor allem nicht einsam. Zufrieden kauend beobachtete sie kurz darauf, wie die Sonne hinter dem See und den hohen Weiden unterging. Dann nahm sie ihr Telefon und schickte Gabi eine Nachricht. »Hat alles gut geklappt! Steh auf einem schönen Platz. Bin jetzt aber auch müde. LG Heike.«

Wenig später kam eine Antwort. »Prima, freu mich! Dann schlaf mal gut!«

Heike musste lächeln und sagte leise: »Ja, mach ich.«

Kapitel 10

Am Feensee

Lautes Entengeschnatter weckte Heike am nächsten Morgen. Wohlig streckte sie sich zwischen den weichen Kissen aus. So gut wie in der vergangenen Nacht hatte sie schon seit Wochen nicht mehr geschlafen. Sie drehte sich auf die Seite. Das Bett war so hoch, dass ihr Blick durch die Windschutzscheibe hindurch bis auf den See ging. Eigentlich gab es auch ein Rollo, welches man zuziehen konnte. Aber wer sollte ihr hier in das Wohnmobil schauen?, hatte sie am Abend gedacht. Jetzt war sie froh, es offen gelassen zu haben.

Morgendunst waberte über dem Wasser, und die ersten Sonnenstrahlen glitzerten wie kleine Sternschnuppen dazwischen. Es schien ein schöner Tag zu werden. Heike lauschte. Es war Montag, doch sie hörte weder das übliche Schlagen von Autotüren, das Klappern hastig an die Straße gezogener Mülltonnen, kreischende Kinder noch sonst irgendwelche Lebenszeichen anderer Menschen. Es war still bis auf die Enten. Heike schloss nochmals die Augen und schlief wieder ein.

Als sie zum zweiten Mal erwachte, stand die Sonne bereits hoch am Himmel, und der Morgendunst hatte sich verzogen. Verschlafen fischte sie nach ihrem Telefon. Es war bereits halb zehn! Mit einem Schlag war sie hellwach, mahnte sich dann aber gleich zur Ruhe. Sie hatte es sich all die Jahre zur Gewohnheit gemacht, an den Tagen, an denen sie nicht arbeiten ging, früh aufzustehen, obwohl sie nicht viel zu tun gehabt hatte im Haus. Sie hatte nicht dem Klischee der verlotternden Hausfrau entsprechen wollen, die sich einfach gehen ließ, sobald die Kinder aus dem Haus waren und frühes Aufstehehen unnötig wurde. Aber jetzt hatte sie Urlaub, da konnte sie wohl mal eine Minute länger liegen bleiben. Wobei Urlaub nicht ganz das richtige Wort war. Auszeit? Neuzeit? Dann doch lieber Urlaub. Wieder streckte sie sich, das Telefon noch in der Hand. Da bemerkte sie, dass sie eine Nachricht bekommen hatte. Gabi? Sie klickte auf ihren Bildschirm. Die Nachricht war nicht von Gabi, sondern von Jenny! Heikes Herz klopfte plötzlich heftig. Sie setzte sich auf und las den Text.

Hallo, Mama – alles klar bei euch?

»Shit!« Heike ließ das Handy sinken. Sie konnte jetzt weder ein »Ja, alles bestens« noch ein »Nein, bin auf dem Weg zu dir« schreiben. Was sollte sie ihrer Tochter nur antworten? Heike legte das Telefon beiseite und stand auf. Der Linoleumboden von Möppi war eiskalt. Schnell schlüpfte sie in ihre Schlappen. Nachdenklich befüllte sie die Kaffeemaschine. Als sie, ohne darüber nachzudenken, den Wasserhahn der kleinen Spüle betätigte und auch sofort Wasser floss, musste sie kurz lächeln. Sehr praktisch! Dann schwenkten ihre Gedanken wieder auf das Problem mit Jenny zurück. Sie würde ihre Tochter zunächst anlügen müssen, bis sie vor Ort war und persönlich mit ihr sprechen konnte. Aber sie brauchte noch ein bisschen Zeit.

»Melde mich nachher, bin gerade unterwegs«, tippte sie als Antwort und legte das Handy dann schnell weg, in der Hoffnung, dass Jenny vielleicht auch gerade keine Zeit hatte, zu lesen oder gar zu antworten.

Erst mal goss sie sich einen Kaffee ein. Danach schlüpfte Heike in eine bequeme Hose, einen dünnen Pulli und ihre Turnschuhe und öffnete Möppis Eingangstür. Ein Hauch frischer, aber schon warmer Luft wehte sanft an ihr vorbei. Heike stieg aus dem Fahrzeug, in einer Hand noch die Kaffeetasse, und stemmte die andere in ihre Hüfte. Vielleicht würde ein kleiner Spaziergang ihr helfen, die passenden Worte für das nötige Gespräch zu finden. Sie stellte die halb leere Tasse zurück in das Wohnmobil, schnappte sich ihre Geldbörse und zog dann die Tür zu. Musste sie hier abschließen? Weit und breit war niemand zu sehen, und davonfahren würde wohl auch niemand mit dem alten Möppi. Als wollte sie sich entschuldigen, legte Heike kurz die Hand auf das Außenblech. War sie gar im Begriff, das Wohnmobil lieb zu gewinnen? Sie grinste in sich hinein, ging dann zum Ufer des Sees und entgegen dem Uhrzeigersinn an dessen Wasserkante weiter.

Hier und da regte sich Leben bei den anderen Campern. Neben einem Wohnwagen hängte ein junger Mann in Kais Alter ein paar Handtücher auf, ein älteres Ehepaar strebte in Richtung Waschhaus, und zwei Frauen, die Heike an sie und Gabi erinnerten, kamen gerade aus diesem heraus. Heike beobachtete, wie sich alle freundlich zunickten und begrüßten. Sie spazierte weiter. In der Ferne lief ein Mann mit einem größeren Hund ebenfalls am See entlang. Heike blickte über das Wasser, auf der anderen Seite stand ein Häuschen im ähnlichen Look wie die Rezeption und das Waschhaus – das musste der Kiosk sein. Mit beschwingten Schritten machte sie sich auf den Weg dorthin.

Die frische, klare Morgenluft tat ihr gut. Zurück in Möppis Bauch schmierte sie sich zwei Brötchen zu ihrer zweiten Tasse Kaffee. Der Kiosk war gut bestückt gewesen, klein, aber mit Regalen voller Dinge, die man beim Camping wohl brauchen konnte. Neben den frischen Brötchen gab es von Marmelade bis hin zu den gesuchten Müllbeuteln, Getränken, Ketchup, Grillkohle und sogar einer Kühlung mit Würstchen so ziemlich alles, was das Herz begehrte. Verhungern würde man als Camper jedenfalls nicht.

Sie wusste inzwischen auch, wie sie das Gespräch mit Jenny angehen würde. Nach den Brötchen fühlte sie sich gestärkt genug, ihre Tochter anzurufen. Viel länger warten konnte sie sowieso nicht, wenn sie nicht tagelang heimlich und ziellos in Schweden herumfahren wollte.

Sie wählte Jennys Nummer.

»Hi, Mam«, erklang es recht flott.

Heike straffte sich. »Hallo, Jenny? Wie geht es dir?«

»Oh, alles gut. Und bei euch?«

»Gut«, antwortete Heike knapp. »Du, hör mal …« Plötzlich klopfte ihr Herz wie ein wilder Dampfhammer. Sie bemühte sich um einen ruhigen Tonfall. »Papa musste für drei Wochen nach Mallorca, zum Arbeiten. Und ich … Also, Gabi hat mir …« Heike! Sie gab sich innerlich einen Ruck. »Gabi hat mir ihr Wohnmobil geliehen. Ich wollte auch mal raus, weißt du.« Sie redete hastig, damit Jenny bloß keine Zwischenfragen stellte. »Ich bin schon etwas herumgetuckert und stehe gerade auf einem Campingplatz nahe Flensburg. Wenn ihr … Ich will euch nicht überfallen, ich kann auch woandershin … aber wenn ihr kein Problem damit habt, würde ich euch gerne für ein paar Tage besuchen kommen. Nicht heute! Irgendwann in zwei, drei Tagen wäre ich da. Oder später, wie es euch passt.« Heike musste Luft holen.

Jenny schwieg einen Augenblick. »Campingplatz?«, fragte sie dann. Ihre Stimme war drei Oktaven höher vor Verwunderung.

»Ja, du – ist total toll hier, mit See und Kiosk, alles sauber … Gabi hat mich drauf gebracht, ich wollte nicht einfach in ein Hotel, weißt du, mal was anderes halt.« Heike sprach, als wäre sie andauernd auf Reisen.

»Aha … ja, äh … Du kannst natürlich gerne kommen! Aber ist dir das auch nicht zu weit? Ich meine … allein? Gabis Wohnmobil ist doch riesig, kannst du das fahren?«

Heike fiel ein Stein vom Herzen, dass Jenny sie nicht abwimmelte. Das hätte das Ganze deutlich komplizierter gemacht. »Ach du, ich habe mich schon dran gewöhnt. Fährt sich gut und ist auch sonst ganz komfortabel, so mit Nasszelle und Fernseher.« Jetzt hörte sie sich schon fast an wie ein alter Camper-Hase. Ihre innere Stimme meldete sich zu Wort: Übertreib nicht, Heike – noch bist du nicht weit gekommen. Am Ende muss dein

Schwiegersohn ausrücken und dich irgendwo in Schweden vom Wegesrand aufklauben … »Also – prima«, sagte sie laut. »Ich freue mich total. Ich werde mich dann melden, bevor ich in eure Nähe komme. Es gibt doch sicher irgendwo einen Stellplatz bei euch in der Umgebung? Dann fall ich euch auch gar nicht zur Last.«

»Äh, ja … Ein Stück die Straße hinunter ist ein Campingplatz direkt am See. Aber, Mama, ich verstehe nicht ganz …«

»Das ist ja super. Du, der Empfang ist hier total schlecht, ich melde mich. Mach dir keine Sorgen, Schatz.« Heike beendete das Gespräch hastig und schnaufte. »Puh.« Sie fand, das war gar nicht schlecht gelaufen. Gut – sie hatte ihrer Tochter nicht die Wahrheit gesagt, wirklich gelogen hatte sie aber auch nicht. Hoffentlich beließ es Jenny dabei und rief sie jetzt nicht jeden Tag an. Heike schob das Telefon auf dem Tisch ein Stück von sich fort. Dann fuhr sie sich mit den Händen über das Gesicht und klatschte auf die Tischplatte. »So, Möppi, auf geht's – wir fahren heute nach Dänemark!«

Kapitel 11

Vom Feensee bis nach Fünen

Heike sah schon von Weitem, dass sich auf der A7 die Autos voranschoben wie auf einer Ameisenstraße. Sie hatte auf etwas weniger Verkehr gehofft, doch es war Montag. Was hatte sie erwartet? Jetzt würde sie mit Möppi gleich fahrtechnisch die nächste Stufe beschreiten. Ihre Hände am Lenkrad wurden ganz schwitzig. Gott sei Dank war auf der Auffahrt kein anderer Wagen vor ihr. Sie fuhr noch recht langsam um die Kurve und trat dann bereits aufs Gas, die uralte Ermahnung ihres ehemaligen Fahrlehrers im Kopf: »Der Beschleunigungsstreifen trägt seinen Namen nicht umsonst, Fräulein Ohlenberg.« Links im Spiegel sah sie einen großen Lkw heranrauschen. Heike setzte den Blinker. Vorbeilassen? Gas geben? Ihr Herz pochte bis zum Hals. Sie gab Gas.

»Komm, Möppi!« Sie merkte, wie das Wohnmobil brav anzog. Der Lkw blieb auf Abstand und gab ihr mit der Lichthupe ein Zeichen. »Oh, danke! Danke!« Heike lenkte Möppi auf die Autobahn. Ein kurzer Blick auf den Tacho sagte ihr, dass sie etwas zu rasant gefahren war, aber sie war auf der rechten Spur. Ihr Herzschlag beruhigte sich wieder, und sie passte ihr Tempo den Lkws an, zwischen denen sie sich wiederfand. »Hui.« Jetzt ging es erst mal geradeaus. Sie lehnte sich zurück und versuchte, sich etwas zu entspannen.

Nach kurzer Zeit fand sie das Fahren auf der Autobahn nicht schwieriger als auf den Landstraßen, die sie gestern bevorzugt hatte. Im Gegenteil, es schaukelte nicht so. Die vielen Laster flößten ihr etwas Respekt ein, aber die hatte man mit dem Auto ja auch dauernd vor der Nase. Mit Möppi war es sogar angenehmer, da Heike deutlich höher saß als in ihrem Kombi. Zufrieden drehte sie das Radio etwas lauter.

Die deutsch-dänische Grenze war schnell erreicht. Hier staute sich der Verkehr. Heike blieb brav auf derselben Spur wie die anderen Wohnmobile, die sie sehen konnte. Es standen zwar ein paar Beamte mit gelben Warnwesten am Fahrbahnrand, momentan winkten sie den Verkehr aber durch. Ehe sie sich versah, war sie auf der dänischen Seite. Der Verkehr nahm wieder Fahrt auf.

Heike blickte auf die Uhr. Sie war zwar noch nicht lange unterwegs, dennoch war es inzwischen Mittag, und sie hatte schon wieder Hunger. So lenkte sie nach gut einer Stunde Möppi auf einen dänischen Rastplatz. Dort fand sie auch einen Geldautomaten, an dem sie Dänische Kronen abheben konnte. Wozu brauchte man einen Ehemann?

Heike reckte stolz die Nase in die Höhe, als sie zurück zu Möppi ging. Im Laufe einer Ehe verlor man wohl ganz automatisch etwas Selbstständigkeit. Heike ärgerte sich ein klein wenig über sich selbst. Als junge Frau hätte ihr so eine Reise weit weniger Herzklopfen bereitet. Gut –

sie war in der Tat noch nie allein unterwegs gewesen in ihrem Leben. Aber so schrecklich war es jetzt auch wieder nicht. Lief doch!

Wenig später saß sie bei geöffneter Fahrertür hinter dem Steuer des Wohnmobils und biss herzhaft in einen *Pølser*, eine Art Hot Dog. Das auffallend rote Würstchen, das Heike so nur aus den nördlichen Ländern kannte, steckte in einem halbrunden Brot, statt zwischen zwei aufgeschnittenen Hälften zu liegen. Zuvor drückte man Remoulade und Ketchup hinein und hatte einen handlichen Snack. Heike hatte schon bei ihrem letzten Besuch bei Jenny etliche *Pølser* verputzt. Eigentlich war sie kein Fast-Food-Fan, aber wenn es etwas Leckeres gab, was sie sonst nicht bekam, dann musste sie zuschlagen. Jochen, der Yuppi – sie musste lachen –, stand eher auf schickem Essen auf einem Teller. Sicher würde er sich auf Mallorca etwas umgewöhnen müssen. Heike grinste schadenfroh. Sie war sicher nicht die Einzige, die sich an das neue Leben gewöhnen müsste. Einfache Dinge wie Wäschewaschen, Haushalt, kochen und einkaufen, das war alles Heikes Aufgabe gewesen. Jochen irrte in Supermärkten herum wie ein aufgescheuchter Hase. Na, dann musste er sich jetzt halt dem einen oder anderen Problem stellen müssen. Das sollte nicht ihre Sorge sein.

Die Weiterfahrt verlief problemlos. Um die Stadt Kolding herum wurde der Verkehr deutlich dichter und zäher, verlor sich dann aber wieder. Bald darauf überquerte Heike die Lillebæltsbroen, die Brücke zwischen dem dänischen Festland und Fünen. Auf einmal verspürte sie richtiges Urlaubsfeeling, denn sie konnte das Meer sehen. Gut, es war bloß ein Meeresarm und nicht viel breiter als die Hamburger Norderelbe, aber immerhin. Fröhlich kurbelte sie das Fenster ein Stück weit herunter und ließ die frische Brise herein.

Fünen war zwar eine Insel, allerdings merkte man gar nicht, dass man auf einer war. Heike konnte einfach der Autobahn folgen, die Fünen von Nordwest nach Südost durchquerte. Die Umgebung war überwiegend ländlich, Felder, Äcker und Windräder wechselten sich ab. Ungefähr in der Mitte der Insel lag die Stadt Odense, dort gab es auch den einzigen größeren Verkehrsknotenpunkt. Heike musste sich nur an die E20 halten mit der Beschilderung København.

Am frühen Nachmittag fuhr sie bei Nyborg von der Autobahn ab. Jetzt brauchte sie auch wieder das Navigationsgerät. Vor der Abfahrt hatte sie schon die Adresse ihres Wunschcampingplatzes eingegeben und schaltete nun die Stimme des Gerätes auf laut. Der Zeitangabe nach war der Campingplatz nur zehn Minuten weit entfernt. Es wurden aber deutlich mehr Minuten, denn wieder musste Heike Möppi über schmale Straßen steuern, die wegen des Gegenverkehrs nicht viel Platz ließen. Als sie endlich am Campingplatz ankam, war sie heilfroh. Die kurze Fahrt über Land war anstrengender gewesen als die vielen Kilometer auf der Autobahn.

Die Anlage war deutlich größer als am Feensee. Heike bekam von einem jungen Mann an der Rezeption, der recht gut Deutsch sprach, einen Platz auf der Wohnmobilwiese zugeteilt. Die Fahrzeuge standen hier wohl ge-

trennt von den restlichen Campern. Bald darauf leuchtete Heike auch der Grund dafür ein. Auf besagter Wiese
standen einige Fahrzeuge, in die Möppi locker zweimal
hineingepasst hätte. Sie sahen aus wie eine Mischung
zwischen Reisebus und Lastkraftwagen. Wie hatten die
Fahrer diese nur über die schmalen Straßen hierherbe-
kommen?

Heike konzentrierte sich wieder auf ihr eigenes Fahrzeug. Die Wiese war so groß, dass man bequem hin und
her rangieren konnte, und die Stellplätze waren jeweils
mit zwei befestigten Fahrspuren ausgestattet, wohl damit die Edelfahrzeuge keine schmutzigen Reifen bekamen. Heike lenkte Möppi auf ihren Platz am Ende der
Wiese und parkte zu ihrer Erleichterung neben einem
kleineren grünen Campingbus, der ähnlich alt wie ihrer
zu sein schien.

Schnell hatte sie Möppi an den Strom angeschlossen.
Hier gab es sogar für jeden Stellplatz einen Anschluss für
Frisch- und einen für Abwasser sowie Kabelfernsehen.
Heike hatte keine Ahnung, ob Möppi überhaupt über
alle Anschlüsse verfügte, aber die großen Wohnmobile
auf dem vorderen Teil des Platzes brauchten diesen
Komfort ganz sicher.

Heike stellte sich vor Möppis Front und sah sich um.
Es war pfannenflach hier, und sie konnte das Dach eines
zentralen Waschhauses erkennen. Da es auf der Wiese
keine Abgrenzungen durch Hecken gab, fühlte sie sich
den anderen Campern etwas näher. Heike beäugte kurz
den grünen Campingbus zu ihrer Rechten. Es war wohl
niemand zu Hause.

Etwas weiter entfernt, hinter den Wohnwagenstell-
plätzen, sah sie am Horizont etwas Blaues schimmern.
Das Meer! Sie freute sich wie ein kleines Kind. Spontan
lief sie los. Kleine Wege führten sie über den Campingplatz, dann musste sie noch über eine Wiese gehen, auf
der am Rand einige Zelte standen, und schon war sie am
Strand: ein schmaler Streifen, teils mit feinem Sand, teils
mit größeren Kieseln, nicht so breit und aufgeräumt, wie
sie es von Sankt Peter-Ording in Erinnerung hatte, eher
ganz natürlich. Hier und da war Treibholz angeschwemmt
worden. Leise plätscherten die Wellen an das Ufer. Heike
zog spontan ihre Schuhe und Socken aus, ließ diese einfach liegen und tappte in das Wasser. Es war kalt, er-
frischte sie aber angenehm nach der Fahrt. Die Luft war
über den Tag hinweg stetig wärmer geworden, und es
kam Heike so vor, als wollte der Sommer Einzug halten.
Sie hoffte, dass es in Schweden auch so sonnig sein
würde; bei ihrem letzten Besuch war es unangenehm
kalt gewesen.

Heike lauschte den leisen Geräuschen der Ostsee,
grub ihre Zehen in den Sand und die glatt geschliffenen
Kiesel und genoss den Augenblick. Ein Stück weit entfernt saß eine Familie mit einem Sonnenschirm am
Strand, dahinter sah sie die große Storebælt-Brücke, die
Fünen mit Seeland verband. Ein imposanter Anblick, der
sie kurz die Luft anhalten ließ. Die Brücke hatte sie
schon auf der Karte gesehen, und sie flößte ihr durchaus
Respekt ein. Morgen würde sie wohl darüberfahren müssen, wenn sie nach Schweden gelangen wollte.

Heute aber würde sie erst mal den Rest des Tages genießen. Sie löste den Blick von der Brücke und wanderte noch ein paar Meter im kühlen Nass hin und her. Es war überraschend ruhig. Wenn man es nicht wusste, würde man es nicht ahnen, dass am Ufer ein großer Campingplatz lag.

Schließlich ging sie zu ihren Schuhen, nahm diese in die Hand und wanderte barfuß zurück über die Wiese zum Campingplatz. Dessen Wege waren geteert und von der Sonne aufgewärmt. Schnell waren ihre Füße wieder trocken.

Neben den Sanitäranlagen gab es hier deutlich mehr Einrichtungen als auf dem ersten Platz: ein Restaurant, einen großen Kinderspielplatz und zusätzlich noch einen Kiosk, an dem eine Eisfahne wehte. Hier und da saßen Camper auf Klapp- oder Gartenstühlen neben ihren Unterkünften, teils unter Markisen, teils einfach in der Sonne. Heike nickte immer freundlich und sagte Hallo, wenn sie jemanden sah, und bekam einen ebenso freundlichen Gruß in diversen Akzenten zurück. Es war richtig nett.

Wieder bei Möppi angekommen holte sie kurz entschlossen die beiden Klappstühle und den kleinen Campingtisch aus dem großen Stauraum am Heck und stellte diese direkt neben ihr Fahrzeug. Dann kletterte sie in das Wohnmobil, öffnete eins der Dachfenster, denn es war recht warm im Inneren, und stellte die Kaffeemaschine an. Zufrieden hörte sie dem leisen Gluckern zu, als das Wasser sich erwärmte. Es war so entspannend, gar nichts erledigen zu müssen. Einfach nur da zu sein und den Rest des Tages wahrscheinlich nichts zu tun. Zu Hause hatte sie sich immer gehetzt gefühlt, immer darauf bedacht, irgendetwas zu tun, ob Wäsche bügeln, den Garten gießen, putzen, einkaufen … Bloß nicht rumsitzen. Vielleicht war ihr unterbewusst klar gewesen, dass ihr Leben sich im Lauf der Zeit veränderte, nur hatte sie dies durch das Festhalten an alten Gewohnheiten gekonnt überspielen können.

Heike nahm ihren Kaffee mit nach draußen und setzte sich auf einen der Stühle. Dann legte sie ihre immer noch nackten Füße auf den anderen und hielt einen Moment das Gesicht in die warmen Sonnenstrahlen. Sie musste zur Ruhe kommen.

»Hallo«, erklang es plötzlich neben ihr. Heike hatte gar nicht bemerkt, dass ihre Nachbarn inzwischen da waren. Eine grauhaarige Frau streckte den Kopf aus dem grasgrünen Campingbus und lächelte Heike an. »Tolles Wetter heute. Ich habe gesehen, dass du auch aus Deutschland kommst.«

Heike nahm die Füße vom zweiten Stuhl und setzte sich aufrecht hin, während die Frau aus ihrem Fahrzeug stieg. Sie war klein und drahtig, sicher an die siebzig Jahre alt, und ihre Haut war braun gebrannt.

»Ich bin Sabine.« Sie reichte Heike die Hand.

»Heike.«

»Bleibst du länger, oder bist du nur auf der Durchreise?«

»Durchreise eigentlich. Ich bin auf dem Weg zu meiner Tochter in Schweden.« Heike wunderte sich selbst über ihre Zutraulichkeit, die sie plötzlich mit wildfremden Leuten reden ließ.

»Schweden – wie schön. Wir sind auf dem Weg nach Norwegen. Im Sommer ist es ja super da in den Fjorden.«

Heike nickte, als wäre sie derselben Meinung, allerdings kannte sie Norwegen bisher nur aus dem Fernsehen.

Sabine sah kurz zu Möppi. »Schönes altes Wohnmobil. Wir mögen die ja auch lieber als …« Sie deutet mit dem Kopf zu dem Teil der Wiese, wo die großen Luxus-Wohnmobile standen. »Ist auch praktischer.« Sabine grinste. »Ah, da kommt Gerd – mein Mann.«

Ein ebenso braun gebrannter älterer Herr in kurzen Jeans und mit einem Handtuch über der nackten Schulter kam vom Waschhaus her auf die beiden zu. Sabine zog derweil auch zwei Stühle aus ihrem Fahrzeug und stellte diese einfach neben Heikes.

Heike besann sich auf ihre Manieren, und da man auf Campingplätzen wohl gleich per Du und kontaktfreudig war, fragte sie: »Darf ich euch einen Kaffee anbieten? Ich habe gerade eben frischen aufgesetzt.«

»Oh, gerne – ich habe, glaube ich, noch ein paar Kekse.« Sabine verschwand wieder in ihrem kleinen Gefährt, Heike holte währenddessen gleich die ganze Kanne Kaffee samt Zucker, Milch, Löffeln und zwei Tassen aus der Küche. Kurz darauf saßen die drei zusammen.

Heike musste schmunzeln. Auch so etwas, das Jochen wohl mehr als seltsam gefunden hätte. Kontakte ja – aber bitte immer auf höflichem Abstand. Ein bisschen ärgerte sie sich, dass sie dieses Verhalten mit den Jahren von ihm übernommen hatte. Als Studentin hatte sie auch noch mit jedem drauflosgequatscht. Sie kam ja vom Dorf, da

machte man das so. Irgendwann hatte Jochen sie ange-
blafft, dass sie doch nicht jedem gleich ihre Lebensgeschichte erzählen solle. Heike war eingeschnappt gewesen, hatte dann aber darauf geachtet, bei neuen Kontakten
zurückhaltender zu sein. Schnell verdrängte sie den Gedanken an ihren Ex-Mann wieder.

Sabine und Gerd schienen von Zurückhaltung nicht
viel zu halten. Beide redeten munter drauflos.

»Ist echt schön hier«, kommentierte Gerd gerade das
Waschhaus. »Aber da die Duschen immer nach zwanzig
Sekunden ausgehen, muss man förmlich einen Fuß auf
dem Drücker haben, wenn man sich die Haare waschen
will.«

»Ah, weißt du noch, in Österreich – da kostete eine
halbe Minute warmes Wasser fast ein Vermögen. Also
beschwer dich nicht, ist hier ja wenigstens alles inklu-
sive.«

»Ihr seid schon viel rumgekommen?« Heike fischte
sich einen Keks aus Sabines Tüte. Die zuckte mit den
Achseln.

»Wir sind seit fünf Jahren in Rente, warum sollen wir
zu Hause hocken? Und das Fröschli«, sie deutete auf ihren grünen Bus, »bringt uns überallhin.«

Heike musste lachen.

»Was?« Sabine lachte auch.

»Na, ›Fröschli‹ … Meiner hat auch einen Namen.«
Heike deutete auf ihren Wagen. »Der gehört aber meiner
Freundin Gabi, ich habe ihn nur geliehen.«

»Wie heißt er denn?« Sabine besah sich Heikes Wohnmobil.

»Möppi, weil er angeblich dem Schaf von Gabis Opa ähnlich sieht.«

»Möppi – das ist aber süß! Ja, ein bisschen sieht er auch so aus.«

»Frauen!« Gerd schüttelte grinsend den Kopf.

Sabine stieß ihn an. »Was? Glaubst du, dass die dahinten«, sie deutete erneut auf die riesigen Wohnmobile, »ihren Wagen Namen geben? Unsere haben wenigstens Charme.« Sabine reckte gespielt empört die Nase in die Luft.

»Dafür haben die Sofas, Pay-TV, und der silberne hat sogar eine Sauna, hab ich gehört«, konterte Gerd.

»Und wenn schon«, konterte Sabine. »Sauna haben wir auch.« An Heike gewandt, erklärte sie mit gespielt gequältem Gesicht: »Fröschli hat nämlich keine Klimaanlage.«

Der späte Nachmittag plätscherte angenehm vor sich hin. Heike erfuhr noch, dass Sabine und Gerd den Winter in Portugal verbracht hatten. Ihre kleine Wohnung in Lüdenscheid besuchten sie wohl immer nur auf der Durchreise, lange hielt es sie nie dort. Sie hatten keine Kinder, früher aber wohl mal eine Katze gehabt. Zwischendurch zankten sich die beiden ein paar Mal liebevoll, und Heike musste angesichts der spürbaren, tiefen Vertrautheit des Paares schlucken. So war es mit Jochen schon lange nicht mehr gewesen, wenn überhaupt. Sie versuchte, sich nichts anmerken zu lassen. Als Sabine nachfragte, gab sie ihre gewohnte Geschichte zum Besten: dass ihr Mann zum Arbeiten auf Mallorca sei und sie ihre Tochter in Schweden besuchen wollte.

Als die Sonne schon recht tief am Horizont stand, stieß Sabine Heike plötzlich freundschaftlich an. »Da, guck, jetzt kommen die Schweizer nach Hause, das musst du sehen!«

Ein winzig kleiner Wagen rollte auf die Wiese und parkte neben einem der riesigen Wohnmobile. Wie von Geisterhand öffnete sich am Heck eine große Klappe, und eine flache Rampe fuhr heraus. Der Fahrer parkte den Miniwagen auf der Rampe und stieg aus, seine blonde und augenscheinlich deutlich jüngere Beifahrerin tat es ihm gleich. Beide sahen von der Kleidung her aus, als kämen sie gerade von einem Business-Termin, er im weißen Hemd und blauen Jackett, sie im kurzen Rock und einer gelben Bluse, das Handtäschchen unter dem Arm.

Vollautomatisch verschwand das Auto im Bauch des Wohnmobils. Heike sah verdutzt zu. »Was es nicht alles gibt.«

»Hey, die sind aber total nett, also gar nicht so schicki-micki, wie man vielleicht denkt.« Sabine winkte den beiden zu.

Der Mann winkte zurück und stieg über eine Treppe, die automatisch aus dem Eingang gefahren war, in seine Behausung. Seine Partnerin folgte ihm.

»Die kommen bestimmt gleich her«, sagte Gerd.

Heike runzelte die Stirn. Gerd bemerkte es und grinste.

»Die beiden sind echt in Ordnung«, betonte er noch einmal.

Fünf Minuten später stiegen die Schweizer wieder aus

ihrem Wohnmobil. Heike musste sich kurz die Hand vor den Mund legen, um nicht laut loszulachen. Er trug jetzt eine alte, schlabberige Jogginghose und ein übergroßes Shirt, dazu Plastiklatschen. In der einen Hand hielt er einen Korb, mit der anderen holte er sich einen Klappstuhl aus einer sich öffnenden Klappe des Riesenfahrzeugs.

Sie hatte ein kurzes, aber legeres blaues Kleidchen an, und weil es gegen Abend nicht mehr sommerlich warm war, getigerte Leggins darunter. Auch sie nahm sich einen Stuhl, und beide kamen auf die kleine Gruppe zu. Dachte man sich das Luxusmobil im Hintergrund einfach weg, dann entsprachen sie genau dem Bild, welches Nichtcamper von Campern im Kopf hatten. Heike riss sich zusammen.

Der Mann stellte seinen Stuhl neben den von Gerd. »Hoi zämme! Gerd, magst a Bierchen?« Und mit einem Blick auf Heike: »Ich bin der Walti, dasch is die Dorli. I ha Hunger und Durscht, sag i.«

»Heike.« Heike nickte und musste sich immer noch zusammenreißen, nicht breit zu grinsen.

»Hach, was der Walti sich heute angucken wollt alles, ich hab ganz platte Füße.« Dorli schien besser Deutsch zu sprechen als ihr Walti und stellte jetzt ihren Stuhl zu Sabine und Heike. »Mögts a Wuarschtli, wir waren noch einkaufen.«

»Ich hol den Grill.« Gerd hatte schon eine Flasche Bier von Walti bekommen, sprang aber nun auf und kramte in Fröschlis Heck herum.

Walti reichte, ohne groß zu fragen, eine weitere Fla-

126

sche an Heike und eine an Sabine, für seine Dorli gab es eine kleine Cola.

Blitzschnell hatte Gerd einen dreibeinigen Grill aufgebaut, diesen mit Kohle befüllt und angezündet. Heike wunderte sich kurz, was man so alles in einem noch kleineren Campingmobil als Möppi unterbringen konnte. Walti und Dorli erzählten derweil, dass sie den Tag über so einiges auf Fünen besichtigt hatten. Und nach und nach wurde auch Waltis Schweizerdeutsch verständlicher für Heike. Es war irgendwie so selbstverständlich, wie sie spontan hier zusammensaßen, dass Heike ihre Scheu schnell ablegte.

Aus dem mitgebrachten Korb zauberten die beiden eine Packung Grillwurst und eine Tüte Brötchen. Heike steuerte eine Flasche Ketchup bei und Sabine ein paar Servietten.

Als es dunkel wurde, zog Gerd den Grill etwas näher heran, sodass dieser eine wohlige Wärme abstrahlte. Heike lehnte sich nach dem Essen mit ihrer Bierflasche in der Hand auf ihrem Stuhl zurück und lauschte der Unterhaltung der erfahrenen Camper. Sie fühlte sich ein bisschen in ihre Jugend zurückversetzt, als sie noch mit ihren Freunden aus dem Dorf abends bei irgendwem im Garten gesessen hatten, auch bei Bier und Grillwurst. Es fühlte sich gut an, und obwohl ihr die anderen im Grunde fremd waren, hatte sie ganz den Eindruck, willkommen zu sein, und war nicht allein.

Als die Luft merklich kühler und feuchter wurde und auch der Grill keine Wärme mehr spendete, verabschiedeten sich Walti und Dorli, und auch Sabine und Gerd krochen in ihren kleinen Camper.

Heike ließ Tisch und Stühle einfach draußen stehen. Sie hatte vergessen, Möppis Dachfenster zu schließen, es war empfindlich frisch im Wagen. Schnell schlüpfte sie in ihr Schlafshirt und dann unter die warme Decke. Sie griff noch einmal kurz zu ihrem Telefon. Eine neue Nachricht war eingegangen, diesmal von Jochen. »Bin gut angekommen.« Heike legte das Telefon wieder weg, ohne zu antworten. Es reichte ja wohl, dass sie die Nachricht gelesen hatte.

Müde, aber unheimlich zufrieden kuschelte sie sich ein. Was für ein netter Abend. Und wo ihre neuen Bekannten überall schon gewesen waren! Mit einem Wohnmobil zu reisen war wirklich etwas anderes, als jedes Mal aufwendig buchen zu müssen. Man fuhr einfach dorthin, wo man wollte, blieb so lange, wie es einem passte. Heike bekam richtig Fernweh bei diesem Gedanken.

Kapitel 12

Von der Insel Fünen nach Habo

Am Morgen besuchte Heike noch einmal kurz den Strand. Es war aber zu kalt, um die Füße ins Wasser zu halten. Dann kaufte sie sich ein Frühstücksbrötchen, verabschiedete sich schon mal von Sabine und Gerd, die sie am Waschhaus traf, und frühstückte. Anschließend packte sie ihre Klappmöbel ein und machte sich für die Weiterreise bereit. Sie tippte jetzt Habo in ihr Navigationsgerät ein. Dieses zeigte an, dass sie gut fünf Stunden Fahrt vor sich hatte. Mit Pausen käme sie wohl am späten Nachmittag dort an. Jenny wollte sie aber erst am nächsten Tag benachrichtigen, so hatte sie noch etwas Zeit für sich.

Gleich nach dem Auffahren auf die Autobahn gingen die Fahrstreifen auch schon in die große Storebælt-Brücke über. Die Aussicht war grandios, das Meer glitzerte in tiefem Blau, hier und da war ein Schiff zu sehen, darunter einige richtig große. In der Ferne drehten sich Windräder über dem Wasser. Heike musste sich zwar auf den Verkehr konzentrieren, blickte aber immer wieder seitlich aus dem Fenster. Gerne hätte sie Gabi ein Foto geschickt, doch leider konnte sie hier nirgends anhalten.

Nach der Brücke wurde der Verkehr langsamer, und Heike schürzte konzentriert die Lippen, denn die Autobahn teilte sich plötzlich in zehn Spuren auf. Es war die Mautstation der Brücke. Heike versuchte die richtige Spur zu wählen. Die Beschilderung war zwar gut, aber Heike bekam doch einen leichten Schweißausbruch. »BroBizz« sagte ihr nichts, das war wohl irgendein automatisches System, »Kort« bedeutete dem Symbol nach Kartenzahlung. Heike wählte die Spur unter dem Schild »Kontant«, auf dem das Zeichen für Geldscheine zu sehen war, das schien ihr am sichersten. Gut, dass sie so viel abgehoben hatte, denn die Dame am Schalter knüpfte ihr zweihundertfünfundvierzig Dänische Kronen ab. Nach der Mautstation ging es problemlos weiter, aber Heike notierte sich auf ihrer inneren Merkliste den Hinweis, dass sie für die folgenden Routen immer mögliche Mautgebühren mit einkalkulieren musste. Es kam ja noch die große Brücke nach Schweden.

Nach knapp zwei Stunden war sie bereits in der Nähe von Kopenhagen. Sie folgte immer noch der E20, diese führte sie nun in Richtung der Öresundbrücke. Heike freute sich schon auf die schöne Aussicht, hatte aber dennoch Respekt vor der über sieben Kilometer langen Brücke. Als das erste Mal ein Tunnelsymbol an ihr vorbeirauschte, stockte ihr Herz. »Tunnel? Oh Mann, Heike – du bist heute ja bestens vorbereitet.« In ihrem Magen breitete sich ein flaues Gefühl aus. Tunnel bereiteten ihr Unbehagen, und das umso mehr, wenn sie an die Wassermassen dachte. Das war sicher kein kleiner Tunnel, in den man eben mal reinfuhr, um im nächsten

Moment auch schon wieder draußen zu sein. Ihr wurde ganz heiß im Nacken.

»Ach was, das schaffen wir jetzt auch noch.« Wenige Minuten später kam der Schlund in die Tiefe auf sie zu. Ihr Herz klopfte mächtig, aber sie versuchte, ruhig weiterzufahren und bloß nicht daran zu denken, dass sie gerade unter dem Meeresboden fuhr. Es wurde eng, ein bisschen zu eng für ihren Geschmack. Gott sei Dank war nicht viel Verkehr, und sie konnte etwas langsamer fahren. Gerade als sie dachte, sie würde doch noch einen Tunnelkoller bekommen, spuckte die Straße sie wieder aus. Der Tunnel endete auf einer kleinen Insel. Hastig kurbelte sie das Fenster runter und atmete die frische Luft ein. Sie war schon mitten auf dem Öresund. Jetzt kam die große Brücke, imposant stieg diese vor ihr in den Himmel auf. Ein Kinderspiel nach dem Tunnel. Heike straffte sich. Die Sonne schien, und das Wasser glitzerte um sie herum. Die grandiose Aussicht der weiteren Fahrt entschädigte für die dunklen Kilometer unter dem Meer. Jetzt konnte sie nichts mehr schocken, dessen war sich Heike sicher.

Auch an die Maut- und Zollstation fuhr sie diesmal deutlich ruhiger heran, musste aber schlucken bei den Preisen, denn die Querung dieses Streckenabschnitts war deutlich teurer als die kleinere Brücke zwischen Fünen und Seeland. Ihr dänisches Geld war nun fast aufgebraucht.

Ehe sie sich versah, war sie offiziell auf schwedischem Boden angelangt. Jetzt war ihr erst mal nach einer Pause. Heike nahm einfach die nächste Abfahrt und navigierte nach Gefühl zurück in Richtung Meer. Sie hatte Glück und fand einen Aussichtspunkt, auf dessen Parkplatz sie Möppi abstellte. Erleichtert, die Fahrt überstanden zu haben, kletterte sie nach hinten und besuchte die Nass-zelle. So ein Klo dabeizuhaben war schon praktisch, das sah sie jetzt auch ein. Dann stieg sie aus und streckte sich, die Luft war warm, und es ging ein leichter Wind.

Sie folgte einem schmalen Fußweg hinab zum Wasser. Von dort hatte sie eine gute Sicht auf die Brücke. Rasch nahm sie ihr Telefon zur Hand und machte ein Foto. Die-ses schickte sie an Gabi und schrieb darunter: »Erst Tun-nel, dann Brücke. Was für eine Fahrt! Aber wir sind jetzt in Schweden!« Ein triumphierendes und ein grinsendes Smiley untermalten ihre Zeilen.

Es dauerte nicht mal eine Minute, bis Gabi die Nach-richt gelesen hatte und antwortete. »Wow – da hätte so-gar ich mir in die Hose gemacht!«

Heike grinste und schrieb: »Hab mich grad umgezo-gen. Was macht dein Knie?«

»Ist etwas besser. Kommst du heute noch bei Jenny an?«, wollte Gabi wissen.

»Ja, aber ich werde ihr erst morgen Bescheid geben. So habe ich noch etwas Zeit für mich.«

Gabi schickte ein »Daumen hoch« und schrieb: »Gute Weiterfahrt!«

»Melde mich dann wieder. Pass auf dich auf! Bussi!«

Heike packte ihr Handy weg und wanderte langsam zurück zu Möppi. Sie hatte Appetit. Nach kurzem Über-legen holte sie sich eine Packung Kekse, etwas Schokolade und zwei Äpfel nach vorne, legte diese auf das Armaturenbrett und startete den Motor. Sie hatte noch über drei Stunden Fahrt vor sich. Erst einmal musste sie Malmö umfahren, dann die E6 Richtung Göteborg nehmen und bei Helsingborg auf die E4 wechseln. Dieser konnte sie bis Jönköping folgen, das an der Südspitze des Vättern-Sees lag. Danach würde sie weitersehen. Ein wenig wunderte sie sich über ihre Gelassenheit. Möppi und sie waren in der Tat ein Team geworden.

Schweden war sicherlich ein schönes Land, aber von der Autobahn aus gesehen kam es Heike recht langweilig vor. Hinter den Leitplanken änderte sich das Bild nur selten: Büsche, Felder, Windräder, ein Dorf, Büsche, Bäume, Felder. Heike schaute immer öfter auf die Zeitangabe des Navigationsgeräts. Zudem hatte sie alles aufgegessen, was sie nach vorne geholt hatte. Noch mehr langweilige Autobahnen, und sie würde noch einen dicken Hintern bekommen vom Sitzen und Naschen, sagte sie sich.

Kurz nach sechzehn Uhr hatte sie endlich Jönköping passiert und die Autobahn verlassen. Mit einem Mal war sie im richtigen Schweden, so wie sie es sich vorstellte. Überall leuchteten rote Scheunen mit weißen Giebelbrettern, und die Holzhäuser waren meist rot oder auch gelb. Alles sah warmherzig und verspielt aus, ganz anders als in deutschen Siedlungen. Die Gärten waren meist umrahmt von Hecken, und doch erschien alles weitläufig und leuchtete in einem satten Grün. Heikes Lebensgeister wurden wieder etwas wacher.

Es dauerte nicht lange, bis sie nach Habo kam. Es war keine richtige Stadt, eher ein sehr großes Dorf. Die Siedlungen waren weitläufig verteilt.

Ein Hinweisschild leitete sie zum örtlichen Campingplatz. Sie wusste nicht, ob dies derjenige war, von dem Jenny gesprochen hatte, aber Habo war nicht so groß wie Hamburg, weit würde es sicher nicht sein bis zu ihrer Tochter.

Die Rezeption war geschlossen, Heike bekam gleich einen Schreck. War sie zu spät? Doch dann sah sie eine Klingel. Heike betätigte diese. Es dauerte eine Weile, bis eine ältere Dame die Tür öffnete.

»*Kan jag hjälpa dig?*«

Heike runzelte die Stirn und fragte dann einfach auf Deutsch: »Guten Tag, kann ich bei ihnen noch einen Platz bekommen?«

Die Frau legte den Kopf etwas schief, lächelte dann aber und sagte »*Ja, förstås. Plats elva.*«

Platz elf? Heike hoffte, dass sie die Frau richtig verstanden hatte, und nickte.

Diese zeigte nun mit einem Zeigefinger nach rechts. »*Till höger och höger igen – då är du där.*«

Heike nickte. »Danke!« Zweimal rechts, dann wäre sie da. Schnell fragte sie noch: »Bezahlen?«

»*Betala?*« Die Frau winkte ab. »*Betala vid avresa.*«

»Oh, danke.«

Die ältere Dame lächelte, sagte »Bitta schön« und schloss dann die Tür.

Heike steuerte Möppi zwischen den Hecken des Campingplatzes hindurch. Inzwischen kam sie mit seinen Abmessungen ganz gut zurecht. Sie bog zweimal rechts ab und fand tatsächlich auf Anhieb Platz elf. Es war eine Parzelle unter einem großen Baum. Erleichtert parkte sie das Wohnmobil ein. Dann sieg sie aus, streckte und reckte sich und schloss Möppi an den Strom an. Es war ruhig auf dem Campingplatz, nur irgendwo in der Ferne hörte sie ein paar Kinder rufen. Heike öffnete Möppis hintere Tür und ließ etwas frische Luft in den Wagen. Es wurde doch ganz schön warm, wenn den ganzen Tag die Sonne schien. Hunger hatte sie noch keinen, und so beschloss sie, einen kleinen Erkundungsgang zu machen. Die Sanitäranlagen waren schnell gefunden. Das Gebäude war klein, aber sauber. Sie wanderte zurück zur Einfahrt und von dort die Straße ein Stück weiter. Hier musste irgendwo der See liegen, das hatte sie auf der Karte gesehen.

Minuten später stand sie am schmalen Uferstreifen des Vättern. Schön war es hier, Bäume umrahmten das Wasser, und überall war es grün. Sie freute sich, dass Jenny und ihre Familie an so einem harmonischen Ort lebten. In Hamburg hatten die drei eine Wohnung mit einem winzigen Balkon in der vierten Etage gehabt. Kein Vergleich zu der Freiheit, die Finn hier genoss. Heikes Kehle wurde eng. Dass ihre Lieben nicht weit von ihr entfernt waren, aber dennoch für den Moment unerreichbar, schmerzte sie. Aber sie wollte Jenny nicht überrumpeln und brauchte selbst noch etwas Zeit, um sich auf das Zusammentreffen und das Gespräch vorzubereiten. Ihre Urlaubsstimmung war jetzt verflogen. Sie fischte ihr Handy aus ihrer Hosentasche und tippte eine Nachricht an Jenny.

»Hallo, Schatz, bin schon in Schweden, und es ist nicht mehr weit zu euch. Morgen komme ich gegen Mittag in Habo an. Freue mich ganz doll auf euch. Kuss, Mama.«

Es dauerte eine Weile, bis Jenny die Nachricht gelesen hatte.

»Super, Mama, wir freuen uns!!! Melde dich, wenn du da bist! Kuss, Jenny und Finn.«

Heike steckte das Telefon wieder weg und wanderte zurück zu Möppi. Das kleine Wohnmobil sah unter dem großen Baum aus, als wäre es erschöpft eingeschlafen nach der langen Fahrt. Heike lächelte es liebevoll an. Dann kletterte sie hinein und überlegte, was sie heute essen sollte. Eine Suppe würde wohl reichen, also hätte der Gasherd Premiere. Sie besah sich noch mal genau die Knöpfe, dann bückte sie sich, öffnete die Klappe, hinter der die Gasflasche stand und drehte diese auf. Als Nächstes betätigte sie einen der Drehknöpfe von einer der Platten. Ein kurzes Zischen ertönte, ein Tickern, und eine Flamme schoss empor. »Oh – halt!« Heike stellte diese mittels des Drehknopfes kleiner. Eilig kramte sie einen Kochtopf aus dem Schrank und befüllte ihn mit Wasser. Zum Abmessen der Menge blieb jetzt keine Zeit. Schnell stellte sie den Topf auf das Gitter der Herdplatte. Kaum hatte sie den oberen Schrank geöffnet und nach der erstbesten Tütensuppe gegriffen, blubberte auch schon das Wasser im Topf. »He, he, jetzt mal langsam.« Sie riss die Tüte auf und kippte den Inhalt in das bereits kochende

Wasser. »Himmel, jetzt hast du es aber eilig, Möppi!« Die Suppe kochte sofort hoch. Den Umgang mit dem Herd würde sie noch üben müssen, dachte sie, während sie kräftig rührte. Gut, dass sie sich nicht an einem Spiegelei versucht hatte, das wäre wohl schwarz gewesen.

Heike stellte die Herdflamme nach gefühlten drei Minuten ab und schloss auch sofort wieder die Gasflasche. Das Ding machte ihr Angst. Dann kippte sie die Suppe in eine kleine Schale und stellte diese auf den Tisch. Ihre Gedanken kreisten um das baldige Treffen mit Jenny. Wie würde ihre Tochter die Trennung der Eltern aufnehmen? Heike spürte einen leisen Schmerz in ihrer Schläfe und griff nach dem Laptop. Sie sollte sich etwas ablenken. Irgendwie würde sie das Gespräch morgen schon meistern.

Im Internet surfte sie ziellos umher. Nur aus Spaß gab sie in die Suchmaschine die Begriffe »Kochen im Wohnmobil« ein und bekam überraschend viele Treffer. Wieder landete sie auf einem Blog. Dieser war von einem Pärchen, das wohl schon halb Europa bereist hatte und sich nebenbei liebend gern mit dem Thema Kochen auseinandersetzte. Heike lief das Wasser im Mund zusammen bei einigen Bildern. Dabei schielte sie auf ihre Schale mit der Tütensuppe, in der sie bisher nur gedankenverloren herumgerührt hatte. Sie nahm die Schale und probierte, dann löffelte sie sie aus. Die Suppe war kein kulinarisches Highlight, aber sie war warm und erfüllte ihren Zweck.

Nach dem Stöbern auf einigen anderen Seiten im Internet sah Heike auf die Uhr, es war bereits nach zehn.

Draußen wurde es jetzt, im Juni, gar nicht richtig dunkel. Sie reckte sich, klappte den Laptop zu und stellte die Schale in die Spüle. Abwaschen konnte sie auch morgen noch. Kurz darauf lag sie zwischen den Kissen im Bett und lauschte dem leisen Rascheln der Äste des Baumes über ihr. Mit einem letzten Seufzer drehte sie sich um. Sie war stolz auf sich, den Weg hierher ganz alleine bewältigt zu haben. Den Tag morgen würde sie jetzt auch noch überstehen.

Kapitel 13

Habo

Am nächsten Morgen saß Heike mit einem Kaffee im Wohnmobil, als plötzlich ihr Handy klingelte. Erschrocken fuhr sie zusammen. Das Bild von Jenny prangte auf dem Display. Heike sah auf die Uhr, es war fast halb elf. Sie presste kurz die Lippen aufeinander, dann ging sie ran.

»Hallo, Jenny.«

»Hi, Mama! Und, wo bist du?« Jennys Stimme hörte sich fröhlich an.

»Du, ich bin quasi gerade angekommen«, schwindelte Heike.

»Ach, schon? Das ist ja toll! Aber schade – Finn wollte dir so gerne zuwinken im Wohnmobil. Ich habe ihm erzählt, dass du in einem Camper kommst.«

»Das können wir bestimmt irgendwie nachholen.« Heike musste lächeln.

»Also bist du jetzt schon hier in Habo auf dem Campingplatz?«

»Ich bin auf dem Platz am See, kurz bevor es in den Ort geht. Ich weiß nicht, ob es noch einen gibt hier.«

»Ne, das ist schon der, den ich meinte. Prima, das ist

wirklich nicht weit von hier. Du … dann hole ich Finn um zwölf aus der Kita … und dann könnten wir dich abholen kommen.«

»Ja, das hört sich gut an. Ich stehe auf Platz elf, das ist nach dem Eingang rechts und dann noch mal rechts.«

»Werden wir finden. Ich freu mich total, Mama. Bis nachher dann!«

»Ich mich auch, bis nachher.«

Heike betrachtete nach dem Auflegen noch einen Augenblick das Bild von Jenny auf ihrem Telefon. Ihr wurde ganz warm ums Herz. Sie freute sich, ihre Tochter und auch ihren Enkel gleich wiederzusehen.

Die Videochats waren zwar nett, aber das war doch nichts im Vergleich dazu, die beiden wirklich zu treffen.

Bis auf einige schwierigere Zeiten in der Pubertät hatte sie immer eine gute Beziehung zu Jenny gehabt. Als diese dann Felix kennengelernt hatte, war Heike anfangs tief in ihrem Innern ein bisschen eifersüchtig gewesen. Jenny hatte vorher schon Freunde gehabt, aber mit Felix war es von Anfang an etwas anderes, Festes gewesen. Gegen ihn war nichts zu sagen, im Gegenteil, er war der perfekte Schwiegersohn. Nun ja, bis auf die Tatsache, dass seine Arbeit die kleine Familie in die Ferne getrieben hatte. Heike seufzte. Sie war eine Glucke, jawohl! Anstatt dass sie sich freute, dass ihre Kinder so tolle Menschen geworden waren, schielte sie ihnen doch immer besitzergreifend hinterher. Bei dem Gedanken schüttelte sie den Kopf über sich selbst. Einmal Mutter, immer Mutter, wie es so schön hieß.

Heike stand auf. Es wäre wohl besser, wenn sie sich etwas frisch machen würde, bevor Jenny und Finn kamen. Sie nahm ihre Kulturtasche und machte sich auf den Weg zum Waschhaus des Campingplatzes.

Es war ein warmer Tag, vom See her wehte eine leichte Brise. Heike genoss die Luft, sie schien ihr deutlich sauberer und klarer als in Hamburg. Und auch würziger, es roch nach Pflanzen, Wasser und nach Erde. Ein bisschen so, als wenn es nach langer Trockenheit das erste Mal wieder geregnet hätte. Doch am Himmel war keine Wolke zu sehen. Sie lief langsam über den Campingplatz und nahm bewusst ihre Umgebung wahr. Es war ruhig hier, Vögel zwitscherten, und nur ab und an hörte sie in der Ferne ein Auto auf der Straße.

Im Waschhaus guckte Heike in den Spiegel. Ihre Haut hatte in den letzten Tagen schon etwas Bräune bekommen. Sie sah frisch und erholt aus. Nur klitzekleine Fältchen unter den Augen verrieten vielleicht, dass das Einschlafen letzte Nacht nicht so einfach gewesen war. Heike schöpfte sich mit den Händen kaltes Wasser in das Gesicht. Ihre Haare kämmte sie kurz, fasste sie am Hinterkopf zusammen und wand sie zu einem lockeren Knoten. Diese Frisur hatte sie zu Hause selten, und wenn, dann nur für sich getragen. Jetzt aber fand sie den Knoten ganz nett. Er wirkte durchaus jugendlich und etwas verspielt. Vielleicht war dies ein guter Zeitpunkt, rundum etwas Neues anzufangen. Heike musste über sich selbst lächeln. Die Frau, die sie hier im Spiegel sah, war schon eine andere als die Heike, die vor wenigen Tagen noch ihr graues Ich in einem toten Fernsehbildschirm betrachtet hatte. Sie hatte sich nicht nur äußerlich verwandelt, auch ihr Ich-Gefühl war gestärkt. Heike warf sich aufmunternd ein Küsschen im Spiegel zu und ging dann zurück zu Möppi. Aus dem Kleiderfach wählte sie ihre bequeme blaue Sommerhose und eine lange zartgelbe Bluse. Kaum war sie umgezogen, hörte sie auch schon Finns Stimme draußen. »Ist das Omas Platz?« Voller Freude öffnete sie Möppis Tür. »Hallo!«

»Oma!« Finn ließ sein Rad, das er geschoben hatte, auf den Rasen fallen und stürmte auf sie zu.

Heike ging ihm entgegen, bückte sich und fing ihn mit den Armen auf, wie früher schon immer. Fast kamen ihr die Tränen vor Freude. Insgeheim befürchtete sie immer, dass ihr Enkel sie vergessen könnte, trotz Internet und all den modernen Kommunikationsmitteln.

»Oma, du hast aber ein cooles Auto!«, sagte Finn ganz aufgeregt, küsste sie auf die Wange und wand sich dann aber auch schon aus ihren Armen. »Darf ich mal gucken? Bitte, bitte.«

»Natürlich, geh ruhig rein.« Heike erhob sich und deutete einladend auf Möppis Eingangstür. Schon kletterte der kleine blonde Junge die Stufen hinauf und verschwand im Inneren.

»Hey!« Jenny hatte die Szene lächelnd verfolgt und breitete nun die Arme aus. »Toll, dass du hier bist, Mama, ich freu mich so.«

»Oh Schatz!« Heike nahm ihre Tochter in den Arm und drückte sie ganz fest. Sie roch immer noch wie Jenny. Heike küsste sie auf die Wange. »Ich habe euch ganz schön vermisst.«

»Boah, Mama, komm mal. Das Bett ist soooo groß!«, ertönte Finns Stimme aus dem Innern des Wohnmobils.

»Ich komme gleich.« Jenny lachte über Heikes Schulter hinweg. Dann drückte sie ihre Mutter noch mal und sagte etwas leiser: »Ich glaub's ja kaum, dass du mit Gabis Karre bis hierher gefahren bist.«

Heike hielt Jenny eine Armeslänge von sich und schüttelte tadelnd den Kopf. »Die Karre heißt Möppi, und wir sind schon dicke Freunde.«

Jenny lachte herzhaft. »Möppi, ja, das sieht Gabi ähnlich. Aber wieso … Ich meine, Camping ist doch eigentlich nie dein Ding gewesen?« Sie fasste Heike an einer Hand und zog sie in Richtung des Wohnmobils. »Du siehst übrigens fantastisch aus. Finn? Finn mach keinen Blödsinn da drin!«

»Ich fühle mich auch gut. Mal ein paar Tage rauszukommen … ist wirklich nett.« Heike beschloss kurzerhand, ehrlich zu sein, ohne das kniffelige Thema direkt anzusprechen.

»Darf ich?« Heike deutete auf Möppis Tür.

»Natürlich, nur zu, steig ein.«

Heike folgte ihrer Tochter.

»Finn, was machst du denn da?«, rief Jenny.

»Ich liege im Bett. Oma hat ein großes Bett im Auto, guck mal. Mit ganz vielen Kissen.«

Finn hatte brav die Schuhe ausgezogen und war zwischen Gabis opulenter Kissenpracht kaum zu sehen.

Jenny blickte sich um. »Ist ja gar nicht so klein, und schick ist es auch. Hier drin kann man es sicher gut aushalten.«

Heike breitete zur Bestätigung die Arme aus. »Ich habe hier wirklich alles, was ich brauche.«

»Aber dass du dir das zutraust, so ganz allein, ohne Papa.«

Heike verspürte einen kurzen Stich und räusperte sich. »Na ja, der ist nicht da, und zu Hause ist es ganz schön langweilig so ohne euch alle. Gabi hat gerade ein neues Knie bekommen und braucht daher den Möppi nicht.«

»Oh, die Arme, ich hoffe, es geht ihr gut.« Jenny sah Heike besorgt an.

»Sie ist sauer, dass sie Zwangspausen machen muss, aber es geht ihr von Tag zu Tag besser. Auf jeden Fall hat sie gemeint, eine Fahrt mit Möppi könnte mir Spaß machen. Wie Gabi halt so ist.« Heike verzog kurz das Gesicht und machte mit dem Zeigefinger eine kreisende Bewegung neben ihrer Schläfe. »Hab ich auch erst gedacht … aber inzwischen könnte ich mich glatt dran gewöhnen.«

»Camping? Mama!« Jenny lachte herzhaft.

»Besser als alleine in einem seelenlosen Hotelzimmer ist es auf jeden Fall.« Heike setzte sich zu Finn aufs Bett.

»Komm mal aus Omas Bett raus«, meinte Jenny.

»Aber es ist so kuschelig hier.«

»Ja, aber wir wollten Oma doch mitnehmen und ihr zu Hause …« Jenny legte den Zeigefinger über die Lippen und tat ganz geheimnisvoll. »Finn, du weißt doch, was?«

Der kleine Junge machte ein nachdenkliches Gesicht und strahlte dann. »Oh, ja, wir haben doch eine Überraschung für dich, Oma.«

»Oh!« Heike tat beeindruckt. »Na, dann bin ich aber gespannt!«

Finn kletterte aus dem Bett, zog sich die Schuhe an und zupfte Heike am Ärmel. »Da müssen wir aber zu uns nach Hause.«

Jenny hob ergeben die Hände. »Du hörst es, Mama, wir müssen dich leider entführen.«

Am Seeufer führte ein Pfad entlang. »Das ist schöner, als an der Straße zu laufen«, meinte Jenny. Finn radelte ein Stück voraus, und Heike und Jenny schlenderten unter-gehakt im Schatten der Weidenbäume hinterher. »Es sind nur zehn Minuten bis zu uns.«

»Und? Geht's euch gut? Wie läuft es bei Felix' Arbeit?«

»Alles gut, er hat jetzt mit drei anderen Ärzten eine eigene Abteilung im Medizinischen Zentrum. Sie wech-seln sich mit den Schichten ab, und er geht sogar wieder regelmäßig segeln. Also von den Arbeitszeiten her und so – alles prima. Kein Vergleich zu früher.«

»Und du?« Heike sah ihre Tochter liebevoll an.

»Ich arbeite inzwischen wieder an drei Vormittagen im Personalbüro des Zentrums. Nette Kollegen und alles ganz relaxt. Außerdem bin ich in einer Müttergruppe, wo wir die Kinder auf die *nollan*, die Vorschule, vorberei-ten. Finn freut sich schon ganz doll, auch bald ein ›Gro-ßer‹ zu sein.« Jenny blicke liebevoll zu ihrem Sohn. Dann zuckte sie mit den Achseln. »Wir fühlen uns gut hier, wir gehören inzwischen dazu, kennen eine Menge Leute, Finn hat viele Freunde … Es ist halt mehr wie in einem Dorf und nicht wie in Hamburg.«

»Es ist ja auch unheimlich schön hier.« Heike blickte zum See, dessen Wasser in der Sonne glitzerte.

»Warte ab, bis die Mücken kommen, dann ist das hier nicht mehr ganz so romantisch … Und letzten Winter hatten wir einen Elch im Garten, der hat das Vogelhaus leergefuttert. Finn fand das toll, ich bin fast gestorben vor Angst. Weißt du, wie riesig die Tiere sind?«

»Laufen die hier frei rum?« Heike hob ängstlich die Augenbrauen. Die Aussicht, gar einem Elch vor ihrem Möppi zu begegnen, schien ihr wenig reizvoll.

»Im Sommer selten, da sind sie in den Wäldern. Aber im Winter treibt der Hunger sie gerne mal bis in den Ort. Die tun ja nichts, wenn man ihnen aus dem Weg geht … Aber ein deutsches Reh, das ist wirklich wie ein Bambi im Vergleich zu so einem Riesen.« Jenny lachte. »Wie bist du denn eigentlich hergefahren? Mit der Fähre?«

Heike reckte stolz das Kinn. »Ich bin über Flensburg Richtung Kopenhagen gefahren und dann durch den Tunnel und über die Brücke am Öresund.«

»Echt?« Jenny sah beeindruckt aus. »Da hätte ich ja Angst, vor allem mit so einem großen Geschoss.«

»Möppi ist gar nicht so groß. In Dänemark auf dem Campingplatz war ein Schweizer Pärchen, die hatten ein Haus auf Rädern dabei – mit Garage!«

»Wie im Fernsehen?«

»Ja, zack, war das Auto da eingepackt. Das wäre was für Finn gewesen. Steht der immer noch auf alles, was Räder hat?«

»Mama, er ist ein Junge, klar tut er das. Oh, schau – dahinten sieht man schon unseren Garten.«

Finn, der vorausgefahren war, stieg gerade von seinem Rad, winkte ihnen zu und verschwand hinter der nächsten Hecke.

Kapitel 14

Das Haus von Felix und Jenny war ein typisches Schwedenhaus, aus Holz gebaut, rot gestrichen, mit weißen Fensterläden, Balken und Giebelbrettern. Es schien jeden herzlich willkommen zu heißen mit seiner warmen, friedlichen Atmosphäre. Es war nicht groß, dennoch wirkte es geräumig. Über die Veranda betraten sie das Wohnzimmer. Der Wohn- und Essbereich war ein großer Raum, in dem ein langer Holztisch zum Verweilen einlud. Er war das Herz des Hauses. Heike hatte schon bei ihrem letzten Besuch im Stillen bedauert, dass sie nicht öfter hier sitzen konnte. Auf der rechten Seite ging ein kleines Zimmer ab, das Felix und Jenny als Arbeits- und Gästezimmer nutzten. Dieses hatten sie damals auch Heike und Jochen angeboten, doch Jochen hatte lieber in Jönköping in einem Hotel übernachten wollen. Am Ende des Wohnzimmers stand ein großer Holzofen, der den Raum in der kühleren Jahreszeit wohlig heizte, dahinter befand sich der Küchenbereich. Von der Küche ging es in einen schmalen Flur, wo zur Linken das Bad lag und rechts eine Treppe, die in die obere Etage führte. Die dortigen Schlafräume waren durch die Dachschrägen nicht sehr groß, aber gemütlich und boten eine fantastische Aussicht über den

See. Jochen hatte bei ihrem letzten Besuch geunkt, Felix und Jenny hätten sich doch besser um einen Neubau bemühen sollen. Doch die Klinik hatte ihnen dieses Haus günstig angeboten, und Heike konnte verstehen, dass die beiden dieses urtümliche, gemütliche Nest bevorzugt hatten und keines dieser modernen, schnell aufgebauten Fertighäuser, wie man sie immer öfter in Schweden sah. Ihr kleines Domizil war über hundert Jahre alt, und es strahlte in geballter Form das aus, was man sich im Allgemeinen unter schwedischer Lebensart vorstellte.

Draußen im Garten gab es große Stapel Brennholz, Vögel zwitscherten in den alten Bäumen, und eine Feuerstelle, umrundet von Holzbänken, lud in den hellen, lauen Mittsommernächten zum Verweilen ein. Es war so gemütlich, dass es Heike zugleich freute und schmerzte. Ihre Tochter und ihre Familie hatten sich ein liebevolles Zuhause geschaffen, leider viel zu weit weg.

»Setz dich doch. Möchtest du einen Kaffee?« Jenny deutete auf den großen Holztisch und ging dann in die Küche. Finn folgte ihr und wippte aufgeregt von einem Bein auf das andere.

»Kann ich es schon holen, Mama? Das für Oma?«

»Ja, aber sei vorsichtig!«, meinte Jenny.

Heike setzte sich an den Tisch.

»Finn hat doch eine Überraschung für dich.« Jenny zwinkerte Heike zu und stellte Tassen, Tellerchen und Kuchengabeln auf den Tisch. Finn kam aus der kleinen Abstellkammer der Küche und trug hoch konzentriert einen großen, runden Kuchen vor sich her.

»Oh!«, gab Heike überrascht von sich und lächelte unwillkürlich. »Was bringst du denn da, Finn?«

Der kleine Junge konnte gar nicht antworten, er war
zu sehr damit beschäftigt, den Kuchen sicher auf den
Tisch zu stellen. Dann strahlte er über das ganze Gesicht.
»Hab ich gestern gebacken – extra für dich.«

»Da freue ich mich aber ganz besonders. Und ganz
alleine hast du das gemacht? Du bist ja ein richtiger Bä-
cker!« Heike tätschelte Finn anerkennend den Kopf.

»Ja, nur die Küche aufräumen, das musste ich.« Jenny
setzte sich ihrer Mutter gegenüber. »Finn, möchtest du
den Kuchen auch anschneiden?«

Finn nickte, kletterte auf den Stuhl am Kopf des Ti-
sches und kaute vor Konzentration auf der Unterlippe,
während er ganz vorsichtig und akkurat den Kuchen in
Stücke zerteilte.

Heike beobachtete ihren Enkel liebevoll. Wie groß er
schon war und wie selbstständig. Gestern war er noch
mit seinem dicken Windelpopo durch ihr Wohnzimmer
in Hamburg gekrabbelt, heute fuhr er Fahrrad und
schnitt den Kuchen an. Heike seufzte leise.

Jenny blickte kurz zu ihrer Mutter, langte über den
Tisch und streichelte ihr die Hand. »Schön, dass du da
bist«, sagte sie noch mal leise.

»So, fertig!« Finn begutachtete sein Werk.

Jenny nahm einen Kuchenheber. »Na, dann kann ich ja
auftun.«

»Und Schokolade, Finn … Ich esse so gerne Schokola-
denkuchen«, meinte Heike begeistert.

»Hat Mama mir verraten.« Finn nickte stolz.

»Felix müsste eigentlich auch gleich kommen«, sagte Jenny mit einem Blick auf die Uhr und probierte dann den Kuchen. »Der ist wirklich gut geworden, Finn. Ich habe nur die Zutaten abgemessen und auf den Backofen geachtet. Oh, er kann ganz schön sauer werden, wenn irgendetwas nicht klappt. Nicht auszudenken, wäre der Kuchen nichts geworden. Ich hätte wahrscheinlich die halbe Nacht mit ihm backen müssen.«

Heike lachte. »Na, das konntest du auch gut als Kind, sauer sein. Wehe, irgendetwas lief anders, als du es dir vorgestellt hattest.«

»Das lass mal nicht Felix hören – er erzählt ja immer ganz stolz, dass Finn ganz nach ihm kommen würde.« Jenny grinste. »Wobei Frauke immer das Gegenteil behauptet und meint, dass Finn seinen Hang zur Unordnung sicher von mir hat.«

Heike zog eine Grimasse. Die Eltern von Felix, Frauke und Dieter, waren bekennende Perfektionisten in allen Lebenslagen. Nicht, dass Heike sich und ihre Familie als chaotisch bezeichnen würde, aber gegen die Irmers hatte niemand eine Chance. Zur Hochzeit der Kinder war es fast zum Eklat gekommen, weil Jochen sich mächtig mit der zukünftigen Schwiegermutter seiner Tochter angelegt hatte. Diese hatte am Tag vor der Trauung noch einen Riesenzinnober gemacht, weil die Rosen des Blumenschmucks nicht ganz ihrer Vorstellung entsprochen hatten. Es waren eher hellrote gewesen anstatt lachsfarbene. Der Florist war kurz davor gewesen, alles wieder einzupacken, nachdem er von Frauke eine Standpauke bekommen hatte. Jochen hatte sie wiederum dafür angefahren, und Heike hatte händeringend versucht, Frieden zu stiften. Gott sei Dank hatte Jenny das Theater nicht mitbekommen.

Jochen und Heike hatten nie einen Draht zu Felix' Eltern gefunden. Felix selbst war deutlich entspannter als seine Eltern und neckte diese oft wegen ihres Perfektionismus. Dass Jenny in den Augen seiner Mutter vielleicht keine ganz perfekte Frau war, störte Felix nicht im Geringsten, und er duldete auch nicht, dass seine Eltern irgendwelche Kritik an ihr äußerten. Allerdings hatte Frauke schnell damit angefangen, an Finn herumzunörgeln. Es waren nur kleine Spitzen, und Felix wie auch Jenny ignorierten diese einfach. Heike hingegen hatte schon oft innerlich gebrodelt, wenn Frauke wieder Sätze wie »Na, Felix konnte aber schon dies oder jenes in dem Alter« von sich gab. Die einzige Genugtuung für Heike war, dass Frauke wenig Kontakt zu ihrem Enkel hatte, seit Jenny und Felix mit Finn in Schweden lebten. Dieter Irmer führte im Süden von Hamburg eine Spedition, und Freizeit gab es bei den Irmers nicht – somit auch kaum Besuche bei den Kindern in Schweden. Zudem hatte Felix noch zwei größere Schwestern in Hamburg, die ihre Eltern mit je zwei Enkeln beglückt hatten, und so war Frauke genug beschäftigt.

»Mama?« Jenny holte Heike aus ihren Gedanken.

»Entschuldigung, ich war gerade ganz woanders. Was hast du gesagt?«

»Ich habe dich gefragt, ob du denn noch weiter durch Schweden fahren willst oder deine Reise hier endet.«

»Du, ich habe ehrlich gesagt keinen Plan. Ich dachte, ich besuche euch ein paar Tage, wenn es euch recht ist, und dann schaue ich mal. Ich habe ja noch etwas Zeit, bis Papa aus Mallorca zurückkommt.«

Finn hatte sein Stück Kuchen aufgegessen und schien das Zusammensitzen langweilig zu finden.

»Kann ich rüber zu Yorik spielen gehen?«, fragte er.

»Ja, lauf, aber um sechs ist Schluss heute, hörst du!«

Finn war schon über die Veranda davon.

»Yorik wohnt nebenan. Du würdest dich wundern, wie schnell Finn inzwischen von Deutsch auf Schwedisch umschalten kann. Zweisprachig aufzuwachsen hat echt Vorteile. Manchmal findet er schneller Worte als ich.« Jenny nahm sich ein weiteres Stück Kuchen und schob Heike auch noch eines auf den Teller.

»Wie kommt Papa denn jetzt auf Mallorca? Das hat ihm sein Chef aber nicht aufgezwungen, oder?«

»Nein, da ist er freiwillig hin.« Heike räusperte sich. »Der Krause geht bald in Rente, und Papa wollte einfach sehen, wie es in Mallorca so für die Firma läuft.«

»Aha. Ich finde ja, er arbeitet viel zu viel. Hat er früher schon. Er hätte auch mal mehr Zeit für uns oder jetzt dich haben sollen.«

»Na komm, für euch hat Papa immer alles gemacht, zumindest an den Wochenenden.«

Jenny lachte auf. »Für Kai, ja. Sport und so was.«

»Dass er nicht mit dir und deinen Freundinnen in die Stadt zum Shoppen wollte, nimmst du ihm aber hoffentlich nicht übel. Da hättet ihr Mädels doch auch keinen von uns dabeihaben wollen.«

»Aber trotzdem, Papa war deutlich mehr mit Kai unterwegs als mit mir.«

»Ach, Jenny, als du damals dieses Pferdeturnen …«

»Voltigieren!«

»… Voltigieren gemacht hast, ist Papa auch immer mitgekommen, wenn ihr Veranstaltungen hattet.«

»Das war drei Mal.«

»Immerhin, also …« Heike schmunzelte. Jenny und Kai hatten in der Tat als Teenager sehr um Jochens Gunst gekämpft. Man konnte Jochen nicht nachsagen, dass er nicht versucht hätte, sich zwischen seinen Kindern aufzuteilen, aber Mädchensachen waren nie so seins gewesen.

»Hey, zusammen!« Felix kam durch den Flur in den Wohnraum. »Hallo, Lieblingsschwiegermutter!« Er küsste Heike auf die Wange. »Schön, dass du da bist. Wie war deine Fahrt?«

»Sie ist durch den Tunnel gefahren«, antwortete Jenny an Heikes statt.

»Wow! Ganz allein, mit dem Wohnmobil?« Er nickte anerkennend und setzte sich neben Jenny. »Oh, Kuchen, ist das der von Finn?« Er nahm sich ein Stück auf die Hand.

Heike beobachtete die beiden. Sie wirkten so vertraut und einander nahe, dass sie ein kurzer Schmerz angesichts ihrer eigenen Trennung durchfuhr.

»Und – geht's euch gut?«, fragte Felix kauend.

Heike bebte innerlich, sie spürte, dass sie die Nachricht nicht mehr länger zurückhalten wollte, wozu auch. Besser war es, jetzt endlich Klarheiten zu schaffen. Nervös knetete sie die Hände. »Ja, also ... jetzt, wo wir hier so sitzen ... Ich ... ich muss euch noch etwas sagen.«

Jenny sah sie sogleich mit panischem Blick an. »Ist etwas passiert? Ist jemand krank?«

Heike hob die Hände. »Nein, nein – niemand ist krank. Aber ich bin auch deshalb hergekommen, um euch etwas mitzuteilen. Das ... das macht man einfach nicht so am Telefon.«

Felix legte den Arm um Jennys Schultern, er schien zu ahnen, dass gleich ein Paukenschlag kam.

»Also, Papa und ich ... Jochen und ich ... Wir haben beschlossen ... also, wir sind nicht im Streit oder so ... aber ...« Gott, stammel nicht so herum, Heike!, herrschte sie sich im Stillen an. »Also, Jochen und ich werden uns trennen.«

»Trennen?« Jennys Miene versteinerte. »Du meinst ... ihr werdet euch scheiden lassen?« Ihre Augen röteten sich. »Aber ...«

Heike griff schnell nach den Händen ihrer Tochter. »Schatz, hör zu. Papa und ich haben uns in den letzten Jahren auseinandergelebt. Wie gesagt, wir sind nicht im Streit und werden natürlich immer für euch da sein.«

»Hat Papa eine andere?«, fragte Jenny jetzt in eisigem Ton.

»Nein, hat er nicht. Er möchte nur einfach auf Mallorca noch mal etwas anderes ausprobieren, und für mich ... na, für mich ist das nichts.«

»Also ist er da nicht einfach nur im Urlaub?«

»Nein, er macht sich mit seiner neuen Arbeitsstelle vertraut. Jochen und ich wissen es jetzt auch schon ei-

nige Wochen, und wir haben intensiv über alles gesprochen.« Jetzt musste sie etwas flunkern, aber sie wusste,
dass Jenny es nur auf diese Weise akzeptieren würde.
»Und wir sind einfach übereingekommen, dass jeder von
uns seinen eigenen Weg gehen soll. Sieh mal, so alt sind
wir ja nun auch noch nicht.«

»Eigenen Weg?« Jenny schüttelte den Kopf.

»Jenny, wir haben euch jahrelang ein sicheres und sta-
biles Zuhause gegeben, und jeder von uns, Jochen wie
ich auch, waren ganz für euch da. Aber jetzt seid ihr
groß, geht euren Weg – und wir gehen auch noch mal
unseren. Papa meint … er würde halt gern beruflich etwas anderes machen, und ich …« Heike zuckte mit den
Achseln. »Ich habe einfach mal mit einer Reise angefangen.«

Jenny schluchzte. Felix drückte sie leicht und nickte
Heike zu. »Ich finde, das hört sich nach einer fairen Entscheidung für alle an. Wie du sagst, Heike, seid ihr ja
nicht aus der Welt. Ich denke, für uns – und auch für
Finn – wird sich nichts ändern.« Das hatte er geschickt
abgefangen, auch wenn er Heikes Erklärung mit einem
verwunderten Blick gefolgt war.

»Nein, wir bleiben Oma und Opa – ganz sicher. Und
ihr könnt jeden von uns jederzeit anrufen oder besuchen
kommen. Es wird sich vielleicht einiges ändern, was das
Haus angeht … aber wie Felix sagt, wir sind nicht aus der
Welt.«

Jenny kullerten trotzdem Tränen über die Wangen.
»Aber das Haus …«

Heike neigte den Kopf. »Jenny, das Haus ist groß und

leer, seit Kai und du fort seid. Natürlich hängen viele Erinnerungen mit eurem früheren Zuhause zusammen, aber vernünftig wäre es nicht, wenn ich dort ganz alleine wohnen bliebe. Schau, Papa wird auf Mallorca leben ... Und was mich angeht, ist etwas Kleines wohl besser und viel einfacher.«

»Finde ich auch.« Felix bestärkte Heike wieder. Er wusste ebenso gut wie sie, dass Jenny sich schon beruhigen würde, wenn sie nur genug vernünftige Argumente aufzählten.

Jenny senkte traurig den Blick. »Ich ... ich dachte, bei euch ist alles in Ordnung.«

»Ist es doch auch. Wir sind gesund, uns geht es gut. Nur haben wir jetzt, mit zunehmendem Alter, einfach den Wunsch, noch mal etwas anderes auszuprobieren. Ich meine ... Papa hätte so was nie gemacht, als ihr noch zu Hause wart. Jetzt hat er die Chance. Und ich ... ich weiß nicht ... aber das Reisen gefällt mir durchaus, muss ich sagen. Gut – ich bin erst vier Tage unterwegs, aber diese Unabhängigkeit ist für mich eine ganz neue Erfahrung. Und schau – ich bin hier! Ich kann das jetzt: einfach hinfahren, wann und wohin ich will.«

Jenny nestelte an ihrem Pulloversaum herum. »Das ... das kommt alles ziemlich überraschend. Und wir ... wir hatten doch auch ...«

Jetzt war es Felix, der sich räusperte. »Also Heike ... wir hätten da auch noch etwas zu erzählen ... Ich weiß nur nicht ... Jenny?«

»Das ist jetzt wohl auch egal.« Jenny hob den Kopf und lächelte traurig. »Wir ...« Sie fasste nach Felix' Hand.

»Wir wollten dir eigentlich verkünden, dass ich wieder schwanger bin.«

Heike sprang auf, stürzte auf Jenny zu und küsste ihr die Stirn. »Das ist fantastisch, Schatz – oh, ich freu mich so für euch! Und ... und Papa wird sich auch riesig freuen, glaub mir!«

Jenny lächelte jetzt, auch wenn ihre Augen verweint waren. »Ja, wir freuen uns auch sehr. Allerdings ...« Sie warf einen Seitenblick zu Felix.

Dieser setzte sich etwas aufrechter hin. »Wir haben beschlossen, hierzubleiben. Mein Vertrag wird auf unbestimmte Zeit verlängert werden, und die Kinder sind hier einfach besser dran.«

Heike setzte sich wieder und nickte. »Ich kann das verstehen, ehrlich – es ist wunderschön hier, und ihr habt, glaube ich, wirklich alles, was man so braucht, um gut leben zu können.« Dann legte sie den Kopf schief und sah Jenny lächelnd an. »Da haben wir uns heute ja mit ganz schön viel Neuigkeiten gegenseitig überfallen.«

»Kann man so sagen! Möchtest du einen Schnaps? Felix, würdest du mal ...« Jenny sah ihren Mann auffordernd an.

»Ja, natürlich. Ich könnte auch einen gebrauchen.« Er erhob sich und ging in die Küche.

Jenny holte ergeben Luft. »Puh, was für Neuigkeiten. Du, Finn weiß noch nicht, dass er ein Geschwisterchen bekommt. Wir wollten erst noch abwarten.«

»Das ist so wundervoll, dass du wieder schwanger bist, Jenny.« Jetzt hatte Heike Tränen in den Augen.

»Du bist jederzeit willkommen hier, Mama. Wir sehen uns so selten.«

»Ich werde versuchen, zukünftig öfter zu kommen«, versprach Heike.

»Hier, bitte. Johannisbeere, haben wir selbst angesetzt.« Felix stellte ein Glas Schnaps vor Heike auf den Tisch.

Jenny verzog die Mundwinkel. »Ich darf ja nicht. Aber der ist wirklich lecker.«

Heike leerte das Glas mit einem Zug. »Hm, gut!«

»Wo willst du denn hinziehen, wenn ihr das Haus verkauft?« Jennys Blick wurde sogleich wieder betrübter.

»Das weiß ich noch nicht. Vielleicht in eine kleine Wohnung in der Stadt, ich muss mal sehen. Es ist ja noch etwas Zeit, noch haben wir gar nichts in die Wege geleitet.«

»Oh Mann ...« Jenny fuhr sich mit den Händen über das Gesicht. »Weiß Kai es schon?«

»Nein, ich wollte eigentlich auch noch zu ihm nach Köln fahren und es ihm persönlich sagen.«

Jetzt lachte Jenny plötzlich, Felix hingegen schüttelte den Kopf.

»Was ist denn so lustig?« Heike sah die beiden verwundert an.

Jenny musste sich die Hand vor den Mund halten vor Lachen. »Na, ich dachte ja eigentlich, Kai hätte den Bock geschossen, aber das hast du natürlich eben übertrumpft. Dein Sohn hat nämlich auch so ein ›kleines Geheimnis‹, das er euch anscheinend noch nicht verraten hat. Irgendwie scheint jeder in der Familie gerade sein Leben noch mal zu verändern.«

»Verändern? Kai? Ich verstehe nicht.«

Felix hob die Augenbrauen. »Na ja Heike, Kai lebt seit einigen Monaten gar nicht mehr in Köln.«

»Nicht?« Heike war wirklich verblüfft über die Nachricht. »Wie – er ist nicht mehr in Köln … Könntet ihr mir das bitte erklären?«

Jenny straffte sich. »Kai brauchte mal eine Pause vom Studium. Er … Also, das soll er dir am besten alles selbst erklären … Aber er ist auf jeden Fall seit Januar in Frankreich. In Perpignan, genauer gesagt.«

»Bitte, was?«

»Mama …« Jenny zuckte mit den Schultern. »Frag ihn selbst, ich habe ihm die ganze Zeit gesagt, er soll euch Bescheid geben, aber er hat sich noch nicht getraut. Kai hatte Bammel, es euch zu sagen. Papa wird sicher nicht erfreut sein.«

»Ehrlich gesagt, bin ich auch gerade wenig erfreut.« Heike schüttelte den Kopf. »Das ist schon ein starkes Stück, warum hat er denn nichts gesagt?«

»Heike …« Felix hob die Hände. »Frag ihn einfach selbst. Wir halten uns da raus.«

»Ist ja gut, euch mache ich doch gar keinen Vorwurf. Aber ja, da ist gerade mächtig was los bei den Bergers.« Heike legte sich die Hände an die Schläfen.

»Ich gehe mal Finn abholen, und Felix, du könntest Essen machen, ja? Ich denke, wir sollten die vielen Neuigkeiten jetzt alle einen Moment sacken lassen.« Jenny stand auf.

»Ich gehe mal einen Augenblick mit an die frische Luft.« Heike erhob sich ebenfalls. Kurz ergriff sie ein leichter Schwindel. Sie hoffte, dass er von dem Schnaps kam und nicht wieder von zu viel Hiobsbotschaften.

»Ich kümmere mich um das Essen.« Felix schien durchaus froh, dass sich die Runde gerade auflöste.

Kapitel 15

Heike ging durch den Garten des roten Schwedenhauses bis zu der Hecke, hinter der man den See sehen konnte. In den Gärten standen überwiegend Kiefern, zum Ufer hin eher Weiden. Diese ließen ihre silbrig-grünen Blätter in der leichten Brise tanzen. Das andere Ufer zeichnete sich gegen den eisblauen Himmel ab. Der Vättern war bis zu dreißig Kilometer breit und über einhundert Kilometer lang. Er wirkte schon fast wie ein kleines Meer. Hier und da gab es sandige Strände, und ein leichter Wellengang kräuselte die Wasseroberfläche.

Heike atmete die frische Luft tief ein und aus. Sie spürte, dass ihr eine große Last genommen worden war. Die Trennung von Jochen lag zwar immer noch wie ein schwarzer Fleck auf ihrer Seele, aber jetzt, wo Jenny Bescheid wusste, war dieser Fleck zumindest kein schwarzes Loch mehr. Er würde nach und nach zu einer Narbe werden, die nie ganz verschwinden würde.

Heike seufzte leise. Wie schon in den Tagen zuvor schmerzte sie der Gedanke an Jochen nicht mehr so bitterlich. Sie trauerte einer Zeit nach, die in Wahrheit lange vorbei war. Das, was er und sie in den letzten drei Jahren gelebt hatten, war nichts, was ihr wirklich fehlte. Da war nicht mehr viel gewesen. Hier ein flüchtiges

Küsschen, dort ein nettes kurzes Handauflegen. Wie Freunde, nicht wie Ehepartner. Sie hatten nicht gestritten, sich aber auch nicht mehr geliebt wie einst. Und rein körperlich war schon seit Jahren Flaute. Heike hatte das früher nicht vermisst, da war sie oft genug müde und erschöpft vom Alltag mit den Kindern gewesen. Später dann hatte sie sich eingeredet, dass das wohl normal wäre in ihrem Alter. Jetzt stieß sie die Luft raus. So alt war sie ja nun wirklich noch nicht. Ihre Art zu leben hatte sie sich alt fühlen lassen. Wo waren all die Jahre hin?

Je weiter sich Heike von Hamburg fortbewegt hatte, desto mehr hatte sie das Gefühl, dass ihr altes Leben dort geblieben war. Ihre alte Hülle. Und instinktiv spürte sie, wie gut es ihr tat, Abstand zu bekommen. Wie es werden würde, wenn sie nach Hause zurückkehrte, vermochte sie nicht zu sagen. Sie hatte etwas Angst davor. Hier in Schweden, bei Jenny, fühlte sie sich befreit. Wie schnell ein vermeintliches Problem verblassen konnte. Jennys Schwangerschaft und Kais rätselhaftes Verhalten rührten sie dafür umso mehr. Da war sie plötzlich doch wieder ganz »Mama«.

»Oma! Guck mal, was wir gemacht haben!« Finns helle Stimme ließ Heike sich umdrehen. Ihr Enkel lief durch den Garten und trug einen langen Stock bei sich, an dem eine Fahne wehte.

»Ich bin ein Ritter!«

»Oh, Herr Ritter – guten Abend.« Heike lachte und machte einen angedeuteten Knicks. »Erlaubt der Ritter, dass ich heute mit ihm zu Abend esse?«

»Der Ritter erlaubt es!«, rief Finn und galoppierte auf einem imaginären Ross über die Wiese.

Jenny klatschte in die Hände. »Der Ritter soll sich jetzt die Hände waschen und dann zu Tisch kommen.«

Felix erschien auf der Veranda und winkte.

Jenny winkte zurück. »Der Koch hat wohl die Tafel bestückt.«

Kurz wandte sich Jenny an Heike. »Mama, es macht mich natürlich traurig als Tochter ... du weißt schon. Aber ich werde damit klarkommen. Es ist euer Leben, und wenn ihr so glücklicher seid, werde ich das verstehen und lernen, damit umzugehen.«

Heike nahm ihre Tochter in den Arm. »Ach, Schatz, für euch wird sich wirklich nicht viel ändern. Außer, dass ich euch jetzt mehr als einmal im Jahr auf die Nerven gehe.«

»Oha.« Jenny lachte und drückte Heike fest an sich. »Komm, wir essen etwas. Ich habe dauernd Hunger, das ist ganz fürchterlich.«

Gemeinsam saßen sie am Tisch, Ritter Finn am Kopf der Tafel, seine Lanze mit der Fahne sorgsam an den Stuhl gelehnt. Heike genoss es, ihm zuzusehen. Seine Mimik, seine Bewegungen, sein Lachen – alles sog sie auf wie ein Schwamm. Es war so schön, ihn in echt neben sich zu wissen und nicht nur auf einem Computerbildschirm.

»Wie lange möchtest du eigentlich bleiben?«, fragte Felix, hob dann aber gleich entschuldigend die Hände. »Nur aus Neugier – du darfst natürlich so lange bleiben, wie du magst.«

Heike wog leicht den Kopf. »Also, wenn ich euch nicht auf die Nerven gehe, gerne ein paar Tage. Danach würde ich mich auf den Weg zu Kai machen. So er denn das möchte. Ich werde den Burschen wohl anrufen müssen. Mal sehen, ob er mir nicht vielleicht doch ein bisschen erzählen möchte.«

»Du kannst mich gerne verpetzen und ihm erzählen, dass ich dir verraten habe, wo er jetzt lebt. Den Rest klärt lieber selbst. Sei nicht zu böse mit ihm, er hat sich die Entscheidung nicht leicht gemacht.«

»Ich habe ja noch etwas Zeit, ihn zu besuchen und in Ruhe mit ihm zu reden. Gabi braucht ihr Wohnmobil erst im August wieder. Ich würde von hier aus ganz gemütlich zurück nach Hamburg fahren und von dort dann nach … Wo, sagtet ihr, wohnt er jetzt?«

»Perpignan«, sagten Jenny und Felix wie aus einem Munde.

»Onkel Kai ist am Meer. Wir wollen ihn da besuchen, mit dem Flugzeug.« Finn nickte und machte ein wichtiges Gesicht.

»Ach, du weißt das auch schon, dass Onkel Kai am Meer ist.« Heike schüttelte den Kopf. »Kinder, Kinder – was soll ich da sagen.«

»Willst du wirklich mit dem Wohnmobil da runterfahren? Das ist eine weite Strecke.« Jenny sah besorgt aus.

»Ob ich jetzt hierherfahre oder in die andere Richtung … Frankreich ist doch schön, dann sehe ich noch ein bisschen was von der Welt.«

Felix lachte. »Oha, Schwiegermutter – hast du etwa Reisefieber? Musst du behandelt werden?«

165

Heike grinste. »Naja, Reisefieber vielleicht noch nicht, Herr Doktor, aber etwas Fernweh schon. Ich bin die letzten zwanzig Jahre nicht oft aus Hamburg rausgekommen.«

»Ich merke schon, meine Mutter geht ganz neue Wege.« Jenny lächelte mit einer Mischung aus Verwunderung, Trauer und Liebe.

Heike ließ es sich nicht nehmen, Finn an diesem Abend ins Bett zu bringen. In seinem kleinen, urigen Zimmer unter dem Dach hockte sie auf seiner Bettkante und erzählte ihm noch eine kurze Rittergeschichte. Jenny stand im Türrahmen und beobachtete sie dabei.

Später saßen sie auf der Veranda. Es wurde dämmrig, wenn auch nicht wirklich dunkel. Heike hatte von Jenny einen Pullover bekommen, denn die Luft wurde merklich kühler.

»Das konntest du früher schon immer«, sagte Jenny jetzt.

»Was?« Heike kuschelte sich in den warmen Wollpullover.

»Na, einfach mal schnell eine Geschichte erzählen, wie eben bei Finn. Gut, bei mir waren es keine Ritter, sondern Ponys oder Prinzen.«

Heike lachte. »Oh, ja, Prinz Plüsch, dessen Gefolge aus lauter Kaninchen bestand. Du wolltest die Geschichte immer wieder hören. Mir hing sie irgendwann zum Hals raus.«

Jenny legte sich die Hand vor die Augen. »'tschuldigung. Kommt nicht wieder vor. Jetzt habe ich ja einen großen, echten Prinzen.«

Felix sah sie mit gespieltem Ernst an. »Ernsthaft? Prinz Plüsch? Gibt es da etwas, das ich wissen sollte?«

Jenny kicherte los. »Nein, keine Sorge. Aber, Mama, du hast wirklich Talent, du kannst einfach so Geschichten erfinden. Ich brauche immer ein Bilderbuch.«

Heike zuckte verlegen mit den Achseln.

»Aber weißt du, was deine weitere Reise angeht … Auf jeden Fall möchte ich, dass du uns auf dem Laufenden hältst. Ich will schon wissen, wo du dich so rumtreibst.«

Es war schon spät, als Heike durch die Mittsommernacht zurück zum Campingplatz lief. Doch es war noch hell genug, sodass sie Felix' Angebot, sie zu begleiten, ausgeschlagen hatte. Sie brauchte ein bisschen Zeit für sich, um diesen ereignisreichen Tag zu verarbeiten. Gemächlich schlenderte sie den Weg am Seeufer entlang. Die Vogelstimmen waren nun andere, irgendwo rief ein Käuzchen. Unter den Bäumen stand hier und da noch warme Luft, wohingegen es auf freier Fläche sehr kühl geworden war. Das Wasser plätscherte leise am Ufer, und Heike hörte ihre Schritte auf dem unbefestigten Weg, der teils aus Schotter, teils aus Sand bestand.

Auf dem Campingplatz herrschte verschlafene Stille. Hier und da brannte noch Licht, vor einem Campingbus saß ein junges Pärchen bei einer Flasche Wein. Heike grüßte leise und freute sich dann, als sie Möppi auf seinem Platz unter dem hohen Baum wiedersah. Es fühlte sich an, wie nach Hause zu kommen. Ein Zuhause, das man immer dabeihaben konnte. Heike verstand plötzlich sehr gut, dass Gabi das Reisen mit Möppi jedem Hotel vorzog.

Im Wohnmobil schlüpfte Heike aus ihren Schuhen und setzte sich schräg, mit einem Kissen im Rücken, auf die Sitzbank, sodass ihre Beine ausgestreckt darauf lagen. Dann sah sie kurz auf ihr Handy. Gabi fragte, wie es ihr ging, und Jochen hatte ebenfalls eine Nachricht geschrieben, ob sie schon bei Jenny wäre. Für Gabi tippte Heike eine kurze Antwort, dass alles gut sei, Jenny jetzt Bescheid wisse und es in Schweden tolle Neuigkeiten gebe, sie würde sich morgen melden. Was Jochen anging, zögerte Heike. Es ärgerte sie immer noch, dass er die Kinder per Telefon von ihrer Trennung hatte in Kenntnis setzen wollen. Es wäre ebenso gut seine Aufgabe gewesen wie ihre, ihnen die Nachricht persönlich zu überbringen. »Jenny weiß jetzt Bescheid«, schrieb sie kurz und knapp. Das sollte fürs Erste reichen. Heike fragte sich kurz, woher ihr Unmut kam. Schließlich hatte sie ihm selbst angeboten, es Jenny persönlich zu sagen. Aber im Grunde hatte sie aus Gewohnheit so reagiert. Denn alles, was die Kinder oder die Familie betraf, hatte er auf Heike abgewälzt. Elterntage in der Schule, ernste Gespräche mit den Kindern, als diese in der Pubertät gewesen waren, Ermahnungen wegen der Schulnoten, das war immer Heikes Job gewesen. Gut – in der Freizeit hatte er sich durchaus bemüht, aber manchmal war es Heike so vorgekommen, als hätte sie ein drittes Kind gehabt, anstatt einen Partner an ihrer Seite. Natürlich hatte er gearbeitet und ihrer aller Leben finanziert, aber Erziehungsfragen hatten ihm nie gelegen. Daher waren die Kinder ihm aber oft mehr zugetan gewesen als der »strengen Mama«.

Sie legte das Handy beiseite und zog ihren Laptop heran. Um zu schlafen, war sie noch viel zu aufgewühlt. Neugierig gab sie Perpignan in die Suche ein. Was hatte sich Kai nur dabei gedacht? Die Stadt lag ganz im Süden Frankreichs an der Mittelmeerküste. Gleich erschienen unzählige Seiten mit Tourismusinformationen. Heike stöberte ein bisschen, es wirkte alles sehr mediterran und südländisch. Neugierig gab sie die Stadt in den Routenplaner ein, Ausgangspunkt Hamburg. Dann pfiff sie leise. Nach Perpignan war es mehr als die doppelte Kilometerzahl als nach Habo. Nicht nur quer durch halb Deutschland müsste sie fahren, auch Frankreich galt es einmal ganz zu durchqueren. Schnell überschlug Heike die Fahrtzeit im Kopf. Wenn sie ganz gemütlich in drei Tagen von Hamburg bis nach Habo gekommen war, wie viele Tage müsste sie wohl bis Perpignan einplanen? Eine Woche vielleicht? Schön war die Strecke sicherlich, sie sah, dass die Route über berühmte Orte wie Lyon und an Avignon vorbeiführte. Mit einem Mal musste sie über sich selbst lachen. Ja, sie glaubte, es hatte sie erwischt, dieses berühmte Fernweh.

Am nächsten Morgen fasste Heike den Mut und rief ihren Sohn an. Was Jenny ihr berichtet hatte, kam ihr doch sehr seltsam vor.

»Oh, hi, Mama«, meldete sich Kai nach längerem Klingeln.

»Hallo, Kai. Wie geht es dir?«

»Äh … oh, ganz gut so weit.«

Heike überlegte, wann sie das letzte Mal mit ihm gesprochen hatte. Kai war auch so ein echtes Handy-Kind und verschickte lieber Kurznachrichten, als zu telefonieren. Es musste im März gewesen sein. Aber da hatte sie ihm, verdammt noch mal, nichts angemerkt.

»Du, Kai, ich bin gerade bei Jenny.«

»Bei Jenny?!«

Sie hörte sofort an seinem Ton, dass ihm etwas schwante.

»Möchtest du mir vielleicht irgendetwas sagen, Kai?«

Es herrschte einen Augenblick Schweigen, dann hörte sie, wie er tief Luft holte.

»Ja also, Mama, ich wollte es euch natürlich sagen, aber es war noch gar nicht so richtig spruchreif, ich wusste selbst nicht so recht ... Ich bin auf jeden Fall nicht mehr in Köln, sondern in Perpignan. Hat Jenny ja sicherlich gepetzt.«

»Kai, deine Schwester hat dich gar nicht verpetzt. Was, um Himmels willen, machst du denn in Perpignan?«

»Arbeiten.«

»Arbeiten?«

»Ja, weißt du, ein Freund von mir ... Die haben hier eine Tauchschule, doch sein Vater ist krank, und er musste einspringen. Das ist übrigens in Collioure, südlich von Perpignan.«

»Du tauchst jetzt auch noch?«

»Nein, ich helfe im Büro und bei der Organisation für die Touristen, außerdem sind das meist Schnorcheltouren.«

»Und dein Studium?«

»Ich habe mich erst mal freistellen lassen. Weißt du ... es ist doch etwas anders, als ich mir das vorgestellt hatte.«

»Das fällt dir nach drei Jahren auf?« Heike schüttelte den Kopf, auch wenn ihr Sohn das nicht sehen konnte.

»Ja, weißt du, diese ganze Theorie. Also, das ist am Anfang noch ganz interessant, aber irgendwann ... wurde es halt langweilig.«

»Langweilig«, seufzte Heike.

»Weiß Papa es schon?«

»Nein.«

»Ist der nicht mit dir bei Jenny?«

Heike stockte kurz. »Nein, ich bin allein hier. Papa ist auf Mallorca zum Arbeiten.«

»Aha ... auch cool.«

Heike verdrehte die Augen.

»Du, Kai, pass auf. Ich bin mit Gabis Wohnmobil unterwegs und habe noch Zeit. Ich könnte zu dir kommen, und dann reden wir mal ganz in Ruhe.«

»Du, hierher, mit einem Wohnmobil? ... Ja, warum nicht?« Er hörte sich ebenso verwundert an wie Jenny, als Heike von ihrer Fahrt berichtete. Glaubten ihre Kinder eigentlich beide, sie wäre ein Heimchen? Heike spürte, wie sie ein bisschen sauer wurde.

»Also gut. Ich weiß zwar noch nicht genau, wann ich bei dir sein werde, aber ich würde mich dann vorher melden. Ich bleibe erst mal noch ein paar Tage bei Jenny und Finn, fahre dann zurück nach Hamburg und würde anschließend gen Süden aufbrechen.«

»Du, ja cool. Kein Problem. Ich würde mich total freuen, dich zu sehen.« Diesmal hörte sich Kai sogar ehrlich an.

»Gut. Ich melde mich dann.«

»Ja, du, ich muss jetzt auch los. Hab dich lieb, Mama.«

Über den letzten Satz musste Heike schmunzeln. Sie freute sich auf ein Wiedersehen mit ihrem Sohn, auch wenn sie dort noch mal ein unangenehmes Gespräch würde führen müssen.

Auf ihrem Telefon wurde eine Nachricht von Jochen angezeigt. »Wie hat Jenny es aufgenommen?«

Heike blickte grimmig auf den Text. Dann schrieb sie: »Unsere Tochter ist traurig, was denkst du denn? Sprich bitte die Tage auch noch einmal mit ihr. Ich habe gesagt, es ist alles gut, kein Streit. Ich bleibe noch etwas hier und mache mich dann auf den Rückweg nach Hamburg. Anschließend fahre ich zu Kai, das Gleiche noch mal. Schreib mir bitte, wann du wieder in HH bist.«

Dass Kai nicht mehr in Köln war, brauchte Jochen erst mal nicht zu wissen.

Als Nächstes rief sie bei Gabi an und erzählte ihr die Neuigkeiten aus Schweden.

Gabi schnaufte. »Wow … also Jenny schwanger, Kai ausgeflogen … Natürlich kannst du mit Möppi nach Frankreich fahren, kein Ding. Ich glaube, du hast einiges zu regeln.« Gabi lachte. »Grüß Jenny von mir – und herzlichen Glückwunsch. Ich freu mich. Und wir sehen uns hoffentlich kurz, wenn du durch Hamburg fliegst.«

Heike war froh, dass Gabi ihr Möppi für die weite Reise nach Perpignan anvertrauen würde. Auch wenn es ihrer Freundin besser ging, betonte sie doch, dass sie selbst noch mehrere Wochen brauchen würde, bis sie wieder mit ihm auf Tour gehen könnte.

Die beiden verabschiedeten sich schließlich voneinander.

»Erhol dich bitte noch etwas«, sagte Gabi noch.

»Du auch«, meinte Heike, legte auf und steckte ihr
Telefon weg. »Tja, Möppi«, sagte sie halblaut in das
Wohnmobil hinein. »Da musst du mich wohl noch etwas
länger begleiten.«

In Habo machte Heike nun einige Tage das, was sie so
schmerzlich vermisst hatte: Sie war einfach nur die Oma.
Morgens brachte sie Finn zusammen mit Jenny in den
Kindergarten, half ihrer Tochter ganz selbstverständlich
im Haushalt, fuhr mit ihr einkaufen, spielte am Nachmittag mit Finn Verstecken im Garten, ließ sich von dem
kleinen Ritter ein paar schwedische Wörter beibringen
und erzählte ihm abends eine Gute-Nacht-Geschichte.
Dann kehrte sie müde, aber glücklich in Möppis Schoß
zurück, kuschelte sich im Wohnmobil ein und stöberte
ein bisschen auf Reiseblogs. Dass sie sich am Abend
räumlich etwas von Jenny und ihrer Familie trennen
konnte, war sehr angenehm, hatte aber nicht so etwas
Distanziertes, als würde sie in ein Hotel fahren. Möppi
sammelte somit weiter Pluspunkte bei Heike.

Kapitel 16

Von Habo nach Mölle

Montag drauf war es an der Zeit, Abschied zu nehmen.
Heike brachte Finn noch einmal in den Kindergarten
und versuchte, keine Tränen zu vergießen. Der Kleine
war ihr in den vergangenen Tagen wieder so nahe ans
Herz gerückt, dass der Gedanke schmerzte, ihn nun wohl
länger nicht wiederzusehen. Doch Heike spürte, dass es
an der Zeit war, die kleine Familie wieder allein zu lassen.
Sie war Gast in deren Leben, und so sollte es auch bleiben. Jenny schien der Abschied auch etwas auszumachen, denn sie herzte und drückte ihre Mutter an diesem
Morgen deutlich öfter als die Tage zuvor.

Nachdem sie Finn im Kindergarten abgeliefert hatten,
brachte Jenny Heike mit dem Auto zurück zum Campingplatz. Dort parkte sie den Wagen vor dem Eingang.
»Es war wirklich schön, dich hierzuhaben, Mama. Mist –
jetzt kann Finn wieder nicht winken.«

»Der Arme, aber er hat das Wohnmobil ja nun fast jeden Tag gesehen. Ich fand es auch sehr schön, Jenny. Ich
würde gern wiederkommen, wenn es so weit ist ... davor
oder danach, wie es euch recht ist.«

»Kommst du dann wieder mit Möppi?« Jenny lachte.

»Ich glaube, den braucht Gabi dann wieder. Aber mir fällt schon was ein, und ansonsten habe ich ja noch das Auto und schlafe halt im Hotel.«

»Ich wäre froh, wenn du zur passenden Zeit hier wärst. Ich habe etwas Angst davor … du weißt schon, es kann ja immer mal was schiefgehen.« Jenny seufzte.

»Das wird schon alles klappen, und wenn du möchtest, bin ich da. Auch für Finn und Felix, wenn die vielleicht ein paar Tage Hilfe brauchen.«

»Das ist ganz toll von dir Mama.«

»Hey – wozu sind Mütter denn da? Aber jetzt ist es Zeit, dass ich euch allein lasse und mir noch etwas Erholung gönne.« Heike senkte den Blick. »Das … das mit Papa geht auch nicht so spurlos an mir vorbei.« Sie hatten die letzten Tage das Thema vermieden.

»Ich weiß, Mama. Es ist ja auch irgendwie traurig, aber … sieh es als Chance. Du hast dich all die Jahre für uns aufgerieben, jetzt bist du mal dran.« Jenny tätschelte ihrer Mutter die Hand. »Und du musst uns unbedingt Bilder schicken, wenn du zu Kai fährst und so.«

Heike lachte. »Du, Jenny, weißt du, was ich mir überlegt habe? Ich glaube, ich schreibe so einen Blog.«

»Einen Blog? Wirst du jetzt auch noch Internetprofi?« Jenny grinste.

»Nein, im Ernst. Das scheint eigentlich gar nicht so schwer zu sein, und dann könnt ihr immer gucken, wo ich gerade bin und was ich mache. Ist doch vielleicht ganz nett. Und ich habe was zu tun abends, wenn ich im Wohnmobil sitze.«

Jenny zuckte mit den Schultern. »Mach es. Ich würde

mich freuen, und wenn du Lust dazu hast, warum nicht? Die anderen können da ja auch mitlesen. Also Gabi, Kai … vielleicht auch Papa … Gut, von dem willst du sicherlich eher etwas Abstand gewinnen.«

»Ich denke, das ist besser, ja. Aber ich gebe dir Bescheid, falls ich mich wirklich traue, so was einzurichten. Und jetzt muss ich los.« Heike schickte sich an, aus dem Wagen zu steigen.

»Du rufst mich an oder schreibst mir eine Nachricht?«

»Natürlich, Jenny.«

»Ich hab dich lieb, Mama!«

»Ich dich auch, Schatz.« Heike beugte sich noch mal zurück in den Wagen und küsste ihre Tochter auf die Wange. »Passt gut auf euch auf, und wenn etwas ist, ruf mich an, jederzeit!«

»Ist klar. Fahr vorsichtig.«

»Mach ich.« Heike winkte und trat durch den Eingang des Campingplatzes. Wenn sie sich jetzt nicht losriss, würde sie womöglich gar nicht gehen. Abschiede waren immer so schwer.

Nachdem sie Jennys Auto wegfahren gehört hatte, machte sie sich auf den Weg zur Rezeption. Sie musste ja noch bezahlen. Die nette ältere Dame kam wieder an die Tür, und Heike konnte ganz zwanglos ihren Aufenthalt begleichen. Als sie sich höflich mit ein paar Worten ihres neu erlernten Schwedisch verabschiedete, strahlte die Dame über das ganze Gesicht. »*Ha en trevlig resa!* Fahren Sie gut!«

Heike steuerte Möppi vom Campingplatz. Es dauerte ein paar Minuten, bis sie sich wieder an das Fahren gewöhnt hatte. Dann nahm sie eine bequeme Haltung ein, einen Arm am Fenster, die andere Hand am Steuer, und drehte das Radio etwas lauter. Die Sonne schien, und Heike fühlte sich wohl. Sie würde noch ein paar Tage Urlaub machen, bevor es zurück nach Hamburg ging. An den vergangenen Abenden hatte sie ein bisschen recherchiert und ihre Route geplant. Heute wollte sie in knapp drei Stunden bis nach Mölle fahren. Der Ort lag auf einer felsigen Landzunge in der Nähe von Helsingborg, von wo aus sie dann am Samstag nach Dänemark übersetzen würde. Diesmal mit einer Fähre. Anschließend ging es in einem Rutsch über Seeland bis nach Lolland, um von Rødby mit der Fähre nach Fehmarn zu gelangen. Dort würde sie noch einmal übernachten, um dann am Sonntag in Hamburg anzukommen. Sie war schon ein bisschen stolz auf sich, dass sie solche Routen inzwischen ganz selbstverständlich plante, auch wenn ihr die Fahrt mit den Fähren etwas Sorge bereitete. Aber wenn sie Möppi sicher auf einem Campingplatz einparken konnte, sollte sie wohl das Auf- und Abfahren auf ein Schiff auch schaffen. Nur kein Tunnel unterm Meer mehr, hatte sie beschlossen.

Die Fahrt ging zügig voran, obwohl die Route sie über Landstraßen führte. Auch diese hatte Heike bewusst gewählt, denn sich auf der Autobahn einfach nur zwischen Lkws dahinschieben zu lassen, darauf hatte sie heute keine Lust. So schaukelte Möppi gemütlich durch Kie-

fernwälder, moorartige Gegenden mit lichtem Birkenbe-
wuchs und kleinen Dörfern. Es ging immer wieder sanft
auf und ab, und hier und da schimmerten Seen durch das
üppige Grün. Das ländliche Schweden war sehr beschaulich, und es beruhigte sie ungemein.

Erst kurz vor Halmstad, welches schon an der Küste
lag, fuhr Heike wieder auf eine Autobahn auf. Leider
konnte man von der nahen Ostsee hier nur etwas ahnen.
Heike tröstete sich mit dem Gedanken, bald direkt am
Meer zu sein.

Kurz nach Angelholm lenkte sie Möppi wieder auf die
Landstraße und fuhr immer weiter auf die Spitze der
Landzunge zu. Es war eine hübsche Gegend. Alte Bauernhöfe schmiegten sich in gepflegte Gärten. Hier und
da standen rote Holzhäuser, vielleicht Ferienhäuser? In
Waldstücken beugten die Bäume ihre windschiefen Äste
über die Straßen, als wollten sie den Reisenden beschützen. Heike konnte nicht schnell fahren, denn die Straßen
waren schmal, dafür genoss sie umso mehr den Ausblick.
Durch das Fenster drang jetzt spürbar frischere Meeres-
luft herein, und Schäfchenwolken trieben über den Himmel.

Die Spitze der Landzunge war ein großes Naturreser-
vat. Heike hatte einen Campingplatz dicht davor gewählt
und hoffte, in den nächsten Tagen von dort aus Kullaberg, wie die Gegend hieß, erkunden zu können. Hoffentlich blieb das Wetter schön.

Rechts der Straße wurde es zunehmend hügeliger.
Heike fuhr eine ganze Weile unterhalb eines Höhenzu-
ges entlang. Der Campingplatz war schnell gefunden,

und sie bekam einen netten Stellplatz auf einer Wiese. Da das Wetter immer noch gut war, packte sie ihre Stühle und den Tisch vor das Wohnmobil und kochte sich erst mal einen Kaffee. Obwohl die Fahrt nur kurz und nicht sonderlich ermüdend gewesen war, fühlte sie sich etwas erschöpft. Oder war es die Last, die in den letzten Tagen von ihr abgefallen war? Sie hatte sich mehrmals am Tag dabei erwischt, wie ihr Kopf ganz leer gewesen war, ohne kreisende Gedanken und ohne irgendeine Sorge. Zufrieden gönnte sie sich jetzt eine Pause, den heißen Kaffee in einer Tasse und ein paar Kekse auf dem Tisch. Es war nicht viel los auf dem Campingplatz. Einige Wohnwagen und Wohnmobile standen weit verstreut auf der Anlage. Heike hatte im Internet gesehen, dass es neben einem Restaurant auch ein Schwimmbecken gab. Sie hatte sogar einen Badeanzug eingepackt, den sie seit mehr als acht Jahren nicht mehr angehabt hatte. Aber die Dinger waren ja so elastisch, dass er hoffentlich noch passte. Nachdenklich betrachtete sie ihre Oberschenkel. Sie war nicht dick geworden ... gut, etwas pummeliger als früher schon, aber nicht so, dass es mit dem Badeanzug ein größeres ästhetisches Problem geben würde. Himmel, worum sie sich den Tag über Gedanken machte ... Sie grinste über sich selbst und lehnte sich zurück.

Bevor sie aber gänzlich in Urlaubslaune geriet, stand ihr noch eine heikle Aufgabe bevor. Sie schüttelte sich jetzt schon innerlich bei dem Gedanken daran. Möppi musste mal entleert werden, besser gesagt, sein Fäkalientank. Heike hatte die Toilette das ein oder andere Mal genutzt, und es wurde tagsüber immer wärmer. Gabi hatte ihr zwar versichert, dass nichts passieren würde, aber Heike hatte inzwischen albtraumhafte Vorstellungen von explodierenden Gasen oder was auch immer sich in solch einem Tank bilden konnte. Sie schüttelte den Kopf, um diese irrwitzigen Gedanken zu verscheuchen. Aber sicher war sicher, und außerdem gab es hier auf dem Platz eine Entleerungsstation.

Nach dem Kaffee machte Heike sich ans Werk. Die Klappe zum Tank war flugs geöffnet. Der sogenannte Schieber des Tanks war geschlossen, dann würde laut Gabi da auch nichts überschwappen. Und schon hatte Heike das Ding herausgezogen. In Möppis Heck war extra eine kleine Karre für den Tank verstaut, sodass sie ihn nicht tragen brauchte. Er war ganz schön schwer, was Heike aber nicht wunderte, denn es war ja eine Menge Flüssigkeit darin. Kurz darauf zog Heike mit ihren Hinterlassenschaften quer über den Platz. Ganz wohl war ihr dabei nicht. Allerdings hatte sie inzwischen genug Camper gesehen, die mit ihren Frisch- und Abwassertanks über den Platz liefen. Das gehörte wohl einfach dazu. Selbst das Luxus- Riesenmobil von dem Schweizer Walti würde den Inhalt der Toilette nicht selbstständig vernichten.

Als Heike an der Entleerungsstation angekommen war, stand sie erst mal einen Augenblick davor und beäugte die Örtlichkeit. Da war eine Säule, an dieser ein Wasserhahn sowie ein kurzes Stück Schlauch, und am Boden gab es ein Gitter und dahinter eine Klappe. Neben dem Gitter stand in mehreren Sprachen »Grauwasser«, neben der Klappe »Toilette«. So weit – so klar. Heike atmete tief ein und öffnete die Klappe. Dann drehte sie den Ausgießstutzen des Tanks nach vorn, drehte ihn auf und … würgte erst mal. Es war nicht mal der eigene Tank, der sie jetzt ekelte, und überhaupt, sie hatte zwei Kinder gewickelt und bis gerade eben noch gedacht, sie wäre gegen fast alles immun, was ein Körper ausscheiden konnte. Aber weit gefehlt, es war ein gehöriger Unterschied, ob es die Pampers des eigenen Kindes waren oder ein Loch, in das Zehntausende von Urlaubern ihre Hinterlassenschaften gekippt hatten. Allein der Gedanke … Heike musste den Tank abstellen und würgte noch einmal. Schnell hielt sie sich einen Arm vor das Gesicht. Aber es ging nicht, jedes Mal, wenn sie versuchte, ihren Tankinhalt in das Loch zu kippen, war sie kurz davor, sich zu übergeben. Sie hätte den verdammten Kaffee nicht trinken sollen. Und die Geräusche, die sie gerade hervorbrachte, waren ihr mehr als peinlich.

»Scheiße!«, fluchte sie laut. »Scheiße, Scheiße.«

Hinter ihr brach jemand in schallendes Gelächter aus. Heike wirbelte herum, immer noch den Arm vor dem Mund. Da stand ein Mann, in Schlappen, kurzer Hose und ärmellosem weißem Shirt. Braun gebrannt mit leichter grauer Brustbehaarung und ebenso grauem Kopfhaar, das zu einem Zopf gebunden war, wobei einige Strähnen sich selbstständig gemacht hatten und wild abstanden. Und er lachte sich schlapp.

»Ja, sehr lustig.« Heike ging spontan davon aus, dass er Schwede war und sie sowieso nicht verstand. Sie drehte sich trotzig wieder um und versuchte noch einmal, ihren Tank zu leeren. Dabei entfleuchte ihr schon wieder ein lautes Würgen. »Verdammt.« Möppis Tank war immer noch nicht leer, aber mehr als einen halben Liter schaffte sie nicht auszukippen. Sie konnte nicht mal sagen, ob es irgendwie roch oder gar stank aus dem Loch, ihr Kopf hatte sich einfach verselbstständigt und funkte diesen fiesen Brechreiz in ihren Hals.

Der Mann hinter ihr prustete immer noch, aber anscheinend höflich darauf bedacht, dies deutlich leiser zu tun.

»Kacke, Mann ... warum läuft das denn nicht ...« Heike war kein Mensch, der oft oder gerne unflätig fluchte, aber jetzt gerade musste sie die Dinge beim Namen nennen. Beim nächsten Versuch blubberte ihr die Brühe fast noch auf die Schuhe. Hilflos ließ sie den Tank stehen, drehte sich von dem Loch weg und würgte wie seit ihrer ersten Schwangerschaft nicht mehr.

Der Mann hatte inzwischen die Hände in die Hüften gestemmt und grinste nur noch feist.

»Wenn ich Ihnen helfen dürfte?«, fragte er nun ganz freundlich auf Deutsch.

Heike schüttelte den Kopf.

»Ich meine ja nur ...«

Heike hob eine Hand. »Mein Pipi kippe ich selbst in dieses verdammte Loch, und wenn es das Letzte ist, was ich tue.«

»Gut«, er grinste breiter. »Sieht ja auch leider gerade danach aus, als wenn Sie sich damit umbringen wollten.«

Heike raffte allen Mut zusammen und versuchte noch mal, den Tank zu leeren. Keine Chance, sie spürte, wie ihr die Galle in den Hals stieg.

Der Typ hinter ihr räusperte sich jetzt. »Hören Sie mal, ich weiß ja nicht, was Sie da vorhaben. Aber es würde viel einfacher und schneller gehen, wenn Sie auf der anderen Seite des Tanks die Entlüftung aufdrehen. So dauert das nämlich verdammt lange.« Er trat neben Heike, nahm den Tank, öffnete eine kleine gelbe Schraube, und in Sekundenschnelle war der Inhalt des Tanks in dem Loch versenkt. »Sehen Sie, zack, ist der leer. Jetzt noch einmal ausspülen, und Sie können ihn wieder einbauen.«

Heike spürte, wie ihr das erste Mal seit Langem wirkliche Röte ins Gesicht schoss. Die blauen Augen des Mannes hielten sie nämlich eine klitzekleine Sekunde zu lange mit ihrem Blick gefangen. Und das an einer Entleerungsstation für Wohnmobiltoiletten. Heike wünschte sich, die Erde würde sich auftun und sie verschlucken.

»Darf ich jetzt mal kurz?« Dem Mann schien die ganze Situation weder peinlich noch unangenehm zu sein. Er trat neben Heike, nahm seinen mitgebrachten Tank und verfuhr mit ihm ebenso wie mit dem von Heike. Sie musste gestehen, dass die Prozedur so wirklich blitzschnell und ohne nennenswerte Komplikationen vonstattenging. Schon spülte er seinen Tank aus und zwinkerte Heike zu. »Sehen Sie.«

»Okay, danke. Danke! Ich habe mich eben wirklich angestellt wie ein Idiot. Dieses ... dieses Entlüftungsdings hatte ich ganz vergessen.«

Er nickte verständnisvoll. »Ihre erste Mobiltoilette?«

Jetzt musste Heike loslachen. »Ja, meine erste.«

Er zwinkerte ihr verschmitzt zu. »Wissen Sie, eigentlich würde ich mich Ihnen jetzt gerne vorstellen, allerdings ist es keine gute Idee, jemandem direkt nach dem Entleeren der Toilette die Hand zu reichen. Was denken Sie? Gehen wir rüber zu den sanitären Anlagen, waschen uns die Hände und treffen uns da – rein zufällig natürlich – noch mal wieder?« Er legte bittend den Kopf schief.

»Rein zufällig!« Heike nickte.

Beide gingen zu ihren jeweiligen Seiten des Waschhauses. Heike wusch sich nicht nur die Hände, sondern spritzte sich noch hastig etwas Wasser ins Gesicht. Das war bei Weitem das Peinlichste, was sie seit Jahren erlebt hatte. Gleichzeitig konnte sie kaum aufhören zu lachen. Sie trat aus dem Waschhaus, als wäre nichts gewesen. Ganz zufällig kam der Mann von eben genau in diesem Augenblick um die Ecke und strahlte sie an. »Oh, hallo – machst du auch Urlaub hier? Ich sag jetzt einfach mal du, wie das unter uns Campern ja so üblich ist …«

Heike konnte nicht anders, sie lachte schon wieder los.

Er machte einen Schritt auf sie zu. »Hey, ich bin Stefan.« Beim Lächeln zeigten sich jetzt lauter Fältchen um seine Augen, die diese wie kleine Strahlen nur noch netter wirken ließen.

»Heike, ich bin Heike.« Sie reichte ihm nun ganz förmlich die Hand.

Er blickte kurz auf ihrer beider Fäkalientanks, die jetzt ganz friedlich nebeneinanderstanden. »Das gehört leider dazu, ist aber auch wirklich so ziemlich das einzig Unangenehme beim Camping. Gut, außer der Nachbar schnarcht oder hat einen ewig jaulenden Hund … aber normalerweise macht es ja doch Spaß.«

»Ja, es macht Spaß, obwohl ich noch nicht mit viel Erfahrung aufwarten kann.«

»Die bekommt man mit der Zeit, gratis und ganz umsonst.«

»Ja, dann …« Heike machte eine hilflose Geste mit den Armen. »Ich werde wohl das Ding mal wieder einbauen.«

»Ja, ich auch. Ich stehe übrigens dahinten, ein gelber VW-Bus mit Hochdach. Falls du noch mal Hilfe benötigen solltest.«

Heike grinste. »Gut zu wissen.«

Jeder von ihnen verschwand nun mit seinem Fäkalientank in die jeweilige Richtung.

Heike spürte, wie ihr Herz klopfte. Dieser Stefan sah richtig gut aus. Shit! Sie musste schon wieder lachen.

Möppi bekam seinen Tank zurück, und Heike achtete darauf, dass der sogenannte Schieber nach dem Einbau wieder geöffnet war. Ansonsten gäbe es wohl das nächste Unglück. Heike klopfte dem alten Wohnmobil auf das seitliche Blech.

»Mein Freund, da hast du mich aber heute ganz schön reingeritten.« Sie desinfizierte sich in der kleinen Nasszelle die Hände und beschloss, die Toilette ab sofort möglichst wenig zu benutzen. Das Entleeren war keine Sache, die sie jetzt einmal die Woche machen wollte. Danach gönnte sie sich einen Schluck von dem Johannisbeerschnaps, den Jenny ihr mitgegeben hatte. Eine innerliche Desinfektion konnte gewiss nicht schaden. Und ihr Puls würde dann vielleicht auch wieder etwas runterkommen.

Kapitel 17

Als die Sonne schon tief am Horizont stand und die Bäume lange Schatten warfen, beschloss Heike, noch einen Spaziergang zu machen. Sie hatte den restlichen Nachmittag damit verbracht, im Internet etwas über die Erstellung eines eigenen Blogs zu lesen. Es schien nicht schwer zu sein, doch sollte sie es wirklich wagen? Sie würde noch etwas darüber nachdenken.

Mit einer dünnen Jacke über den Schultern schlenderte sie wenig später über den Campingplatz. Natürlich war es wieder »Zufall«, dass sie auf die Wiese kam, zu der Stefan vorhin gedeutet hatte. Den gelben Bus mit dem Hochdach konnte sie schnell ausmachen.

Stefan saß mit freiem Oberkörper auf einem Liegestuhl vor seinem Wagen und winkte schon von Weitem, als er sie sah. Da kam sie jetzt nicht mehr raus, also ging sie direkt auf ihn zu.

»Na, ich hoffe, du brauchst nicht schon wieder Hilfe beim Entleeren«, grinste er und setzte sich aufrecht hin, als sie bei ihm ankam.

»Alles gut. Ich komme rein zufällig gerade hier vorbei und wollte einen kleinen Spaziergang machen.«

»Kennst du dich denn hier aus?« Er hob fragend eine Augenbraue.

Heike zuckte lässig mit den Schultern. »Nein, kann man sich hier verlaufen?«

»Oha!« Er hob einen Zeigefinger und wedelte damit warnend in der Luft. »Hier gibt es ganz gefährliche Klippen. Da sind schon Camper spurlos verschwunden.«

Heike grinste. »Na, ich wette, in diesem Toilettenloch auch. Aber davor hast du mich ja schon mal gerettet. Danke noch mal, das war … das war mir echt peinlich.«

»Du siehst reizend aus, wenn du würgst.« Er grinste breit.

Heike schlug sich lachend die Hände vor das Gesicht. »Hör auf damit!«

»Ist ja gut. Darf ich dich als Wiedergutmachung ein Stück begleiten?«

»Ja, gerne.«

Er stand auf und zog sich ein kariertes Hemd über.

Recht sportliche Figur, vermerkte Heike in Gedanken und fragte sich sogleich, ob die Dämpfe aus dem Toilettenloch vielleicht irgendwie high machten. Sie benahm sich gerade wie eine Vierzehnjährige. Verlegen versuchte sie, woanders hinzusehen. Da nichts anderes in der Nähe war, betrachtete sie seinen Wagen. Auf dessen Heckklappe prangten unzählige Aufkleber von verschiedensten Orten. Sie ging einen Schritt darauf zu und ließ kurz die Fingerspitzen über die ganzen Aufkleber gleiten. »Wow – bist du da schon überall gewesen?«

Er trat neben sie, dicht neben sie. Heikes Herz klopfte schon wieder.

»Hmmm, Moment, warte …« Er besah sich die ganzen Aufkleber und tippte dann auf einen oben rechts in der

Ecke. »Nein, dieser hier war schon drauf. Cottbus.«

Heike musste schon wieder lachen.

Er zuckte mit den Achseln und grinste. »Ich komme aus Berlin, da ist Cottbus jetzt nicht das Urlaubsziel schlechthin. Die anderen habe ich alle selbst draufgeklebt, ja. Vielleicht etwas albern, aber ich erinnere mich gern an meine Reisen.«

»Das sind aber auch ganz schön viele.« Heike nickte anerkennend und las die Aufschriften. Oslo, Barcelona, Paris …

»Ein bisschen Platz ist aber noch frei. Und? Wo kommst du her, oder wo willst du hin? Lass uns ein Stück gehen. Dahinten kommt man vom Campingplatz runter.«

Heike lief neben ihm her. »Ich war gerade bei meiner Tochter in Habo, jetzt geht's wieder nach Hamburg und dann nach Frankreich.«

Er grinste feist, und Heike sah ihm förmlich an, dass er sich einen Spruch bezüglich der langen Reise und der Toilette verkniff.

Drohend hob sie einen Zeigefinger. »Nicht schon wieder!«

Er hob entschuldigend die Hände. »Ich habe nichts gesagt!«

»Das ist meine erste Reise mit einem Wohnmobil, und es ist auch nicht meins, ich habe es nur geliehen«, erklärte sie ihm.

»Hey, auf meiner allerersten Reise habe ich mit so einem Ding fast eine unfreiwillige Dusche genommen. Ich verstehe dich da – wirklich! Es … es sah vorhin nur so lustig aus.«

Sie wanderten durch einen schmalen Wald und gelangten auf einen Feldweg. »Da lang«, er deutete nach rechts.

»Bist du schon länger hier oder öfter?« Heike folgte einfach seinem Fingerzeig.

»Ich komme gerade aus Mittelschweden, da muss man jetzt langsam weg, denn sonst fressen einen da die Mücken.«

»Oh, ja, meine Tochter schimpft auch immer darüber.«

»Ich mache jedes Mal hier halt, ist ein netter Platz, und die Gegend ist … Siehst du gleich.« Seine Augen strahlten. Dann fragte er ganz unverwandt: »Bist du allein unterwegs?«

Heike senkte kurz den Blick. Sie sah keinen Grund, nicht ehrlich zu Stefan zu sein. »Ja, mein Mann und ich … wir haben uns getrennt. Ist noch ein bisschen frisch, daher war ich ein paar Tage bei meiner Tochter, um den Kopf freizubekommen.«

»Hm, hm«, machte Stefan. »Tut mir leid, das mit deinem Mann.« Er bog links ab auf einen schmalen Pfad zwischen zwei Feldern.

Heike hob die Schultern und folgte ihm. »Manchmal läuft's im Leben wohl anders, als man denkt.«

Er sah sie kurz von der Seite her an, diesmal ohne ein Lächeln. »Ja, meine Frau ist auch weg, das ist schon Jahre her – aber manchmal tut's noch weh. Also nicht wegen der Liebe, aber man fühlt sich trotzdem verletzt, oder?«

»Ja. Besser kann man es wohl nicht beschreiben. Die Liebe war bei uns auch schon weg, irgendwie. Aber es beschäftigt einen trotzdem. Verletzter Stolz? Das Gefühl, versagt zu haben?«

»… das Gefühl, allein zu sein«, ergänzte er leise.

Schweigend wanderten sie eine Zeit lang nebeneinanderher. Mit einem Mal hörte Heike das Meer rauschen, und kurz darauf gelangten sie an einen steinigen Strand. Die Sonne stand knapp über dem Horizont und tauchte den Himmel über dem Wasser in ein tiefes Rot.

»Die geht hier ja noch unter«, sagte Stefan. »Oben in Schweden ist es einige Wochen lang in der Nacht fast taghell. Dafür ist es im Winter wochenlang stockduster, und man kann dann mit etwas Glück Polarlichter sehen. Hast du das schon mal erlebt?«

Heike schüttelte den Kopf. »Nein, meine Tochter wohnt ja nicht so weit nördlich, und ich … ich war sie auch noch nicht so oft besuchen. Es ist ja doch ganz schön weit.«

Stefan sah sie direkt an. »Zu weit ist ein anderer Ausdruck für Angst.«

Heike lachte. »Oder so. Ist das eine alte Camperweisheit?«

»Nein«, er stemmte die Hände in die Hüften und straffte sich. »Lebenserfahrung von einem gewissen Stefan Decker.« Dann sah er sie an und lächelte wieder.

»Na, komm mit – hier gibt es zwar keine Polarlichter, aber etwas anderes Sehenswertes.« Er führte Heike noch einige Zeit am Ufer entlang. Die Wellen umspülten rauschend den steinigen Strand, und hier und da kreischte eine Möwe. Es wurde jetzt deutlich dunkler.

Plötzlich blieb er stehen und deutete nach vorne. »Da, schau!«

Heike folgte seinem Arm mit dem Blick. In der Ferne sah sie einen Ort direkt am Wasser. Es musste Mölle sein, denn sonst gab es hier keine weiteren Siedlungen. Die Häuser schienen an Hängen zu stehen, denn die Lichter, die sie jetzt aufflammen sah, zogen sich terrassenförmig empor. Es sah wunderschön aus. Unten am Meer gab es eine etwas kräftigere Beleuchtung, und Heike erkannte, dass einige der wiegenden Lichtpunkte von Schiffen stammten, die im Hafen lagen. Spontan musste sie an die kleinen, aus Holz gefertigten Weihnachtsdörfer denken, die man mit Kerzen bestücken und aufstellen konnte. Der ganze Ort lag im friedlichen Lichterglanz, dazu das Meeresrauschen im Hintergrund, der noch leicht rötliche Horizont und darüber der dunkle Nachthimmel. Heike umschlang ihren Oberkörper mit den Armen. »Das ist wunderschön.«

Stefan nickte nur andächtig.

Auf dem Rückweg musste Heike sich konzentrieren, um nicht zu stolpern. Es war dunkel geworden, und da es nirgends künstliches Licht hier draußen zwischen den Wiesen und Äckern gab, sah sie kaum ihre Füße am Boden. Stefan lief langsam neben ihr her, ihn schien die Dunkelheit nicht zu stören.

»Schau, und genau deswegen sollte man keine Angst haben zu reisen. Egal, wo man hinkommt, es gibt überall schöne Dinge zu entdecken.«

»Danke, dass du es mir gezeigt hast, Stefan. Alleine wäre ich hier sicher nicht im Dunklen herumgelaufen.«

»Es gibt hier noch ganz viele tolle Ecken. Wenn du Lust hast, zeige ich dir gern ein paar.«

Heike sah ihn von der Seite her an. »Wenn dir das keine Umstände macht? Also ... ich meine ... ich weiß ja nicht, was du sonst so vorhast.«

»Nichts.«

»Wie – nichts?«

»Na, ich bin Camper, ein Busnomade ... Ich fahre hin, wo es mir gefällt, bleibe da, mal kürzer, mal länger, und fahre dann weiter.«

»Ist das nicht auch irgendwann langweilig?« Heike legte den Kopf schief.

»Na ja, manchmal schon, besonders abends und in den unendlichen Stunden auf irgendwelchen Autobahnen. Aber andererseits habe ich schon ganz viele tolle Menschen kennengelernt. So wie jetzt dich heute.«

Heike kicherte. »War das ein Kompliment?«

Stefan machte ein leises Würgegeräusch.

»Hey!«

»Nein, das war mein Ernst. Du machst einen netten Eindruck auf mich, und das sag ich auch ganz offen und vor allem sofort – am Ende steigst du wieder in dein Wohnmobil, und ich habe meine Chance verpasst. Und wenn ich dich nicht sympathisch fände, würde ich dir bestimmt nicht anbieten, dir die Gegend zu zeigen.«

Sie waren an Stefans Campingbus angekommen. Heike zog die Nase kraus, was er wohl trotz der spärlichen Campingplatzbeleuchtung sehen konnte.

Entwaffnend hob er die Hände. »Ich bin ein ganz anständiger Mann. Kein Dieb, kein Lustmolch, höchstens

ab und an mal ein klein bisschen verrückt, aber unge-
fährlich.«

»Na gut, dann sehen wir uns morgen.« Heike kam
nicht umhin, den Gedanken reizvoll zu finden, einen Tag
mit ihm zu verbringen. Er schien ein interessanter Typ zu
sein, mit einem gewissen Witz.

Er strahlte jetzt. »Fein, ich freu mich. Dann komm
morgen um neun her, und wir fahren mit meinem Bus in
den Naturpark, der hinter Mölle liegt. Zum Hinwandern
ist das ein bisschen weit, und da gibt es dann noch genug
zu entdecken.«

»Dann bis morgen früh um neun.«

»Gute Nacht, Heike.«

»Gute Nacht, Stefan.«

Heike tappte zurück zu Möppi. Dabei musste sie un-
entwegt lächeln.

Kapitel 18

Pünktlich um kurz nach neun am nächsten Morgen versuchte Heike in Stefans gelben Bus zu klettern. Dies erwies sich als gar nicht so einfach, denn im Innern herrschte ein komprimierter Männerhaushalt. Der Beifahrersitz war zur einen Hälfte Kleiderschrank, zur anderen Ablagefläche für Dinge, die Stefan wohl während der Fahrt brauchte. Überwiegend schienen es Kekse zu sein.

»Oh, warte, ich räum das mal weg.« Er griff sich die Sachen und bugsierte den Haufen einfach nach hinten in den Wagen. »Entschuldige, ich hab nicht so oft Beifahrer.«

Heike konnte die Unordnung sogar verstehen. Auf Möppis Beifahrersitz lagen inzwischen auch viele Dinge, bei denen sie sonst einfach nicht wusste, wohin damit, oder die sie während der Fahrt brauchte. Bei ihr waren es aber eher Äpfel und Bananen, der Schokolade und den Keksen versuchte sie gerade abzuschwören. Auf der Hinfahrt nach Schweden hatte sie davon so viel gefuttert wie in dem halben Jahr zuvor nicht.

Stefan begab sich auf die Fahrerseite, und Heike fischte beim Einsteigen noch eine letzte Kekspackung aus dem Fußraum. Mit hochgezogenen Brauen besah sie die Packung.

Stefan machte ein gespielt ängstliches Gesicht. »Und? Bestehe ich den Kekstest?«

Heike lachte. »Ja, die gingen wohl, wenn noch welche drin wären.« Sie schüttelte die Packung.

»Puh, dann hab ich ja Glück gehabt.«

Sie fuhren über die Landstraße durch eine Umgebung, die Heike so in Südschweden nicht erwartet hätte. Um sie herum war eine Mischung aus Bergen, Felsen und Wald, dazwischen immer wieder Plateaus, sie kamen sogar an einem Weinberg vorbei. Vereinzelt schmiegten sich typische Schwedenhäuser an die Hänge, aber auch kleine reetgedeckte Häuser aus Fachwerk waren hier zu finden. Gärten und Weiden waren teils mit Mauern eingefasst, insbesondere diejenigen, die zur Küste hin lagen. Alles in allem fühlte sich Heike, als wären sie in England oder Irland unterwegs und nicht in Skandinavien.

Bald waren sie an dem Örtchen, das sie am Abend zuvor mit seinem Lichtschein so bezaubert hatte, vorbeigefahren und gelangten in den Wald des Naturreservats Kullaberg. Hier standen Birken und Kiefern wie in Habo, aber auch viele Laubbäume. Rotbuchen neigten ihre Äste über die Straße, und klein gewachsene, knorrige Eichen sahen aus, als stemmten sie sich schon seit vielen Jahrzehnten gegen das Seewetter. Zwischen den Bäumen ragten überall Klippen und Felskanten empor. Eine schroffe und raue Landschaft, die sich unter dem Wald zu verstecken schien.

Stefan fuhr bis zu einem großen Parkplatz mitten im Wald. Heike stieg aus. Verwundert blieb ihr Blick an einem Hinweisschild hängen: Ein Stück weiter Richtung Spitze lag wohl ein großer Golfplatz.

Stefan zuckte nur mit den Schultern. »Schweden! Es soll ein besonderes Erlebnis sein, dort auf dem Platz zu spielen, wegen des Windes und des Bodens. Wahrscheinlich aber auch wegen der Möwen. Ich habe keine Ahnung – Golf ist nicht so mein Sport. Wir müssen da entlang.«

»Meiner auch nicht.« Heike folgte Stefan auf einen Wanderweg.

»Magst du Sport? Also irgendeinen besonderen?«, fragte er jetzt.

Heike überlegte kurz. War dies eine freundliche Konversation oder gar schon eine Fangfrage? War sie langweilig, wenn sie eine ehrliche Antwort gab? Oder sollte sie eine kleine Lüge nehmen und irgendwas antworten wie Pilates oder Yoga? Keine Lügen, beschloss sie kurzerhand. »Kein Sport, ich bin ein ziemlicher Sportmuffel.«

Stefan lächelte. »Ich bin auch kein Sportler in dem Sinne, keine Sorge. Ich fahre manchmal Kanu und gehe gerne mal wandern. Alles in Maßen.«

»Kanu bin ich noch nie gefahren. Wandern geht, wenn's nicht zu langweilig ist.«

»Wie kann Wandern denn langweilig sein?« Er lachte.

»Also, ich war mal auf einem Wanderausflug mit meinem Sohn – ja, einen Sohn gibt es auch noch, aber ebenfalls erwachsen und ausgeflogen. Damals waren wir in der Lüneburger Heide, das fand ich gähnend langweilig.«

»Na gut, das stimmt, da ist es zwar schön, aber nicht sehr spannend. Ich habe übrigens auch einen erwachsenen Sohn. Gott sei Dank aber nicht ausgeflogen.«

»Wieso?«

»Was?«

»Wieso er Gott sei Dank nicht ausgeflogen ist?« Heike war durchaus neugierig auf Stefans Leben.

»Ich hatte, oder besser gesagt, ich habe ein Restaurant am Rande von Berlin. Ich bin eigentlich Koch. Ein guter sogar, hatte einen Stern. Mein Sohn ist damals bei mir geblieben, als meine Frau fortgegangen ist. Er ist heute auch Koch, ich glaube, sogar ein besserer als ich, und er hat vor vier Jahren das Restaurant übernommen. So kann ich reisen.«

»Du hast in vier Jahren diese ganzen Aufkleber gesammelt? Das müssen ja Tausende von Kilometern gewesen sein«, sagte Heike anerkennend.

»Ja, waren schon ein paar. Ich habe keinen genauen Plan gehabt und bin einfach losgefahren. Das sind gar nicht so viele Orte gewesen.« Er schüttelte den Kopf. »Ich fahre halt im Sommer gerne im Norden rum, meist an der Ostsee. Norwegen geht auch noch. Schweden nicht so, die Mücken, wir haben ja schon darüber gesprochen. Frankreich ist toll im Sommer, die Bretagne zum Beispiel. In England war ich noch gar nicht, da gibt's auch keine Aufkleber. Im Frühjahr und Herbst fahre ich immer mal nach Hause, besuche meinen Sohn und seine Familie und schau nach dem Rechten. Meist muss ich ein paar Dinge unterschreiben und Geschäftliches regeln, Chris hat das Restaurant von mir gepachtet. Im Winter bin ich gerne irgendwo im Süden. Das nasskalte Wetter im Norden schlägt mir immer so auf die Stimmung.«

»Oh, ja, das schlägt auf die Stimmung.«

»Wo kommst du eigentlich her?«

Heike lächelte. »Hamburg, ich lebe seit dreißig Jahren dort.«

»Auch schön, obwohl ich auf Großstädte nicht mehr so stehe. Sightseeing und so, das schon. Aber wohnen und leben – nein!«

»Wir haben schon im Grünen gewohnt, aber noch im S-Bahn-Bereich Hamburgs. Nun werden wir das Haus verkaufen. Ich weiß noch nicht, wo ich dann hinziehe. Ist ganz neu für mich, so allein zu sein.«

»Ja, ich hatte damals auch so meine Schwierigkeiten. Als Wiebke, meine Frau, ausgezogen war, war das ziemlich seltsam. Wir waren fünfzehn Jahre verheiratet. Aber sie kam nicht damit klar, dass ich so viel gearbeitet habe. In einem Restaurant ist nun mal nicht um fünf Uhr nachmittags Schluss, da geht's in der Regel bis in die Nacht.«

Sie stiegen inzwischen eine recht steile Anhöhe hinauf, und Heike musste ein paar Mal anhalten, um nach Luft zu schnappen.

Stefan wartete jedes Mal geduldig. »Wenn ich zu schnell gehe, musst du das sagen.«

»Schon gut«, Heike keuchte, gab sich aber Mühe, mit ihm mitzuhalten. »Ich bin es nur einfach nicht mehr gewohnt.«

»Na ja, auf jeden Fall war Wiebke dann fort, und Chris war bei mir. Das war nicht einfach, ich konnte den Jungen ja auch nicht jeden Abend alleine lassen. Hat mich fast das Geschäft gekostet. Aber wir haben es geschafft. Entschuldige, wenn ich dich mit meiner Lebensgeschichte nerve. Ich hatte schon lange keinen Beifahrer mehr und seit ein paar Wochen überhaupt keine Gesellschaft.«

Heike lachte. »Tut eigentlich ganz gut zu hören, dass anderer Leute Leben auch seine Ecken und Kanten hat. Geht trotzdem irgendwie immer weiter, oder?«

»Wir sind auf jeden Fall gleich da«, sagte Stefan grinsend, reichte Heike die Hand und half ihr eine höhere Felskante empor.

Heike war fix und fertig, wollte das aber natürlich nicht zugeben. Sie gab sich Mühe, ihre Atmung und ihren rasenden Puls zu beruhigen, und schwor sich im Stillen, doch mal etwas Sport in Erwägung zu ziehen. Bei dem Rauschen in ihren Ohren hatte sie gar nicht bemerkt, wie nah sie dem Meer gekommen waren.

»Pass auf, da vorne geht es steil runter.« Stefan hielt sie kurz am Arm und steuerte sie einige Meter zwischen scharfkantigen Steinen hindurch. Plötzlich fand sich Heike an einer Steilküste wieder. Weit unter ihr schlugen an den Seiten der Bucht hohe Wellen gegen die Felsen. Zur Mitte hin, wo es einen kleinen Sandstrand gab, rollten die Wellen wiederum sanft aus.

»Oh!«, entfuhr es ihr. Der Ausblick war beeindruckend.

»Da vorn geht's runter.« Stefan lief ein Stück voraus.

Runter? Heike beäugte misstrauisch das kantige Gestein. Hier sah es eher so aus, als würde man nur mit Bergsteigerausrüstung weiterkommen. Doch Stefan winkte und schien förmlich im Felsen zu verschwinden.

Heike tappte vorsichtig auf dem schmalen Pfad die Klippen hinab. Es war leichter, als es aussah.

Unten angekommen standen sie am Strand, die Luft war überraschend warm, die Steilwände der Bucht fingen wohl die Sonnenwärme ein. Das Rauschen der brechenden Wellen draußen an den Klippen war zu hören, aber nicht mehr so tosend wie oben auf dem Felsen. Die Bucht hatte etwas Verwunschenes, Geheimnisvolles. Dies war kein Ort, wo jeden Tag Hunderte Touristen herkamen. Hier waren nur diejenigen, die wussten, wie besonders dieser Ort war und wie man ihn fand.

»Herrlich, oder?« Stefan breitete kurz die Arme aus, dann legte er sich einfach ausgestreckt in den Sand. »Komm her, mach das auch!«

Heike tat es ihm gleich. Der Sand war ganz warm und weich, und ihre schmerzenden Muskeln dankten es ihr, dass sie ihnen etwas Ruhe gönnte.

»Wandern ist hier auf jeden Fall nicht langweilig«, sagte sie in Stefans Richtung und sah, wie er lächelte.

Das leise, rollende Rauschen der Wellen, die auf den Strand trafen, war deutlich zu hören. Ganz automatisch glich Heike ihre Atmung an diesen Rhythmus an. Sie spielte mit den Fingern in dem weichen Sand, schmeckte Salz auf ihren Lippen. Über ihr war einfach nur das unendliche Blau des Himmels.

Als sie zurück im Wald waren, zog sich der Himmel zu.

Stefan deutete nach oben. »Könnte ein Gewitter geben, wir gehen besser zurück zum Bus.«

Der gelbe Campingbus war schon in Sichtweite, als die ersten dicken Tropfen vom Himmel fielen. Heike quietschte, denn der Regen war kalt.

»Schnell, mach auf!«

Kaum saßen sie im Wagen, kamen wahre Sturzbäche vom Himmel.

Stefan wischte sich die Regentropfen von seinen braun gebrannten Armen. »Gerade noch rechtzeitig, das Wetter kann sich sehr schnell ändern. Als ich das letzte Mal hier war, gab es solch einen Sturm, da sind auf dem Campingplatz einige Zelte weggeflogen.«

Heike sah nach draußen. »Das glaub ich gerne. Da bin ich ganz froh, etwas Festes um mich herum zu haben.«

»Und jetzt?« Stefan legte die Hände ans Steuer. »Wollen wir noch in den Ort, irgendwo einen Happen essen?«

»Gerne. Im Wald herumlaufen ist wohl keine gute Idee mehr.«

Sie mussten in der Tat vorsichtig fahren auf dem Rückweg, denn das Gewitter rüttelte ganz schön an den Bäumen. Hier und da lagen Äste auf den Straßen, und abgerissene Blätter flogen in Wirbeln umher.

Als sie in Mölle ankamen, klarte der Himmel über dem Meer schon wieder auf, und der Regen war vorbei. Stefan parkte etwas weiter oben, und sie liefen die engen Straßen hinab bis zum Hafen. Bei Tageslicht sah der Ort ebenso niedlich aus wie in der Nacht. Die Häuser waren überwiegend aus Holz, mit weißen Zäunen. In den Gärten herrschte eine üppige Blütenpracht, und über jede Mauer und durch jeden Zaun drückten sich Rosen und allerlei andere Pflanzen, alle drauf bedacht, einen warmen, sonnigen Fleck abzubekommen.

Zum Hafen hin lief der Ort recht flach aus. Dort herrschte reger Betrieb, und die bunten Autokennzeichen verrieten, dass hier wohl viele Touristen unterwegs waren. Eine Reihe flacher Holzbauten beherbergte Cafés und Souvenirshops. Möwen hüpften auf den Terrassen zwischen den Stühlen und Tischen umher, um nach vergessenen oder heruntergefallenen Leckerbissen zu suchen.

»Lass uns ganz durchgehen, dahinten hat man die beste Aussicht.« Stefan nickte in Richtung der Hafenkante.

In dem hintersten Café angekommen setzten sie sich an einen Tisch mit Blick auf die Boote. Die Anlieger waren gut belegt, vom kleinen Segelboot bis zur mittelgroßen Jacht gab es einiges zu sehen.

Heike und Stefan bestellten Kaffee und Kuchen, die Mittagszeit war schon durch.

»Mit so einem Boot hat man deutlich mehr zu tun als mit einem Wohnmobil.« Stefan deutete auf einen älteren Herrn, der emsig sein Deck schrubbte. »Aber man ist wohl noch freier unterwegs. Die sind ja wie Camper, nur auf dem Wasser halt.«

Heike sah dem Mann auf dem Boot einen Augenblick zu. »Also, ich bin, fürchte ich, nicht besonders seefest, ich bleibe lieber erst mal auf der Straße.«

Der Nachmittag plätscherte angenehm dahin, sie bestellten noch einen zweiten Kaffee und beobachteten das Treiben um sie herum. Anhand der Kleidung und des Auftretens der Menschen versuchten sie zu erraten, wo diese wohl herkamen, und lachten, wenn das Autokennzeichen dann passte. Heike hatte sogar zwei Mal recht, einmal mit einem Pärchen aus England und einmal mit einer Familie aus den Niederlanden.

Sie und Stefan plauderten einfach so drauflos. Er gab Heike ein paar Informationen, die sie noch gar nicht wusste. Wie etwa, dass man in Norwegen und Schweden mit einem Wohnmobil auch frei stehen durfte. Also Campen, wo es einem gefiel. Das fand sie spannend. »Und da sagt keiner was?«

Stefan hob kurz die Schultern. »Wenn du dich nicht häuslich einrichtest, sondern dezent Stopp machst und alles wieder sauber verlässt, nein. Besonders toll ist das natürlich in den Fjorden. Da gibt es wirklich einmalige Plätze. Und es ist natürlich auch günstiger, als wenn man immer auf Campingplätzen übernachtet.«

»Hm, ich habe mich das bis jetzt noch nicht getraut, also mich so einfach irgendwo hinzustellen.«

»Na ja, in Deutschland und Dänemark, aber auch in Frankreich sollte man das besser sein lassen. Da wird schon aufgepasst teilweise. Du darfst zur Wiederherstellung der Fahrtüchtigkeit anhalten und Pause machen, klar. Aber keine Stühle nach draußen stellen, das ist dann Camping.«

»Aha – und was ist mit diesen Stellplätzen für Wohnmobile … Meine Freundin Gabi, der das Wohnmobil gehört, hat mir davon erzählt.«

Stefan nippte an seinem Kaffee und nickte. »Ja, davon gibt es viele. Manche schön, manche auch einfach nur Parkplätze, auf denen man haltmachen darf. Ist praktisch, wenn man zum Beispiel eine Stadt ansehen will oder bloß eine Nacht irgendwo bleiben möchte. Aber ich warne dich, der Komfort ist dort nicht so wie auf Campingplätzen. Daher fahre ich eigentlich ganz gerne welche an. Also einen Platz, wo es anständige Duschen und Toiletten gibt. Aber das kostet halt auch was.«

»Hm, ja – wenn man so wie du dauerhaft unterwegs ist, dann läppert sich das schon, oder?«

»Es geht. Ich bezahle im Monat nicht so viel wie für eine Mietwohnung. Aber Sprit, Essen und eben die Campingplatzgebühren, da kommt schon was zusammen. Ich kenne aber auch Leute, die fahren komplett autark und benutzen nur alle paar Wochen mal einen Campingplatz.« Er zuckte mit den Achseln. »Das kann halt jeder so machen, wie er mag.«

Heike lehnte sich zurück und überlegte. »Hm, ich weiß noch gar nicht, was für ein Typ ich da bin. Ich meine, ich bin schon mal froh, diese Reise geschafft zu haben. Aber was du erzählst, hört sich spannend an. Ein bisschen mehr ausprobieren würde ich schon gerne.«

»Wenn du noch nach Frankreich willst … da gibt es ganz tolle Plätze. Oft haben die Bauern kleine Campingwiesen, aber auch die Stellplätze sind nicht übel. Und was Campingplätze angeht, findet man alles von klein und beschaulich bis hin zu riesigen Urlaubsanlagen. Da sind die Franzosen schon Spitzenreiter – wie auch die Italiener. Die haben Campingplätze, so groß wie Kleinstädte.«

»Ganz so groß brauche ich es dann doch nicht.« Heike schüttelte sich.

Er lächelte. »Ich fahre jetzt übrigens erst mal nach Berlin. Mein Enkel wird in zehn Tagen zwei Jahre alt.«

»Oh, wie schön. Ich werde dieses Jahr zum zweiten Mal Oma.« Heike lachte. »Man fühlt sich doch ein bisschen alt dadurch, oder?«

Stefan grinste. »Ach, ich finde Enkel richtig nett, man kann sie knuddeln, mit ihnen spielen … und wenn sie schreien, drückt man sie wieder der Mama in die Hand. Also nicht so wie bei den eigenen Kindern.«

Heike grinste. »Da hast du recht. Die Tage mit Finn, meinem Enkelsohn, waren wirklich schön, aber auch anstrengend. Man hat das ja alles schon durch, ich gleich zweimal. Da sind jetzt andere am Zug. Aber was wolltest du von Berlin erzählen? Bleibst du erst mal dort?«

Stefan zuckte mit den Schultern. »Da muss ich mal schauen, wie es weitergeht dieses Jahr. Und du?«

»Ich mache Stopp in Hamburg. Dort muss ich mich mit meinem Ex-Mann treffen.« Heike stockte kurz. Jochen war inzwischen so weit entfernt, dass sie kaum an ihn dachte und ihn überhaupt nicht vermisste. »Anschließend muss ich nach Südfrankreich zu meinem Sohn fahren. Er …«, jetzt seufzte sie, »er weiß nicht, dass wir uns getrennt haben. Das wird noch mal ein schwerer Gang für mich.«

»Er wird es verstehen. Ich meine … unsere Kinder sind doch alle erwachsen, haben vielleicht eigene Partner oder gar Familie.« Stefan legte den Kopf schief. »Sie müssen uns auch als Menschen wahrnehmen und nicht nur als Eltern.«

Heike nickte. »Eltern bleiben wir ja trotzdem immer.

Meine Tochter hat es letztlich ganz gut aufgenommen. Klar war sie traurig, aber sie hat versucht, die Trennung zu verstehen.«

»Und du? Wie kommst du damit klar?« Stefan sah Heike in die Augen.

Sie schob kurz die Unterlippe vor. »Jetzt gerade vermisse ich nichts. Ich fühle mich gut und mache mir das erste Mal seit vielen Jahren Gedanken über meine eigene Zukunft. Ich gebe zu, bisher nicht besonders erfolgreich, denn ich habe noch keinen Schimmer, was ich tun könnte. Aber es ist schon so, als wäre eine Mauer um mich herum umgestürzt. Ich habe endlich mal wieder einen freien Blick nach vorne.«

»Das ist schön. Ich drücke dir die Daumen, dass du deinen Weg findest.«

Sie lächelte ihn an. Es tat gut, von jemandem ehrliche Bestätigung zu erhalten, auch wenn sie ihn kaum kannte.

Kapitel 19

»Sehen wir uns morgen wieder?«

Beim Abschied am Abend standen sie auf einem der Wege des Campingplatzes, von wo aus jeder in eine andere Richtung gehen musste. Stefan sah sie im schwachen Schein der Platzbeleuchtung hoffnungsvoll an.

»Gerne«, rutschte es Heike sogleich heraus.

Stefan lächelte. »Toll, ich freu mich drauf.«

Wenig später lag Heike eingekuschelt zwischen den Kissen und ließ den Tag in Gedanken an sich vorbeiziehen. Einen Tag, wie sie ihn schon lange nicht mehr erlebt hatte. Sie hatte weder Hast verspürt noch ein schlechtes Gewissen. Es war merkwürdig, aber gerade diese Gefühle beschrieben ihre letzten Jahre sehr gut. Wobei sie weder Hast hätte haben müssen noch irgendwem gegenüber ein schlechtes Gewissen. Sie hatte sich diese Gefühle selbst auferlegt. Vielleicht, weil sie Gegenspieler zu diesem Nicht-mehr-gebraucht-Werden gewesen waren? Ohne Frage. Heike hätte auch den halben Tag auf dem Sofa vor dem Fernseher liegen können, gemerkt hätte es wohl niemand. Doch sie selbst hatte sich ständig dazu gezwungen, in irgendeiner Weise beschäftigt zu wirken. Dadurch hatte sich eine – im Nachhinein vielleicht ungesunde – Rastlosigkeit bei ihr eingestellt, die aber zu keinem Ziel geführt hatte. Die einzigen Anker in ihrem Leben waren »wenn die Kinder mal kommen« oder »wenn Jochen mal Zeit hat« gewesen. Aber wann war das schon eingetreten? Sie war der Baumstamm gewesen, der die Wurzeln in ihrem Haus verankert hatte. Doch die Äste der Krone, ihre Familie, waren immer weiter auseinandergegangen, hatten sich verzweigt und ihren eigenen Raum, ihr eigenes Licht gesucht. Wie ein Baum hatte sie ihre Wurzeln nicht aus der Erde ziehen können, um sich ebenso einen Platz zu suchen. Nun war dieser Baum gefällt worden. Aus dem Holz hieß es jetzt, neue Dinge zu errichten. Sie musste traurig lächeln bei diesem Gedanken. Stefan war der Erste, der sich dieses Holzes angenommen hatte. Er hatte sie an diesem Tag ganz ohne die Last der alten Äste und Wurzeln behandelt. Heike spürte in sich hinein. Sie konnte noch lachen, schöne Dinge erleben und einmal ganz bei sich selbst sein. Fast hatte sie vergessen, wie das war.

Am nächsten Morgen brühte Heike gut gelaunt eine Kanne Kaffee auf, nahm diese und schlenderte damit über den taunassen Campingplatz zu Stefans gelbem Bus. Die Sonne stand zwar schon am Himmel und erwärmte die Luft, doch der Boden war noch kühl. Die Scheiben von Stefans Campingwagen waren von außen mit Tau beschlagen. Sie konnte nicht erkennen, ob er sich darin schon rührte. Um sie herum erwachten die anderen Camper gerade zum Leben. Reißverschlüsse von Vorzelten wurden aufgezogen, hier und da klapperten Fahrzeugtüren, und die ersten Gäste wanderten in

Bademänteln oder Jogginganzügen mit ihren Kulturta-schen unter dem Arm zu den Waschhäusern. Heike musste schmunzeln. Hätte ihr jemand vor einem halben Jahr gesagt, dass sie all das plötzlich total normal und sogar nett finden würde, sie hätte herzhaft gelacht. Auch dass sie in Schlabberhose am Morgen mit einer Kanne Kaffee neben dem Campingbus eines ihr fast noch frem-den Mannes stehen würde, hätte sie völlig verrückt ge-funden und sich bei dem Gedanken mit einem Finger an die Stirn getippt. Jetzt sah sie auf die Kanne und klopfte kurz entschlossen an Stefans Tür.

Es dauerte einen Augenblick, bis sich in dem Cam-pingbus etwas rührte. Dann wurde die Tür aufgescho-ben, und Stefan schaute etwas verschlafen heraus. »Oh. Guten Morgen.«

»Hallo, guten Morgen. Hab ich dich geweckt? Ent-schuldigung. Ich habe Kaffee dabei.« Heike lächelte ver-legen. Sie war der Idee, mit dem Kaffee zu ihm zu gehen, einfach gefolgt, ohne viel zu überlegen.

»Kaffee? Hört sich gut an. Moment – komm rein.« Ste-fan schob die Tür etwas weiter auf. Der hintere Teil sei-nes Campers war das Bett, in dem er immer noch halb aufgerichtet lag. Zwischen Bett und Vordersitzen war ein kleiner Tisch, vor dem ein blockartiger Hocker zum Draufsetzen stand.

Heike zwängte sich in gebückter Haltung an den Tisch. Stefan schob mit einer schwungvollen Bewegung die Tür wieder zu. Dann setzte er sich in seinem Bett auf, die Decke noch um die Beine gewickelt.

»'tschuldigung, ist etwas eng hier drin, aber für mich

alleine reicht es. Zucker? Milch?« Der Tisch des Campers ging in eine schmale Arbeitsplatte über, die sich unter dem Fenster erstreckte. Diese klappte er nun hoch, und Heike sah, dass sich darunter so ziemlich alles befand, was man zum Camperleben brauchte – auch Tassen, Löffel, Milch und Zucker.

»Toll, du hast ja alles dabei.«

Stefan grinste. »In so einem kleinen Bus muss man kreativ sein, um alles zu verstauen.« Er deutete hinter sich. »Ich habe überall kleine Schränkchen und Klappen eingebaut, unter dem Bett ist auch jede Menge Stauraum. Gut, ich habe zwar keine große Küche oder so, aber mit meinem Campingkocher geht es schon irgendwie. Ich habe noch ein kleines Vorzelt, aber meist bin ich zu faul, das für ein paar Tage aufzubauen. Ich kriege halt eigentlich keinen Besuch.« Er lächelte, nahm die Kaffeekanne und schenkte ihnen ein.

»Hast du eine Heizung?« Heike spürte unter dem Tisch einen warmen Luftzug. Zudem hatte Stefan ohne Shirt im Bett gelegen. Sie versuchte schon ganz verlegen, nicht dauernd auf seinen freien Oberkörper zu sehen.

»Ja, natürlich. Die ist unter der Arbeitsplatte – den Tisch kann ich bei Bedarf abbauen.«

»Aha.« Heike gab Milch und Zucker dazu und rührte den dampfenden Kaffee in ihrer Tasse um.

»Und bevor du fragst … Du sitzt auf dem Klo.« Nun grinste er wieder ganz frech.

Heike sah kurz nach unten, dann verzog sie das Gesicht. »Keine Details, bitte. Aber praktisch ist es sicherlich.«

210

Stefan hob kurz die Hände. »Wollte ich auch nur gesagt haben.« Dann sah er sich nachdenklich um. »Ich habe leider nichts anderes zum Frühstück da. Ich bin so ein reiner Kaffeemensch, weißt du. Aber wenn du Lust hast, können wir das Frühstück nachher irgendwo nachholen.«

»Ich komme auch erst mal mit Kaffee aus. Sorry, dass ich dich so überfallen habe.« Sie deutete ein wenig hilflos auf die Kaffeekanne. »Ich dachte nur ... es wäre nett ... Na ja, du hattest gefragt, ob wir uns heute noch mal sehen.«

»Alles gut. Wirklich, ich freu mich. Der Tag gestern war echt schön. Ich ... ich würde, wenn du Lust hast, dir gerne heute ein bisschen mehr von der Gegend zeigen.«

Heike lächelte. »Klar. Ganz ehrlich, darauf hatte ich gehofft.«

»Super! Ich muss mir nur gleich was anziehen. Soll kein Rausschmiss sein – aber meine Klamotten sind unterm Bett, und man kann sich halt kaum bewegen hier drin.«

Heike hob kurz ihre Kaffeetasse. »Ich trink noch schnell aus, und dann gehe ich mich auch umziehen. Ich wollte jetzt auch nicht den Tag in Schlabberhose verbringen.«

Eine Stunde später lenkte Stefan den gelben Bus über die Landstraße. Inzwischen war es frühsommerlich warm, Heike hatte eine leichte Bluse angezogen und eine bequeme Jeans. Aus dem Radio dudelte leise Achtzigerjahre-Musik, und draußen wechselten sich rot-weiße

Bauernhöfe mit Weiden, Feldern und kleinen Wäldern ab. Obwohl Heike Stefan kaum kannte und auch keinen Schimmer hatte, was der Tag heute so bringen würde, fühlte sie sich entspannt und zufrieden.

»Worauf hat die Dame denn heute Lust? Etwas Sightseeing? Lieber aufs Land oder in die Stadt?«

Heike machte ein übertrieben nachdenkliches Gesicht. »Was empfiehlt der Touristenführer denn?«

»Also, hier gibt es ein paar lauschige Städtchen ... Wir fangen am besten mit Höganäs an – und je nachdem, wie lange wir Lust haben, tuckern wir dann immer einen Ort weiter. Zwischendurch essen wir irgendwo einen Happen – und wenn du dann noch nicht genug von meiner Gesellschaft hast, kenne ich ein tolles Restaurant in Jonstorp. Da könnten wir heute Abend vielleicht einkehren.«

»Hört sich nach einem guten Plan an.«

»Prima. Aber erst mal holen wir das Frühstück nach.« Stefan lächelte sie von der Seite her an. »Das bin ich dir ja jetzt irgendwie schuldig, nachdem du schon für Kaffee gesorgt hast.«

Sie erreichten Höganäs, eine Kleinstadt mit urigen Häuschen am Straßenrand, zwischen die sich auch immer wieder ein Neubau schlich, Tankstellen, Geschäften, hier und da etwas Industrie. Stefan schien sich gut auszukennen und lenkte den Campingbus zielgenau durch die Straßen. Als er auf einen großen Parkplatz neben einem hallenartigen Bau anhielt, sah Heike ihn fragend an.

»Ja, ich weiß – sieht auf den ersten Blick nicht spektakulär aus, aber du wirst begeistert sein. Warte es ab.«

Die »Saluhall«, wie sich das Gebäude nannte, entpuppte sich als ein Mittelding zwischen Lebensmittel-
markt und Shoppingmall, alles sehr landestypisch eingerichtet, die Wände teils nicht verputzt, dass man die
roten Ziegelsteine sehen konnte, dazu viel Holz und
Kupferlampen. Trotz des rustikalen Charmes wirkte sie
modern und leicht. Heike bestaunte die ganzen Leckereien in den Theken, auf den Tischen und in den Regalen.
Alles schien mit viel Liebe hergerichtet zu sein, und es
lief ihr sogleich das Wasser im Mund zusammen.

Stefan lächelte zufrieden, als Heike ihn begeistert ansah. »Na? Zu viel versprochen? Dahinten kann man sich
hinsetzen, das Frühstücksbüffett ist grandios.«

Kurze Zeit darauf saßen sie bei Krabben- und Eibrot,
nochmals Kaffee, diversen Schälchen an Marmeladen,
Obst und Joghurt, und genossen ein spätes Frühstück.

»Hm ...«, bemerkte Heike kauend. »Du wolltest heute
wirklich noch woandershin?«

»Eigentlich ja. Aber wenn ich dich so sehe ... du
scheinst etwas ausgehungert.« Er lachte.

Heike hob entschuldigend die Hände. »Ich hab zwar in
Möppi alles, was ich brauche, und habe auch eine Menge
eingekauft vor meinen Trip. Aber das hier ... das ist echt
gut.«

Stefan nickte zufrieden. Heike entging nicht, wie
seine Augen funkelten. Es schien ihm Freude zu berei-
ten, jemanden an seine Lieblingsorte führen zu können.
Das hatte sie schon am vergangenen Tag gespürt, als
sie die geheime Bucht besucht hatten. Sie hoffte nur,
dass die nächsten Überraschungen nicht überwiegend

mit Essen zu tun hatten, sonst würde sie vermutlich platzen.

Es war bereits Mittag, als sie sich wieder auf den Weg machten. Als Erstes besuchten sie den Strand und den Hafen. Dann fuhren sie weiter in den nächsten Ort. Dort gab es wieder einen kleinen Hafen. Sie kauften sich ein Eis und schlenderten eine Weile in der Sonne am breiten Naturstrand entlang. Dieser war teils steinig, zum Wasser hin aber eher sandig. Vom Meer her wehte ein frischer Wind, dennoch war es nicht kalt.

»Ist das schön hier!« Heike breitete die Arme aus. »Ich war einfach zu lange nicht im Urlaub.«

»Wie lange denn nicht?«

Heike musste überlegen. Der letzte Familienurlaub lag ewig zurück. Und dass sie so einfach mit Jochen an einem Strand in den Tag hineingelaufen wäre – daran konnte sie sich nicht erinnern.

»Zu lange«, antwortete sie jetzt nur. »Zu lange.«

»Vermisst du dein altes Leben?« Stefan sah sie ernst an.

Heike zuckte mit den Achseln. »Mein altes Leben ist ja noch nicht so lange her. Ich … ich weiß nicht. Ich fühle mich gerade, als wenn ich in einer Blase säße. Die wird sicherlich früher oder später platzen. Dann wird alles wohl noch mal wehtun. Momentan aber, hier und jetzt, vermisse ich nichts. Ich habe, glaube ich, mich viel zu lange an die alten Zeiten geklammert. Zeiten, die einfach nie wiederkommen werden – also Kinder im Haus, Familienleben und so.«

Stefan blieb stehen und sah nachdenklich auf das Meer hinaus. »Ich glaube, mir geht es da ähnlich.« Ich denke oft an die Zeit zurück, als mein Sohn noch klein war. Man hatte jeden Tag eine Aufgabe. Und dann das Restaurant … Ich war im ersten Moment froh, als mir bewusst wurde, dass ich nicht mehr gebraucht wurde. Ich war frei, konnte machen, was ich wollte. Aber inzwischen … wie soll ich sagen … Ich bin manchmal einsam. Und so ohne Aufgabe … Er zuckte mit den Achseln. »Ich sitze auch noch in einer Blase, und zwar schon etwas länger.«

Heike umschlang ihren Oberkörper mit den Armen. Es fröstelte sie. Was aber eher an dem Gesprächsthema lag als am Wetter.

»Es ist, glaube ich, nicht einfach, seinem Leben einen neuen Sinn zu geben«, meinte sie. »Ich bewundere ja Leute, die das können. Die, wenn die Kinder aus dem Haus sind, endlich das machen, was sie schon immer machen wollten … oder die, was weiß ich, im Rentenalter mit dem Camper durch die Welt fahren.«

Stefan hob die Hände. »Na ja, das Camperleben ist gar nicht so schlecht. Aber auf Dauer …« Er zuckte mit den Schultern. »Das hier, das ist toll. So mit dir, hier am Strand.« Gleich hob er wieder die Hände. »Versteh das bitte nicht falsch, Heike. Nicht, dass ich jetzt aufdringlich wirke oder so. Aber … es ist wirklich viel schöner, wenn man jemanden dabeihat, der … der … ähnlich tickt. Mir ist das gerade gestern und heute wieder sehr bewusst geworden. Ich meine, klar sehe ich viele tolle Ecken von der Welt. Ich erzähle auch meinem Sohn davon oder ab und zu mal irgendwelchen Leuten, die ich so auf Campingplätzen treffe …«

»So wie mich?«

»Ja … nein. Du bist ja jetzt mit mir hier. Das ist etwas anderes, als wenn ich heute allein am Strand entlanggelaufen wäre und nur jemand anderem davon erzähle.« Er machte fast ein hilfloses Gesicht. Heike musste lächeln.

»Ich verstehe, was du meinst. Ich war zwar bis vor Kurzem noch verheiratet – also, das bin ich auf dem Papier immer noch –, aber wenn ich ehrlich bin, war es da sehr ähnlich. Egal was ich in den letzten Jahren gemacht habe, ich habe es allein getan. ›Schatz, ich hab Plätzchen gebacken! – Jochen, guck mal in den Garten, ich habe die Beete neu bepflanzt‹.« Heike schnaubte. »Wir haben schon ewig nicht mehr zusammen Kekse gebacken oder im Garten gebuddelt. Und das ist der große Unterschied.« Heike ließ die Schultern hängen und seufzte tief. Leicht sarkastisch fügte sie hinzu: »Das darfst du jetzt auch nicht falsch verstehen, Stefan. Aber so was wie hier gerade … einfach so am Strand laufen, sich keine Gedanken um den Sinn des Ganzen zu machen, keinen Zweck haben einen Tag lang und einfach nur mal was zusammen unternehmen … das hat es in meiner Ehe schon lange nicht mehr gegeben. Wenn ich so zurückdenke, war immer irgendwas. Jochen hatte Stress auf der Arbeit, die Kinder hatten irgendwelche Probleme … Die Mühle drehte sich unablässig. Vielleicht wäre es nicht so gekommen, wenn wir uns wirklich mal Zeit für uns genommen hätten. Ich habe heute mit dir, glaube ich, schon mehr gesprochen als mit Jochen in den letzten fünf Jahren.«

»Oh, tut mir leid.« Stefan wirkte etwas verhalten.

Heike sah ihn milde an. »Das muss dir doch nicht leid-tun. Quatsch. Ich finde es super. Ich fühle mich heute das erste Mal seit Langem wieder so richtig lebendig. Ich bin wieder ich – verstehst du?«

Stefan ging einige Schritte weiter, sodass Heike ihm nicht mehr in das Gesicht sehen konnte.

»Glaubst du … glaubst du, dass es in deiner Ehe noch etwas zu retten gibt?«, fragte er dann.

Heike sah auf das Meer hinaus. Es lag ruhig da, in der Ferne schien es mit dem Horizont zu verschmelzen, an den Strand schwappten seichte Wellen. Sie dachte an den Baum, verwurzelt und mit den sich verzweigenden Ästen, dann gefällt, abgeschnitten. Einen einmal gefäll-ten Baum konnte man nicht wieder aufstellen.

»Nein, ich glaube nicht«, sagte sie. »Und ich glaube, dass ich das nicht mal mehr will. Jochen ist gegangen, und ich bin es auch irgendwie. Es ist besser, wenn jeder nun seinem Weg folgt. Selbst wenn es zwischendrin weh-tut.«

Stefan drehte sich nun zu ihr um und blickte ihr ins Gesicht. Nein, er sah sie nicht an, sondern tief in sie hi-nein. Heike schauderte unwillkürlich, aber es war kein kalter Schauder, der sie durchfuhr, sondern ein warmer. Stefan nickte nur.

Am Nachmittag fuhren sie über Land gen Norden in Richtung Jonstorp. Dabei unterhielten sie sich über viele Dinge, nur nicht mehr über die Vergangenheit. In Jon-storp führte Stefan sie in ein Fischrestaurant am Hafen.

»Du magst doch Fisch, oder?«

Heike zuckte mit den Schultern und lachte. »Ich esse eigentlich fast alles. Außer Dinge wie Hirn oder Augen.«

Das Restaurant war ganz einfach gehalten. Ein paar Tische mit Holzstühlen, etwas maritime Plastikdekoration an den Wänden. Die Aussicht zum Hafen hin war schön, und als es langsam dunkel wurde, tanzten die kleinen Lichter der Boote sanft auf und ab. Es gab keine Karte. Stefan bestellte etwas auf Schwedisch, was Heike nicht verstand. Er schien den Kellner, der seiner Schürze nach wohl gleichzeitig der Koch war, zu kennen. Beide lachten und sprachen irgendwie vertraut miteinander.

Stefan sah sie zwischendurch fragend an. »Wein? Trinkst du Weißwein? Er passt hervorragend zum Fisch.«

»Ja, gerne. Was immer du empfiehlst.«

Für Heike war die Gesellschaft eines Genussmenschen, wie Stefan es wohl war, ungewohnt. Jochen war nie ein sonderlicher Gourmet gewesen.

Als Heike ihren Teller bekam, nickte sie anerkennend. Was dem Speiseraum an Liebe zum Detail fehlte, machte das Essen wieder wett. Anstelle einer langweiligen Beilage war allerlei Gemüse kunstvoll zurechtgeschnitzt zu kleinen Fischen, Blumen und sogar einem Oktopus und auf einem großen Salatblatt drapiert. Heike musste ganz genau hinsehen, um zu erkennen, dass die Tierchen nicht echt, sondern vielmehr mal Radieschen und Ähnliches gewesen waren. Die Röstkartoffeln waren goldgelb und dufteten nach Rosmarin und Knoblauch, und von dem großen Stück gebratenem Fisch perlte noch die flüssige Butter ab.

»Dorsch, das ist ganz normaler Dorsch.« Stefan deutete mit der Gabel auf seinen Teller. »Aber fangfrisch. Ich habe keine Ahnung, wo die den hier fangen oder worin das Geheimnis des Geschmacks liegt, das will mir Magnus, der Koch, nämlich nicht verraten.«

»Sieht auf jeden Fall fantastisch aus.« Heike probierte zunächst eine der Kartoffeln. »Hm, die sind ja ein Gedicht!«

Es war das erste Mal an diesem Tag, dass sie längere Zeit nicht miteinander redeten und sich ganz dem Essen widmeten. Heike hatte noch nie so schmackhaften Fisch gegessen. Auch die kleinen Gemüsekreationen verschonte sie nicht, denn sie waren schön knackig und ganz frisch. Sie empfand es fast als Sünde, zwischendurch an dem Wein zu nippen, der aber sehr lecker war. Sicherlich kein einfacher Supermarktwein ... Sie schmeckte die Sonne und die reifen Trauben heraus.

Als ihr Teller leer war, lehnte sie sich zurück. »Das war wirklich außergewöhnlich gut.« Sie sah zu Stefan und bemerkte, wie dieser von der Seite her schmunzelte. »Was?«

»Nichts. Ich freue mich einfach, dass es dir geschmeckt hat. Schön zu sehen, wenn jemand gutes Essen genießt und zu würdigen weiß. Haben heute ja viele ihre Probleme mit.«

»Hm ... ich sicher nicht. Ich esse wirklich gerne.«

»Also, ich wüsste da noch ein paar hervorragende Restaurants, die ich dir zeigen könnte.«

»Hier in Schweden?« Heike musste lächeln.

»Nein, nicht direkt. Das eine ist in Gafanha da Encarnação ...«

»Wo?« Heike sah ihn verblüfft an und lachte dabei.

»Das ist in Portugal, so ziemlich mittig an der Küste. Und eins ist in Savona.«

»Auch Portugal?«

»Nein«, Stefan grinste jetzt. »Italien, sorry.«

»Puh – da müssten wir aber ganz schön weit und lange fahren. Ist das Essen in beiden so gut wie hier?«

»Ja, anders allerdings. Da gibt's keinen Dorsch.«

»Also, wenn du das sagst, wäre es ja fast eine Reise wert.«

Stefan hob sein Glas und zwinkerte. »Wann immer du bereit wärst. Lass es mich wissen.«

Kurz vor Mitternacht setzte Stefan Heike bei Möppi ab.

Diesmal war sie es, die kurz zögerte und dann fragte: »Sehen wir uns morgen noch mal?«

Es fühlte sich einfach gut an, Gesellschaft zu haben. Aber sie wusste auch, dass sich ihre Wege bald trennen würden. Verwundert stellte sie fest, dass sie bei dem Gedanken einen kleinen Stich verspürte. Gerne hätte sie noch länger Zeit mit ihm verbracht.

Als hätte er ihre Gedanken erraten, sagte er leise: »Morgen Abend muss ich leider weiter in Richtung Berlin.«

Heike hörte die Wehmut in seiner Stimme. »Ich muss übermorgen weiterfahren. Aber … wenn du morgen noch ein bisschen Zeit hättest?«

Stefan tat so, als müsste er überlegen. Dann grinste er und fragte: »Hast du noch ein bisschen was anderes zum Frühstück im Wagen als Kaffee?«

Heike nickte. »Öhm ja, etwas Brot, Leberwurst, Marmelade.«

»Prima, dann pack das morgen früh zusammen, ich hole dich um neun Uhr ab. Wir können frische Brötchen am Kiosk holen, ich habe leider nur Kekse im Wagen. Also – um neun?«

»Prima, um neun. Ich bin gespannt!«

»Schlaf gut, Heike.«

»Du auch, Stefan.«

Am nächsten Morgen war Stefan pünktlich zur Stelle. Heike hatte ein paar Frühstücksutensilien eingepackt und sich auch etwas mehr Mühe mit ihrem Aussehen gegeben. Die Haare anständig frisiert und mit einem klitzekleinen bisschen Schminke im Gesicht, kletterte sie aus ihrem Wohnmobil, als sie Stefans Bus hörte.

»Guten Morgen!« Er strahlte sie an, als sie auf den Beifahrersitz kletterte.

»Guten Morgen.« Sie spürte, wie sie rot wurde. Das war richtig kindisch, aber sie war tatsächlich aufgeregt und freute sich auf den Vormittag, was auch immer Stefan vorhatte.

Sie holten ein paar frische Brötchen und fuhren dann wieder vom Campingplatz aus auf die Landzunge.

Es war noch ruhig auf der schmalen Straße. Die Sonne schien vom wolkenlosen Himmel, und es versprach ein warmer Tag zu werden.

Stefan bog diesmal schon vor dem Wald in einen Seitenweg ein. Dieser war wenig befestigt, und der Bus rumpelte ganz schön hin und her.

»Du bist dir sicher, dass wir richtig sind?« Heike musste sich am Armaturenbrett festhalten und lachte.

»Ja, für außergewöhnliche Orte muss man so was mal in Kauf nehmen.«

Nur wenige Minuten später ging der Weg in eine Wiese über. Stefan bremste abrupt. »Da sind wir.«

Vor ihnen endete das Gras förmlich im Himmel, dahinter tat sich die steile Küste auf, und als Stefan den Motor abstellte, hörte Heike die Brandung am Fuß der Klippen rauschen.

»Ist doch der perfekte Platz für ein Frühstück, oder?«

Stefan kletterte aus dem Bus, zauberte aus dessen Heck zwei Klappstühle und eine große Campingdecke hervor und breitete diese einfach im Gras aus.

Heike packte ihre mitgebrachten Leckereien aus und rückte ihren Stuhl so, dass sie direkt aufs Meer schauen konnte. »Wahnsinn! Also so habe ich wirklich noch nie gefrühstückt.« Glücklich lehnte sie sich zurück, genoss den Geruch des Grases und des Meeres.

»Genau, das bekommt man in keinem Hotel. Na gut, etwas mehr Büfett vielleicht schon. Aber diese Aussicht, dazu der Duft des Grases …«

Sie saßen bis zur Mittagszeit an diesem schönen Ort, dann packten sie zusammen. Über den holprigen Weg fuhren sie zurück zur Straße, aber noch nicht zum Campingplatz, sondern weiter auf die Landspitze zu. Dort besuchten sie den Leuchtturm, genossen die Aussicht und wanderten ein Stück die Klippen entlang. Je weiter der Tag vorrückte, desto schweigsamer wurden sie. Der Abschied nahte.

Zurück am gelben Bus hielt Stefan vor dem Einsteigen inne. »Heike?«

Sie sah zu ihm auf.

»Die letzten drei Tage haben mir wirklich sehr viel Spaß gemacht mit dir. Ich … ich will dich nicht bedrängen, aber ich würde mich wirklich freuen, wenn wir in Kontakt bleiben und … uns noch mal wiedersehen würden. Wo und wie auch immer.«

Heike spürte ein leichtes Beben in sich. Sie hatte diese Zeit auch sehr genossen, wusste aber, dass sie im Augenblick zwischen zwei Welten stand. Ihrer alten, von der sie bei Weitem noch nicht losgelöst war, und einer neuen, deren Wege ihr nicht vertraut waren. Am liebsten hätte sie jetzt und hier, in diesem Augenblick, mit der Vergangenheit abgeschlossen. Aber ganz so einfach würde das nicht gehen, sie musste sich erst noch einigem stellen. Doch sie würde Stefan gerne wiedersehen. Schon allein, um zu sehen, ob sich dieses leise Gefühl des Sich-gut-Verstehens und Sich-Mögens auch andernorts einstellen würde – und sei es irgendwo in Portugal oder Italien. Bei dem Gedanken musste sie schmunzeln.

Er fasste ihre Miene falsch auf, und sein Gesicht wurde mit einem Mal sehr ernst. »Also nur, wenn du auch magst … ich meine …«

»Ich würde mich auch sehr freuen, dich wiederzusehen, Stefan«, unterbrach sie ihn rasch. »Ich kann dir gerade nicht versprechen, wann und wo, aber ich will versuchen, es möglich zu machen. Solange können wir auf jeden Fall in Kontakt bleiben.«

Jetzt strahlte er wieder. »Toll! Ich freu mich.«

Am Abend saß Heike allein in ihrem Wohnmobil und versuchte sich irgendwie von Stefan abzulenken. Der Abschied war schon etwas schmerzlich gewesen. Sie hatten ihre Telefonnummern ausgetauscht, und in seinem letzten Blick hatte sie die Vorfreude auf ein Wiedersehen lesen können. Ob er sich wohl falsche Hoffnungen machte? Heike rieb sich mit den Händen über das Gesicht. Sie mochte ihn, ja, allerdings kannte sie ihn doch erst drei Tage.

»Verflixt«, sagte sie leise zu sich selbst. Sie konnte nicht behaupten, dass sie Hals über Kopf in ihn verliebt wäre, aber ein gewisses Herzklopfen spürte sie durchaus, wenn sie an ihn dachte.

Seufzend zog sie ihren Laptop zu sich heran. Es war Zeit, sich mit diesem Blog-Thema zu beschäftigen.

Bis zum Abend hatte sie es geschafft, eine Seite einzurichten, und ihr den einfachen Namen »Heike unterwegs« gegeben. Heike schrieb ihre ersten Erlebnisse von der Hinreise nach Schweden auf und baute in den Text ein paar Bilder ein, die sie mit dem Handy geschossen hatte. Deren Übertragung auf den Computer raubte ihr fast den letzten Nerv, und kurz war sie davor aufzugeben. Doch dann entschieden sich die störrischen Geräte endlich, das zu tun, was sie von ihnen wollte, und ihr Blog füllte sich mit den ersten Inhalten. Zufrieden las sie alles noch einmal durch und schickte den Link an Gabi und Jenny. Und an Stefan. Aber was war mit Kai? Sie überlegte etwas länger. Da nichts Verfängliches über ihre zerbrochene Ehe in dem Blog stand, leitete sie den Link auch an ihn weiter.

Prompt kamen die ersten Antworten.

»Schau ich mir nachher gleich an! Wird mein Möppi jetzt berühmt?«, schrieb Gabi.

»Tolle Bilder, Mama«, meinte Jenny. »Finn ist ganz begeistert, und ich muss ihm alles vorlesen.«

»Mama, du bloggst?«, kam es von Kai. Heike musste schmunzeln.

»Prima, da finde ich dich ja immer wieder«, antwortete Stefan.

An Jochen schickte sie nur die Nachricht: »Bin jetzt auf dem Rückweg, komme Sonntag in Hamburg an.« Sie wollte nicht, dass er in ihrem neuen Leben rumschnüffelte. Wahrscheinlich interessierte ihn das nicht mal.

»Komme früher wieder. Treffe Montag gegen Mittag ein«, schrieb er zurück.

Heike verzog das Gesicht zu einer Grimasse. Sie hatte wenig Lust, Jochen so bald wiederzusehen. Aber sie kam wohl nicht drum herum.

Kapitel 20

Von Mölle nach Fehmarn

Heike blieb nicht viel Zeit für Abschiedsgedanken. Die Fahrt von Mölle nach Helsingborg war nicht lang. Wehmütig sah sie auf den Höhenzug der Halbinsel, dann ging es auf eine stärker befahrene Landstraße, die all ihre Konzentration verlangte.

Jeder neue Start mit Möppi war aufregend, und Heike musste sich erst wieder hinter dem Steuer zurechtfinden.

Sie würde heute die Fähren zwischen Helsingborg und Helsingør sowie zwischen Rødby und Puttgarden nehmen und anschließend auf Fehmarn oder dem Festland übernachten, je nachdem, wie sie durchkam. Die Sache mit den Fähren machte sie etwas nervös, aber Stefan hatte ihr versichert, dass es wirklich nicht schlimm wäre, auf diese rauf und wieder runter zu fahren.

In Helsingborg war eine Menge Verkehr, halb Schweden schien an diesem Tag auf die Fähre zu wollen. Heike schaffte es, sich in eine der Schlangen einzuordnen, und kullerte dann im Schneckentempo auf das Kassenhäuschen zu. Die nächste Fähre verpasste sie, doch es fuhr alle halbe Stunde eine. Um sich die Wartezeit zu vertreiben, schaute sie auf ihr Telefon.

Jenny hatte ihr einen neugierig guckenden Smiley geschickt, gefolgt von der Frage: »Wer ist denn dieser Mann, mit dem du da unterwegs warst?«

Heike musste grinsen. Einst hatte sie ihre Tochter und deren Jugendbekanntschaften überwacht, jetzt war es Jenny, die gleich hellhörig wurde.

»Das war sozusagen mein Nachbar auf dem Campingplatz, der kannte sich da gut aus. Netter Typ«, schrieb sie möglichst unverfänglich zurück.

Jenny las die Nachricht offenbar recht schnell und antwortete: »Pass bitte auf, Mama.«

Heike schüttelte den Kopf. »Ja, Schatz, ich geh schon nicht mit fremden Männern mit.«

Stefan hatte ihr ein Bild geschickt von seinem Bus, der irgendwo auf einem Parkplatz stand. »Ganz schön langweilig jetzt so ohne dich.«

Heike musste schmunzeln. »Stehe an der Fähre, keine Zeit für Langeweile«, schrieb sie.

Ob sie sich zu einer anderen Zeit an einem anderen Ort auch so gut verstehen würden? Oder ob das einfach an der Stimmung hier in Südschweden gelegen hatte? Sie wusste es nicht. Ihr war mehrmals der Gedanke gekommen, dass es eigentlich ungehörig gewesen war, so viel Zeit mit ihm zu verbringen. Gleichzeitig hatte eine Stimme in ihr gefragt: Warum? Es gab schließlich keine auferlegte Trauerzeit nach Trennungen. Außerdem hatte sie ja auch kein Interesse an Stefan als Mann. Also, das glaubte sie zumindest. Sie schüttelte kurz den Kopf und lehnte sich auf Möppis Sitz zurück. Sie war selbst ein bisschen verwirrt über ihre Gefühle, denn ganz leise hatte sich doch so etwas wie ein Flirt eingeschlichen. Er war ja auch ein attraktiver Mann. Eigentlich so gar nicht ihr Typ, aber das war Möppi bis vor vierzehn Tagen auch nicht gewesen. Sie musste schmunzeln und tätschelte dem Wohnmobil das Lenkrad. Es hatte sich einfach gut angefühlt. Nicht mehr, nicht weniger. Jetzt musste sie erst mal auf dieses Schiff – danach konnte sie weitergrübeln.

Die zwanzigminütige Überfahrt nach Helsingør war schnell geschafft. Heike erhaschte sogar noch einen Blick auf das Schloss, welches vor dem Hafen auf einer Art Insel lag. Dann ging es schon wieder weiter und von dem Schiff hinunter. Stefan hatte recht gehabt, das Auffahren auf die Fähre war gar nicht so schwierig gewesen, wie sie sich das ausgemalt hatte, und runter lief es ebenso glatt.

Nach dem Städtchen ging es recht flott auf die Autobahn, die sie direkt nach Rødby bringen würde. Heike stellte sich auf zweihundert langweilige Kilometer ein, drehte das Radio lauter und griff nach einer Banane. Dänemark zeigte sich, wie schon zuvor, von der eher eintönigen Seite. Felder, Äcker, Weiden, mal ein Dorf, dahinter wieder Felder und Äcker.

Sie kam am frühen Nachmittag in Rødby am Hafen an. Dort war es nicht ganz so voll, und sie bekam gleich einen Platz auf dem nächsten Schiff. Da die Überfahrt hier etwas länger dauerte, verließ sie den Wagen und stieg auf das Aussichtsdeck der Fähre. Es war windig an

Deck, und die Möwen, die das Schiff begleiteten, mussten sich anstrengen, mitzuhalten. Tief unter ihr schlug das grünliche Wasser der Ostsee gegen die Seiten des Schiffes. Heike wurde bei dem Anblick etwas schummerig, schnell sah sie wieder zum Horizont. Es kam ihr vor, als wäre sie viel länger unterwegs gewesen als gerade mal vierzehn Tage. Wie schnell man sich doch veränderte. In Hamburg hatte sie tatsächlich in einer Blase gelebt. Sie hatte Angst davor, dass diese Blase sie in den nächsten Tagen wieder verschlucken könnte. Und was erwartete sie überhaupt? Wie lange würde Jochen diesmal bleiben, bevor er ganz nach Mallorca zog? Und sie? Sollte sie in Hamburg bleiben? Sich um eine Wohnung bemühen? Gar das Haus schon ausräumen?

All das schien ihr so fern, und am liebsten wollte sie damit überhaupt nichts zu tun haben. In den letzten zwei Wochen hatte sie im Grunde nichts vermisst. Ab und an hatte sie darüber nachgegrübelt, was sie aus dem Haus behalten wollte, doch ihr fiel nichts ein. Egal, welches Möbelstück, es würden immer Erinnerungen an ihre gescheiterte Ehe daran haften.

Insgeheim wünschte sie sich einen kompletten Neuanfang. Doch das wäre sicher teuer, und sie verspürte keine Lust, all ihr Erspartes dafür auszugeben, sich neu einzurichten. Die Zeit mit Möppi hatte ihr bewusst gemacht, wie wenig sie im Grunde brauchte, um zufrieden zu sein. Ein Bett, eine Sitzgelegenheit, ein Bad. Und die Kaffeemaschine. Heike schmunzelte in sich hinein. Ihre Kaffeemaschine würde sie wohl an jeden Ort mitnehmen. Aber selbst ein winziges Apartment würde in Hamburg eine ganze Menge kosten. Vielleicht warf das Haus ja so viel Geld ab, das sie sich eine kleine Wohnung kaufen konnte. Bis zum Lebensende Miete zu zahlen war doch rausgeworfenes Geld, und sie hatte ja noch nicht mal einen Job. Sie seufzte tief. Wenn sie ehrlich war, wusste sie einfach nicht, was sie zukünftig machen und wie sie leben wollte. Ihr Kopf weigerte sich, sich lang genug damit zu beschäftigen, dass sie zu einem Ergebnis kam. Es war wie verhext. Da war nichts, absolute Leere, wie ein schwarzes Loch.

Dann dachte sie ans Reisen, und schon ratterte es wieder in ihrem Kopf, wohin und wie. Sie stellte fest, dass sie sich auf die Tour durch Frankreich regelrecht freute. Doch sie würde Möppi in nicht allzu ferner Zukunft wieder abgeben müssen. Und wenn sie dann nicht mit ihrem Köfferchen auf der Straße stehen wollte, musste ein Plan her.

»Später«, sagte ihr Kopf sogleich wieder. Noch sind es ja ein paar Wochen. Wenn sich bei Gabi nichts verändert hatte, konnte sie Möppi mindestens den ganzen Juli über fahren. Bei dem Gedanken hellte sich ihre Stimmung wieder auf. Und sie würde vielleicht auch Stefan noch einmal treffen können. Er hatte ihr heute wirklich gefehlt.

Von Puttgarden aus fuhr Heike über Fehmarn. Sollte sie auf der Insel über Nacht bleiben oder lieber rüber auf das Festland fahren? Bei einem Parkplatzschild bog sie von der Straße ab. Stefan hatte ihr doch auch von diesen Stellplätzen erzählt. Ob sie das einfach mal ausprobierte?

230

Sie nahm ihr Telefon und gab in die Suche das Wort Wohnmobilstellplatz ein. Kurz darauf wurde ihr einer angezeigt, der gar nicht weit entfernt war. Also beschloss sie, die Nacht dort zu verbringen.

Sie folgte der Route zu der angegebenen Stelle und fand einen großen Parkplatz vor. An dessen Ende waren einige Plätze für Wohnmobile ausgewiesen. Zwei standen dort bereits. Allerdings gab es auch ein Schild, das darauf hinwies, dass eine Gebühr fällig war.

Heike parkte Möppi und suchte den Automaten, der ihr ein Parkticket ausspucken sollte. Zehn Euro für eine Übernachtung ohne alles fand sie schon ganz schön teuer. Aber das waren wohl die üblichen Gebühren, um an Touristen zu verdienen. Immerhin lag der Parkplatz ganz nett an einer Bucht, in der sich ein Jachthafen befand. Auf der anderen Seite ragten Hotelbauten in die Höhe, und Schilder wiesen zum Strand. Neugierig war sie schon, also zog sie sich eine dünne Jacke über und machte sich auf zu einer Erkundungstour. Zwischen einigen Gebäuden fand sie den Zugang zum Strand und musste dort erst mal den Kopf schütteln. Der Streifen Sand war schön breit, sauber und hell, die Ostsee rauschte leise – aber so weit sie gucken konnte, war alles voller Strandkörbe. Dieser wohlgeordnete deutsche Urlaubstraum stand in solch einem Gegensatz zu dem wilden Naturstrand, über den sie noch vorgestern gewandert war, dass es sie fast schmerzte. Sie war eindeutig nicht für Strandkörbe und Bettenburgen gemacht. Dennoch schlängelte sie sich bis zum Wasser und wanderte ein ganzes Stück am Strand entlang. Der Himmel war bedeckt, und es ging immer noch ein frischer Wind, daher waren nicht viele Menschen unterwegs. Sie umrundete die Landzunge einmal und kam dann auf eine Promenade, die am Hafen vorbei zurück zu dem Parkplatz führte. Der Anblick der vielen kleinen Boote, die an den Stegen lagen, entschädigte sie ein wenig für den vollgestellten Strand. Dennoch wollte sie gar nicht wissen, wie viel Betrieb in der Hauptsaison hier wohl wäre.

Zurück im Wohnmobil, bereitete sie sich ein kaltes Abendbrot zu. Sie hatte auf dem Campingplatz in Mölle noch Brot, Butter, etwas Käse und eine kleine Gurke gekauft. All dies drapierte sie jetzt hübsch auf einem Teller und setzte sich an den Tisch. Es war Zeit, den heutigen Tagesbericht zu schreiben.

Heike rief ihren Blog auf und wunderte sich gleich über einen eingeblendeten Hinweis: »Sie haben neue Kommentare.«

»Oh!« Heike zog den Laptop näher heran. Sie hatte gar nicht gewusst, dass Fremde auf ihre Beiträge reagieren konnten.

Eine Hollymaus45 hatte unter ihrem Bericht über die Erlebnisse in Dänemark kommentiert: »Da war ich auch schon, sehr schön da, weiterhin gute Reise und haha – lustig geschrieben!«

Heike hatte wahrheitsgetreu über die großen Wohnmobile und die netten Kontakte berichtet, natürlich ohne Namen oder genauere Details zu nennen. Ein kleiner Zähler sagte ihr, dass sich schon über fünfzig Leute die Seite angesehen hatten. »Wow.« Sie war verblüfft.

Ein User mit dem Namen DerKleineGelbeBus hatte

unter ihren Bericht zu ihrem Aufenthalt bei Mölle einen Smiley gepostet und geschrieben: »Hast du nicht etwas vergessen?«

Heike musste lachen. Das war sicher Stefan, und ja, sie hatte den Teil mit dem Fäkalientank wohlweislich ausgelassen.

Gustav55 schrieb: »Die Natur ist dort beeindruckend, schöne Bilder. Weiterhin gute Fahrt.«

Als Letztes hatte Anja007 einen Kommentar hinterlassen: »Schöner Reiseblog. Ich hoffe, noch mehr von dir zu lesen. Ich selbst kann leider nicht reisen, daher lese ich sehr gerne die Geschichten von anderen.«

Heike freute sich über die Reaktionen. Sie hatte gar nicht damit gerechnet, dass überhaupt jemand außerhalb ihres Bekanntenkreises diesen Blog fand, ihn dann auch noch las und mit einem netten Kommentar versah.

Motiviert biss sie in ihr Käsebrot und tippte die ersten Sätze über den heutigen Tag in den Computer. Von engen Fähren, weitem Land und einem Parkplatz ohne Aussicht.

Kapitel 21

Von Fehmarn nach Hamburg

Heike wurde früh geweckt, obwohl es ein Sonntag war. Autotüren klapperten, und als das Wohnmobil neben ihr gestartet wurde, erschrak sie, da es unheimlich laut war. Verschlafen versuchte sie, noch ein paar Minuten Ruhe zu bekommen, doch es war vergebens. Dass sie nicht auf einem Campingplatz stand, sondern auf einem öffentlichen Parkplatz, war deutlich zu spüren.

Leicht genervt stand sie auf und stellte die Kaffeemaschine an oder versuchte es zumindest, aber das Gerät gab keinen Mucks von sich. Siedend heiß fiel ihr ein, dass sie die Stromversorgung umstellen musste. Kaum war der Schalter in der richtigen Position, gab die Kaffeemaschine ein leises Blubbern von sich. Heike atmete erleichtert aus. Ein schlechter Start in den Tag war nicht schön, aber ein Tag ohne morgendlichen Kaffee wäre ein Albtraum gewesen.

Eine halbe Stunde später lenkte sie Möppi von der unfreundlichen Betonwüste zurück auf die Straße. Parkplätze würde sie zukünftig nur noch im Notfall ansteuern. Ein Campingplatz war auch nicht viel teurer, aber dafür hatte man dort seine Ruhe und einen gewissen

Komfort. Die schnelle Katzenwäsche in Möppis Nasszelle hatte ihre Stimmung nicht gerade verbessert. Vielleicht lag ihre üble Laune aber auch an ihrem Ziel. Heike
griff nach einer Packung Kekse, heute reichten ihr die
Bananen nicht. In zwei Stunden würde sie wieder zu
Hause sein, und davor graute ihr.

Die Hansestadt begrüßte Heike mit grauen Wolken und
leichtem Regen. Es war halb elf, als sie Möppi vor ihrem
Haus parkte. Heike sah zur Eingangstür. Ihr kam plötzlich alles sehr fremd vor. Hatte sie wirklich über zwanzig
Jahre in diesem Haus gelebt?

Bei den Nachbarn regte sich etwas, Doris trat vor die
Haustür und winkte. Heike winkte unmotiviert zurück,
versuchte aber, sich ein Lächeln abzuringen. Dann stieg
sie aus. Im Innern von Möppi war es warm gewesen,
draußen auf der Straße erfasste sie ein kühler Wind.

Doris kam ihr ein paar Schritte entgegen. »Schön, dass
du wieder gut angekommen bist. Hatte ich doch richtig
gehört, dass ein Auto vorgefahren ist. Bei euch drüben ist
alles klar. Hier, dein Schlüssel.«

»Lieben Dank, Doris.« Heike nahm den Schlüssel entgegen.

»Wie geht es Jenny und dem Kleinen? Hattest du eine
gute Fahrt? War das Wetter schön? Und wolltest du nicht
länger bleiben?« Doris sah sie auffordernd an.

Heike hatte wenig Lust, sich mit ihrer Nachbarin zu
unterhalten. »Es geht ihnen gut. Wetter war auch super.
Du, ich bin total müde, ich hatte eine kurze Nacht. Ich
möchte mich erst mal frisch machen.«

235

»Hach ja, das ist bestimmt schön, wieder im eigenen Bett zu schlafen, nach so einer Reise.« Doris sah zu Möppi, als wäre er ein Ufo.

»Ich melde mich später bei euch, okay? Ich muss jetzt erst mal rein.« Heike lächelte und machte sich dann hastig auf den Weg zur Tür.

Im Haus war es still, erdrückend still, und die Luft stand förmlich. Als wenn es den Atem angehalten hatte. Heike fühlte in sich hinein. Nein, da war keine Freude, ein Gefühl des Nach-Hause-Kommens. Eher eine leichte Übelkeit, die in ihr aufstieg. Sie stand in ihrem Wohnzimmer und hatte keinen blassen Schimmer, was sie hier eigentlich sollte. Alles, was sie brauchte, war draußen in Möppi. Heike machte auf dem Absatz kehrt, verschloss die Haustür und ging zurück zum Wohnmobil. Wieder hinter dem Steuer sitzend, schluchzte sie ein paar Mal. Dann griff sie nach ihrem Telefon.

»Gabi? Ich … ich bin wieder in Hamburg. Kann ich zu dir kommen?«

»Also, ich kann das total verstehen, dass du es in dem Haus nicht mehr aushältst.« Gabi nickte und schenkte ihnen einen Kaffee ein.

Heike fühlte sich wie ein Häufchen Elend und saß zusammengesunken an Gabis Küchentisch.

»Du kannst gerne ein paar Tage hier bei mir schlafen. Wolltest du nicht sowieso weiter zu Kai? Du musst ja nicht zwingend in eurem Haus übernachten. Vor allem nicht, wenn Jochen morgen wiederkommt.«

Heike nickte dankbar. »Das wäre total lieb. Ich kann da

echt nicht mehr reingehen, es ist … es ist so merkwürdig. Vielleicht stelle ich mich ja auch an, aber das ist nicht mehr mein Haus.«

»Na ja, du wirst aber das ein oder andere Mal da sicher noch hinmüssen.«

»Ja, aber ich werde keine Nacht mehr dort verbringen. Lieber schlafe ich auf der Straße.«

»Dann bleib mal lieber bei mir, mein Gästezimmer ist ja frei. Und nun fang dich wieder, deine Reiseberichte lesen sich so schön. Hat es Spaß gemacht? Ich hatte den Eindruck, du warst glücklich.«

Heike lächelte traurig. »Es war wunderschön, und bis vorhin war ich auch noch glücklich.«

»Na dann, Kopf hoch, Heike. Du kannst bald weiterfahren.« Gabi lächelte sie aufmunternd an. »Mein Knie ist übrigens schon viel besser. Möppi brauche ich Anfang August wieder. Ich habe schon zugesagt, dass ich wieder im Orchester mitspiele.«

»Kein Problem. Ich bringe ihn dir pünktlich zurück. Er … er ist wirklich ein guter Reisepartner.«

»Hab ich's nicht gesagt?« Gabi nickte stolz. »Apropos – wer war denn der geheimnisvolle Fremdenführer da in Schweden?« Jetzt grinste Gabi.

»Stefan?« Heike musste nun auch lächeln. »Den habe ich auf dem Campingplatz kennengelernt, netter Typ.«

»Nett? Oder mehr als nett?«

»Gabi …« Heike hob hilflos die Hände. »Ich habe ihn kennengelernt, als ich mir fast den Inhalt des Fäkalientanks über die Füße gekippt habe. Er hat mir ein bisschen die Gegend gezeigt und …«

»Zeig mal dein Telefon.«

»Mein Telefon?«

»Ja, zeig mal.«

Gabi nahm Heikes Handy und sah auf die Nachrichtenliste. »Da hast du es – ich stehe nur noch an zweiter Stelle, und wer ist ganz oben? Ein Stefan!«

»Ach, gib her.« Heike streckte Gabi blitzschnell die Zunge raus. »Du bist doof, ich habe ihm nur geschrieben, dass ich gut in Hamburg angekommen bin.«

»Hast du ihm auch geschrieben, dass du beim Betreten deines alten Hauses fast einen Nervenzusammenbruch hattest?«

»Nein. So … so dicke sind wir jetzt auch noch nicht miteinander. Und jetzt hör auf, so zweideutig zu grinsen. Ja, er ist nett, und ja, er sieht ziemlich gut aus. Vom Alter käme es hin. Aber er lebt in einem Campingbus und ist fast das ganze Jahr unterwegs.« Heike hob hilflos die Hände.

»Aha …«

»Was – aha?«

»Na, passt doch super. Jetzt seid ihr schon zwei mit Fernweh. Dich hat das mit dem Reisen ja wohl auch voll erwischt – und mit dem anderen, glaube ich, auch.«

Den Nachmittag verbrachte Heike damit, ihre Wäsche bei Gabi zu waschen und Möppi zu putzen. Er hatte reichlich Ostseesand in den Ritzen und Straßenstaub auf den Scheiben. Vielleicht war es falsch, dachte Heike bei sich, dass sie sich mehr mit dem Wohnmobil beschäftigte als mit ihrem Leben, aber Möppi beruhigte sie.

Am Abend bestellte Gabi Pizza und ordentlich Wein

dazu. Heike hatte ihr Stimmungstief vom Morgen inzwischen verdaut und erzählte ihrer Freundin von ihren Erlebnissen. Gabi hörte geduldig zu, gab hier und da einen Kommentar ab und lachte einige Male herzhaft. Besonders, als Heike ihr schilderte, wie sie Stefan nun wirklich kennengelernt hatte.

»Ja, das doofe, kleine gelbe Ventil zum Entlüften.« Gabi wischte sich die Tränen aus den Augen.

Als es spät wurde, kuschelte sich Heike in Gabis Gästebett. Am liebsten wäre sie nach draußen geschlichen, um in Möppi zu schlafen, aber ein, zwei oder auch drei Nächte würde sie es hier schon aushalten. Sie vermisste die Geräusche der Natur, die man im Wohnmobil viel deutlicher wahrnahm. Anstelle von Vögeln und dem Rauschen der Blätter hörte sie jetzt nur das Brummen vorbeifahrender Autos draußen auf der Straße.

Das Klingeln ihres Handys riss Heike unsanft aus ihren Träumen. Der Wein hatte ganze Arbeit geleistet, und sie fühlte sich wie ein Stein. »Oh Mann, ja, was ...?« Sie musste sich erst mal orientieren, und dabei wischte sie aus Versehen das Telefon vom Nachttisch. »Mist!« Sie konnte gar nicht klar sehen. Sie tastete den Boden ab und fand ihr Handy schließlich halb unter dem Bett. »Ja, hallo?«

»Heike?« Jochens Stimme traf knallhart auf ihr Trommelfell. »Wo zum Henker bist du? Ich stehe hier zu Hause, und du bist nicht da? Doris hat gesagt, du wärst wieder weggefahren?«

»Ich ... Boah, Jochen, warum bist du denn schon da?«

»Heike, es ist zwölf Uhr! Ich habe dir geschrieben, ich bin gegen Mittag in Hamburg.«

»Zwölf?« Heike setzte sich ruckartig auf, dabei wurde ihr speiübel. »Ich habe verschlafen.«

»Verschlafen? Wo bist du denn?«

»Ich bin bei Gabi, wir haben gestern Abend Wein getrunken und …« Sie hielt sich die Stirn. »Ich komme, so schnell ich kann, Jochen. Tut mir leid.«

»Ich muss nachher noch zu Hollenberger.«

»Ja, ich bin ja schon auf dem Weg!« Heike drückte das Gespräch wütend weg. Ihr war immer noch übel. Sie machte ein unschickliches Bäuerchen, danach ging es ihr gleich besser.

»Verdammt.« Mühselig kletterte sie aus dem Gästebett und klaubte ihre Sachen zusammen, die sie in der Nacht über einen Stuhl geworfen hatte.

Sie hörte ein Klimpern, Gabi war also schon wach. Heike wankte vom Gästezimmer in die Küche. Ihrer Freundin schien es nicht so schlecht zu gehen wie ihr, sie grinste und hielt ihr einen Kaffee hin.

»Moin, du siehst kacke aus.«

»Danke, hab dich auch lieb. Was war denn mit dem Wein, war der schlecht oder so? Ich fühle mich miserabel.«

»Der war nur billig. Lecker, aber billig.«

»Jochen hat gerade angerufen. Er ist schon zu Hause und war sauer, dass ich nicht da war.«

»Pfff, was will der denn. Wollte der nicht sowieso länger bleiben? Egal, du hast ja wohl keine Verpflichtung mehr, da zu sitzen und auf ihn zu warten.«

»Ich geh mal kurz ins Bad, dann fahre ich dahin. Kann ... kann ich mein Auto nehmen?«

»Klar, steht auf dem Parkstreifen auf der anderen Straßenseite. Ich ...« Sie deutete auf ihr Knie. »Ich sollte zwar offiziell noch nicht fahren, aber Frau Heger von nebenan hat dauernd die falschen Sachen eingekauft.«

»Das tut mir leid«, sagte Heike und spürte einen Anflug von schlechtem Gewissen.

»Muss es nicht! Du hast genug am Hals mit Jochen.«

Heike glaubte nicht so recht, dass sie schon fahrtauglich war, steuerte aber wenig später ihren Kombi zu ihrem Haus. Zumindest war der Umstieg von Möppi auf einen normalen Pkw ein Klacks, und der Wagen kannte den Weg ja fast von alleine. Sie parkte hinter Jochens Sportwagen, der unter dem Carport stand, als wäre er nie fort gewesen, und ignorierte, dass an Doris' Fenster schon wieder eine Gardine verdächtig wackelte. Auf dem Weg zur Haustür zupfte sie ihre Haare zurecht und rieb sich einmal schnell über die Wangen. Sie sah wahrscheinlich aus wie die letzte Schnapsleiche.

»Jochen! Jochen? Ich bin da«, rief sie, als sie in den Flur kam, und versuchte damit, dem aufkommenden Panikgefühl keinen Raum zu geben. Heute erschlug sie das bedrückende Gefühl auch nicht sofort.

»Bin hier«, erklang es aus dem Wohnzimmer.

Heike ging in die Küche und stellte wie früher ihre Handtasche auf die Arbeitsplatte. Trotzdem fühlte sich das Haus fremd an.

»Hey.« Jochen stand an der Terrassentür und drehte

sich jetzt zu ihr um. Er war braun gebrannt, seine Haare wirkten kürzer und schwärzer als noch vor drei Wochen, und seine leichte Leinenhose und das Sommerjackett passten wohl eher zu Mallorca als zu einem nur mäßig warmen Tag in Hamburg.

»Hi, tut mir echt leid. Ich hab total verschlafen.« Heike hob entschuldigend die Hände.

»Na, macht ja nichts. Siehst gut aus. War es schön in Schweden?«

»Ja, es war super. Hast du schon mit Jenny gesprochen?«

»Sie hat mich angerufen. War erst etwas schwierig. Sie hat geweint. Dass ihr das so nahegeht …«

»Jochen, wir sind ihre Eltern.«

»Ich weiß … Ich habe es ihr dann auch noch mal erklärt, und ich glaube, sie wird es verstehen. Sie ist doch erwachsen.«

»Hat sie dir noch was erzählt?« Heike war sich nicht sicher, ob ihre Tochter Jochen verraten hatte, dass sie wieder ein Kind erwartete.

»Ja, sie hat gesagt, dass sie wieder schwanger ist. Schön. Freut mich für die beiden.« Jochens Gesichtsausdruck spiegelte nichts von der Freude, die Heike angesichts der Neuigkeit empfand. Sie biss sich auf die Lippe. Es hatte sich nichts verändert. Dass er noch einmal Großvater werden würde, schien ihn nicht sonderlich zu begeistern. Wahrscheinlich machten sich gleich zwei Enkel auch nicht so gut in seinem Konzept von einem neuen Ich.

Er rieb sich verlegen die Hände. »Ja, also … Ich habe die Wohnung von Krause auf Mallorca bezogen. Hast du dir denn schon Gedanken gemacht wegen ...« Er machte eine Geste, die das Haus umfasste.

»Ich möchte auf jeden Fall nicht hier alleine wohnen.« Heike bemühte sich um einen sachlichen Ton. »Wir sollten das Haus verkaufen, wie du schon gesagt hast.«

»Ja, gut. Dann würde ich das in die Wege leiten. Einen Makler beauftragen und so.«

»Wird wohl das Beste sein.«

»Und was machen wir mit dem ganzen Zeug? Den Möbeln und so?« Er sah sich mit hochgezogenen Brauen um.

Heike schüttelte den Kopf. »Ich werde nichts davon mitnehmen.«

Jetzt sah er sie verwirrt an. »Aber du musst dich doch, wo auch immer du hinziehst, ein bisschen einrichten?«

»Ich werde nur ein bisschen Kleinkram mitnehmen, etwas Wäsche und so ... Keine der großen Möbel. Ich kann das nicht, da hängen überall so viele Erinnerungen dran. Wenn, dann möchte ich einen klaren Schlussstrich ziehen.« Heike musste nach dem Satz schlucken, fühlte sich aber immer noch gefasst.

»Ja gut, das kann ich verstehen. Dann ... dann werden wir das Haus ausräumen lassen, wenn es so weit ist. Oder möchtest du ... Ich weiß ja nicht.«

Heike hob die Hände. »Ich werde hier sicher nicht noch die Möbel raustragen und entsorgen. Es wäre gut, wenn wir das in Auftrag geben würden.«

Jochen sah sich kurz um und nickte dann. »Gut. Ich muss mit dem Makler besprechen, ob er das Haus lieber leer oder möbliert anbieten will oder ob wir noch etwas renovieren lassen müssen. Ich habe da jetzt auch keine Ahnung, wie so was abläuft.«

»Ich kann mich da nicht drum kümmern, ich muss ja noch zu Kai fahren.«

»Ach ja. Na gut, bis nach Köln ist es ja nicht weit, da bist du ja schnell wieder hier.«

»Hm, Jochen, Kai ist nicht mehr in Köln.«

»Was?« Jochen sah Heike verdattert an.

»Er hat eine Studienpause eingelegt und ist gerade in Frankreich.«

»Frankreich? Ja, was denkt der sich denn?«

Heike hob beschwichtigend die Hände. »Ich kläre das, halte dich da erst mal raus, bitte.«

»Raushalten? Er ist mein Sohn!«

»Ja, und Jenny ist deine Tochter, und bei der hast du mir ja auch die glorreiche Aufgabe überlassen, ihr zu berichten, was bei uns los ist. Also bitte, lass Kai in Ruhe, bis ich bei ihm war.«

Jochen verzog das Gesicht, hob dann aber die Hände. »Okay, okay.«

»Ich werde mit Gabis Wohnmobil runterfahren. Sie braucht es erst in ungefähr vier Wochen zurück. Kann also gut sein, dass ich mir ein bisschen Zeit lassen werde.«

»Dass du neuerdings so auf Camping stehst ...« Er schüttelte den Kopf.

»Ich bin nicht diejenige, die mit dieser Lebensveränderungsnummer angefangen hat. Aber ja, es macht mir Spaß. Ich könnte mich daran gewöhnen.«

»Mach das, wie du willst. Also sagen wir, dass wir uns Anfang August wiedertreffen. Bis dahin habe ich einen

Makler und weiß, wie wir das hier regeln. Du kannst dir solange ja noch überlegen, ob du nicht doch etwas mitnehmen möchtest. Willst du nicht auch mal nach einer Wohnung gucken oder so? Also, Miete ist kein Problem, ich strecke dir auch gerne was vor.«

Heike schüttelte den Kopf. »Danke, sehr gütig. Aber ich komme schon klar. Vielleicht ziehe ich erst mal für eine Weile bei Gabi ein.«

»Du? Bei Gabi? Na, das kann ja was werden ...«

»Jochen – ich wäre dir dankbar, wenn du dich aus meinem Leben jetzt raushalten würdest. Ich kann machen, was ich will.«

»Du ... Ich habe nichts gesagt.«

Heike spürte, dass sie kurz davor waren, sich gegenseitig anzufahren. Beschwichtigend hob sie die Hände. »Ist dann so weit erst mal alles geklärt? Ich würde Doris wieder den Schlüssel geben, du wirst ja sicher auch nicht hierbleiben, oder?«

»Nein, ich habe ein Hotelzimmer.«

Heike lachte innerlich. Der gnädige Herr mochte also auch nicht mehr in seinem alten Zuhause schlafen. »Ich werde Doris dann aber auch sagen, was los ist. Wenn demnächst hier vielleicht ein Makler mit fremden Leuten rumläuft, sollte sie das wissen.«

Jochen nickte bestätigend. »Dann fahre ich jetzt mal weiter zu Hollenberger. Du kannst mich jederzeit anrufen, wenn was ist. Und melde dich bitte wegen Kai. Ich möchte wissen, was da los ist, wegen seinem Studium und so.« Jochen schien es plötzlich eilig zu haben. Vielleicht war das alles jetzt auch für ihn ein bisschen viel.

Heike verspürte eine gewisse Genugtuung und war erleichtert, dass er das weitere Prozedere mit dem Makler übernehmen würde.

Vor dem Haus sah er sie noch mal an. »Tut mir leid Heike, ich ...«

Heike hob die Hand. Sie wollte keine Entschuldigungen mehr hören.

Er ließ die Schultern sinken und deutete auf die Autos. »Du müsstet bitte deinen Wagen kurz wegfahren.«

»Ihr habt euch getrennt?« Doris fiel aus allen Wolken. »Ja ... aber ... ich meine ...«

»Doris, es ist so, wie es ist, und ich wollte euch darüber einfach informieren, denn ...« Jetzt kam der nächste Paukenschlag. »Wir werden das Haus verkaufen.«

Doris schnappte entsetzt nach Luft. »Was? Das kommt jetzt aber alles so plötzlich, habt ihr ... wollt ihr euch das nicht noch mal ... überlegen? Ralf ... sag du doch auch mal was.« Doris warf ihrem Mann einen vorwurfsvollen Blick zu.

»Schade«, kommentierte Ralf auf seine eher trockene Art. »Wehe, da kommen so Südländer rein in das Haus. Könnt ihr da bitte drauf achten? Nicht, dass die noch Ziegen halten im Garten oder so.«

»Also, Ralf.« Doris schnaubte. »Das ist doch jetzt erst mal ganz egal. Aber Heike ... ihr ... was willst du denn jetzt machen? Gott, die Kinder ...«

»Doris, meine Kinder sind erwachsen und werden es überleben. Ich auch. Jochen und ich haben uns in Frieden getrennt. Unsere Ehe klappt einfach nicht mehr.

Sonst gibt es dazu nichts zu sagen. Ich werde jetzt noch Kai besuchen, das bin ich ihm schuldig, wo ich schon bei Jenny war. Und euch wäre ich sehr dankbar, wenn ihr euch drüben noch einmal für zwei, drei Wochen um das Nötigste kümmern könntet. Wenn irgendetwas ist, ruft bitte Jochen an. Er übernimmt jetzt alles, was das Haus betrifft. Ich komme auch noch mal wieder her, wir müssen ja ein bisschen ausräumen und so. Aber leider werdet ihr euch daran gewöhnen müssen, dass wir jetzt nicht mehr eure Nachbarn sind.«

Doris schnäuzte in ein Taschentuch. »Ach, das ist so traurig, und alles so plötzlich ...«

»Doris, alles wird gut.« Heike nickte ihrer Nachbarin aufmunternd zu. »Ich muss jetzt leider los. Der Schlüssel ist hier, und wie gesagt, wenn etwas ist: Jochen.«

Heike sputete sich, zum Auto zu kommen. Dabei musste sie sich ein Lachen verkneifen. Natürlich war es auch traurig, doch diese Phase hatte sie selbst inzwischen hinter sich. Sie fühlte sich befreit. Und sie würde ab sofort ganz offiziell von ihrem Ex-Mann sprechen, ihrem Ex-Haus und Ex-Nachbarn, vielleicht sogar eines Tages von Hamburg als ihrer Ex-Stadt? Wer wusste das schon – sie war jetzt frei!

Kapitel 22

»Gabi, ich zieh bei dir ein. Ist das ein Problem?« Heike ließ sich wie schon so oft auf Gabis Küchenstuhl plumpsen. Ihre Freundin stand am Kühlschrank und suchte irgendetwas.

»Hm, ne – was?« Verblüfft schaute sie an der Kühlschranktür vorbei zu Heike.

»Na, ich zieh hier ein. Also nicht für immer. Aber ich dachte, ich könnte hier erst mal meinen Wohnsitz anmelden und vielleicht auch dein Gästezimmer benutzen, wenn dir das recht ist. Dann könnte ich alles in Ruhe regeln und müsste mir nicht auf Biegen und Brechen etwas Neues suchen. Wenn ich von Kai wiederkomme, sitzt du ja sowieso schon in den Startlöchern.«

Gabi sah Heike an und lachte los. »Bitte, fühl dich wie zu Hause, aber Finger weg von meinen Puddings und keine Männerbesuche.«

»Ha, ha witzig.« Heike griente.

»Wie war es mit Jochen?«

»Er will sich Gott sei Dank um alles kümmern, was das Haus betrifft. Also Makler und Verkauf, das Ausräumen dann auch.«

»Das wird er ja wohl kaum selbst machen, oder?« Gabi setzte sich wieder zu Heike an den Tisch.

»Ne, aber eine Firma suchen, die das erledigt. Du, ich habe keine Lust, die Leichen meines alten Lebens aus dem Haus zu tragen. Gott, das ist so schrecklich, die ganzen Erinnerungen. Ich werde nur das Nötigste mitnehmen, und dann schauen wir mal.«

»Kann ich verstehen. Vielleicht solltest du dir am besten einen Anwalt suchen?«

»Meinst du, ich brauche einen?«

»Na, wegen der Scheidung und so.« Gabi zuckte mit den Schultern. »Ich weiß nicht. Das hört man ja überall, dass man unter Umständen einen braucht.«

Heike legte den Kopf schief. »Ich glaube, damit warte ich noch. Bisher ist Jochen ja ganz pflegeleicht. Wir streiten auch nicht. Noch nicht ...«

Gabi lüpfte die Augenbrauen. »Dein Wort in Gottes Ohr.« Einen Augenblick schwieg sie, dann schlug sie leicht mit der flachen Hand auf den Tisch. »Na, und jetzt? Wie geht es weiter?«

Heike lehnte sich zurück und streckte kurz den Kopf in den Nacken. Dann sah sie auf. »Ich glaube, ich muss mir noch ein paar Sommersachen kaufen. In Frankreich ist es sicher wärmer als hier. Dann tanke ich Möppi voll, und weiter geht's. Das mit Kai will ich einfach hinter mich bringen. Ich habe dummerweise Jochen davon erzählt, dass Kai nicht mehr in Köln ist. Ich hoffe, er hält sich wie versprochen zurück, bis ich bei Kai war.« Sie schüttelte den Kopf. »Wieder mal so typisch ... Dass Jenny wieder schwanger ist, rührt ihn so gut wie gar nicht, aber dass der Herr Sohn augenscheinlich sein Studium hat sausen lassen, ist sofort ein Drama. Du hättest seinen Blick sehen sollen.«

»Reg dich nicht mehr über Jochen auf, Heike. Das lohnt nicht.«

Heike massierte sich die Schläfen. »Ja, du hast recht. Wie immer.«

Am Abend saßen die beiden Freundinnen wieder zusammen, diesmal bei »Wasser und Brot«, wie Gabi gewitzelt hatte, als Anspielung auf Heikes Zustand am Morgen. Heike hatte einen Teller voll kleiner Schnittchen zubereitet, und anstatt in der Küche hatten sie es sich im Wohnzimmer gemütlich gemacht, wo der Fernseher nebenbei lief.

Heike saß mit ausgestreckten Beinen auf dem Sofa und hatte ihren Laptop auf den Oberschenkeln. Zwar gab es gerade keinen neuen Reisebericht zu tippen – das Intermezzo in Hamburg verbuchte sie einfach als Durchreise –, aber es tat sich dennoch einiges auf ihrem Blog. In den Kommentaren hatte Stefan – alias DerKleineGelbeBus – eine Unterhaltung mit einem Alex angefangen, und Anja007 hatte auch schon wieder einiges geschrieben.

Heike verfolgte die Kommentare. Dieser Alex hatte zuvor ihren Blog gelobt. Die Beiträge würden ihm sehr gut gefallen, und er könne sie sich problemlos von seinem PC vorlesen lassen. Stefan hatte daraufhin gefragt, warum sich Alex die Texte vorlesen ließ, woraufhin Alex erklärt hatte, dass er an einer starken Sehschwäche leide und daher nicht lesen könne. Auch war es ihm kaum möglich zu reisen, denn er war auf Hilfe angewiesen. Deswegen würde er so gerne Reiseblogs lesen. Anja007 hatte darauf reagiert und erzählt, dass es ihr ähnlich gehe, sie sei durch eine Krankheit selten in der Lage, irgendwohin zu fahren.

Stefan wiederum bedauerte dies. »Wo würdet ihr beide denn gern hinfahren?«, hatte er rundheraus gefragt.

Alex hatte sofort geantwortet. Dänemark wäre sein Traumziel, er würde so gern einmal mit einem Fuß in der Nord- und mit dem anderen in der Ostsee stehen, das könnte man ganz oben an der nördlichsten Spitze. Seine Mutter könnte aber nicht gut laufen, und überhaupt wäre das Geld knapp.

Die Antwort von Anja stand noch aus.

Heike knabberte an ihren Fingernägeln, etwas, das sie nur tat, wenn sie tief in Gedanken war. Die Schicksale rührten sie, auch wenn sie die beiden nicht kannte. Allein die Tatsache, dass Stefan und ihr das Reisen möglich war, anderen aber nicht, brachte sie zum Nachdenken.

Sie nahm ihr Telefon zur Hand und schrieb Stefan eine Nachricht. »Lese gerade die Beiträge im Blog.«

Stefan antwortete: »Ja, irgendwie traurig mit den beiden. Bei dir alles klar?«

»Bin noch in Hamburg. Werde wohl übermorgen wieder losfahren. Und bei dir?«

»Alles gut. Bin auch noch in Berlin. Etwas langweilig, weiß noch nicht, wohin und wann.«

Heike seufzte leise.

Gabi sah auf. »Alles klar?«

»Ja, ja.«

Heike wechselte von ihrem Blog zu einer Kartenansicht. Sie wollte sich schon mal eine Route für Frankreich überlegen. Der Gedanke, bald wieder loszufahren, bereitete ihr ein aufgeregtes Kribbeln.

Spät am Abend, als Heike im Gästebett lag, meldete ihr Telefon eine neue Nachricht. Es war Stefan. »Schläfst du schon?«

Heike lächelte das Telefon an. »Nein.«

»Kann ich dich anrufen?«

»Klar.«

Keine Sekunde später klingelte es. Heike nahm das Gespräch schnell an, damit Gabi nicht wach wurde.

»Hey.«

Stefans warme Stimme jagte ihr eine Gänsehaut über den Körper.

»Hey«, antwortete sie leise.

»Schön, deine Stimme zu hören, Heike.« Er sprach auch etwas leiser. »Weißt du, ich habe ein kleines Problem, seit wir die paar Tage in Schweden zusammen verbracht haben.«

»Problem? Was denn für ein Problem, Stefan?«

»Du fehlst mir. Ich fühle mich einsam ohne dich.«

Heike gab ein leises Prusten von sich. »Einsam?«

»Ja. All die Jahre vorher ist mir das nicht passiert. Aber jetzt … Ich möchte dich nicht bedrängen oder so. Ich möchte nur, dass du das weißt.« Er hörte sich nachdenklich an.

Heike war ganz gerührt von dieser Aufrichtigkeit. »Weißt du, Stefan, mir geht es ähnlich. Ich … ich kann im Augenblick nur nichts wirklich fassen, weil alles so schnell geht und sich gerade verändert. Ich denke aber ganz oft an dich und würde mich sehr freuen, wenn wir uns wiedersehen würden.«

»Das finde ich schön.«

Sie hörte, wie er bei diesen Worten lächelte. »Ich muss nur gerade noch etwas Orientierung finden und vor allem noch eine Kleinigkeit in der Familie regeln.«

»Du, verstehe ich. Wie gesagt, ich will dich auch nicht drängen. Ich wollte nur, dass du weißt, da ist jemand, der dich gerne wieder in seiner Nähe hätte.«

Heike kniff die Augen zusammen. »Wir sehen uns bald wieder, versprochen.«

»Und was mache ich solange?« Er gab ein leises, verzweifeltes Lachen von sich.

»Hey, du wolltest mich doch nicht unter Druck setzen.«

»'tschuldigung«

»Fahr doch mit dem Alex nach Dänemark. Der freut sich bestimmt«, meinte sie halb im Scherz.

»Mit wem?«

»Na, mit dem Alex aus dem Blog ... Mir taten die beiden echt leid. Weißt du, wir fahren mal kurz von hier nach da. Na ja, du weit mehr als ich. Aber andere ... Ich hatte bisher nie so ein Fernweh, doch jetzt schon. Ich kann verstehen, dass man dann traurig ist.«

»Hm?«

»War ein Scherz, dass du ihn mitnehmen solltest.« Heike deutete ein Lachen an.

»Ich finde die Idee gar nicht so abwegig. Ich denke mal drüber nach.«

»Dein Ernst?«, fragte Heike verwundert.

253

»Ich habe fast dreihundertfünfundsechzig Tage im Jahr einen leeren Beifahrersitz, das ist doch eigentlich Verschwendung. Und da ich auf dich ja noch etwas verzichten muss ...«

Heike hörte förmlich, wie er grinste

»... könnte ich doch mal etwas Neues ausprobieren.«

»Mach, wie du möchtest. Ich muss jetzt auf jeden Fall schlafen, ich hatte einen aufreibenden Tag.«

»Wie lange bist du in Frankreich unterwegs?«

»Ich denke, um die zwei Wochen. Mal gucken.«

»Wir sehen uns?«

»Ja, wir sehen uns bald.«

»Dann schlaf gut.«

»Du auch.«

Heike starrte noch eine ganze Weile in das dunkle Zimmer. Sie fühlte sich nicht von Stefan bedrängt, im Gegenteil.

Kapitel 23

Heike überlegte bei ihrem ersten Kaffee schon mal, wo sie wohl ein paar schicke, aber nicht zu teure Sommersachen kaufen könnte. Und ein paar neue Schlappen brauchte sie auch, am besten welche aus Gummi, denn mit den Korksandalen immer in die Waschhäuser zu laufen, war irgendwie nicht optimal. Bei ihrem Paar löste sich schon die ganze Sohle auf wegen der Feuchtigkeit. Sonnencreme sollte sie auch noch kaufen und dazu eine Sonnenbrille, nicht wegen des Aussehens, sondern weil sie damit besser Auto fahren konnte. Wie praktisch sie jetzt schon dachte! Sie musste über sich selbst lächeln.

Gabi saß ihr gegenüber und hatte ihr kleines Tablet auf dem Tisch liegen, sie füllte online ein Formular für die Krankenkasse aus. Ab und an schlürfte sie laut an ihrer Tasse, denn sie mochte keinen zu heißen Kaffee.

Irgendwann sah sie zu Heike herüber. »Also, wenn das auf deiner Internetseite so weitergeht, dann wirst du noch berühmt.«

»Hm? Wieso?«

Gabi zeigte Heike kurz den Bildschirm. »Da geht seit heute Morgen die Post ab. DerKleineGelbeBus, ist das eigentlich der Stefan? Der hat da eine richtige Welle losgetreten.«

255

»Auf meinem Blog? Ich dachte, du machst deine Kran-
kenkassensache.« Heike sprang auf, lief ins Wohnzimmer
und holte ihren Laptop. Was war da nur los? Ungeduldig
tippte sie mit den Fingern auf den Tisch, während das
Gerät hochfuhr.

Schnell rief sie ihre Seite auf. Dann brauchte sie erst
mal einige Zeit, um die ganzen Kommentare zu lesen.

»Das glaub ich jetzt nicht.« Sie lachte.

Gabi sah sie stirnrunzelnd an. »Die tippen sich ja alle
die Finger wund.«

Heike schüttelte den Kopf. »Also, ich und Stefan, wir
haben gestern Nacht noch telefoniert.«

»Ach, telefoniert? In der Nacht?«

»Ja, ja.« Heike grinste kurz. »Auf jeden Fall habe ich
ihm vorgeschlagen, dass er den Alex einfach mit nach
Dänemark nimmt. Stefan fühlt sich gerade etwas einsam.« Sie zog die Augenbrauen hoch und zwinkerte Gabi
zu. »Langer Rede kurzer Sinn.« Heike deutete auf ihren
Bildschirm. »Wie es aussieht, hat er Alex heute in der Tat
gefragt, ob dieser Lust hat, ein paar Tage mit ihm rumzu-
fahren. Und Alex freut sich gerade ein Loch in den
Bauch. Ich glaub's ja nicht, Stefan ist echt ein Knaller.«
Heike klatschte in die Hände.

»Alex ist derjenige, der nicht gut sehen kann, oder?«
Gabi wackelte mit dem Kopf. »Ich steige da gerade nicht
ganz durch. Aber wenn er es macht? Super! Find ich total nett von ihm.«

»Ja, und das Beste ist: Diese Geschichte hat wiederum ein Gummibaum95 gelesen und bietet einen Platz
in seinem Wohnmobil an für eine Fahrt nach Holland.

Aber ...« Heike hob gewichtig den Zeigefinger. »Nur für jemanden, der aus ganz speziellen Gründen halt sonst nicht reisen kann. Also so wie dieser Alex halt. Finde ich eine ganz tolle Geste. Jetzt werden es immer mehr, und sie unterhalten sich darüber, wer gerade wo ist, wer vielleicht Platz und wer Lust hätte, mitzufahren. Puh – das ist so ein Internetding, da kommt man kaum hinterher.«

»Forum?«, fragte Gabi

»Was meinst du?«

»Kannst du dem Blog ein Forum hinzufügen? Das wäre besser, als wenn alles über die Kommentarfunktion geht.«

Heike sah Gabi hilflos an »Ich habe kaum Ahnung von alldem.«

»Komm, wir gucken mal, das kann nicht so schwer sein. Für unsere Orchesterseite gibt es auch ein Forum.« Gabi stand auf, humpelte um den Tisch herum und setzte sich neben Heike. Die vergaß erst mal ihre Sonnenbrille. Ordnung in den Blog zu bringen war jetzt wichtiger.

Nach geschlagenen zwei Stunden hatten sie es geschafft, ein interaktives Forum einzurichten, wo die Leute sich anmelden konnten. Gabi reckte sich zufrieden.

»Guck, war doch gar nicht so schwer.«

Heike war immer noch ganz baff, was Stefan da losgetreten hatte. Eine weitere halbe Stunde später waren schon fünfzehn User im Forum angemeldet.

Der erste Beitrag war von Anja007. Heike rief ihn neugierig auf.

*Hallo, Forum, ich bin die Anja. Angeregt durch die
tolle Idee von Stefan, der den Alex ja jetzt eingeladen
hat, möchte ich mich einfach mal ganz mutig um einen
Beifahrerplatz in einem Camper bewerben. Ich bin
dreißig Jahre alt und komme aus Bochum. Seit zehn
Jahren leide ich an Multipler Sklerose. Dadurch
musste ich meinen Job in der Altenpflege aufgeben. Ich
lebe leider vom Amt und kann mir keine Reisen leisten, außerdem ist es gesundheitlich auch nicht ganz so
einfach. Momentan bin ich aber recht stabil und kann
kurze Strecken gut laufen. Ich brauche nur manchmal
etwas längere Pausen. Ich würde so gerne ein paar
Tage ins Warme und einmal ans Meer. Ich bin kultu-
rell interessiert, lese und stricke viel, rauche nicht und
trinke nur selten. Vielleicht fährt ja jemand demnächst
in den Süden und hätte Lust auf nette Gesellschaft?
Eure Anja*

Heike starrte auf den Bildschirm. Ihr kamen fast die Tränen. »Du, Gabi, hör mal …« Heike las den Beitrag noch
einmal laut vor.

Gabi schwieg einen Augenblick. Dann nickte sie »Na
los – lade sie ein!«

»Ich weiß nicht, ich kann doch nicht …«

»Heike, du konntest vor vier Wochen noch kein Wohnmobil fahren, geschweige denn irgendeine andere Entscheidung alleine treffen. Wenn dein Herz dir gerade
sagt, dass es richtig ist, dann mach es. Die paar Tage. Gesellschaft täte dir nach wie vor gut. Und wenn schon
nicht von Stefan, dann vielleicht von dieser jungen Frau.

In den Möppi passen locker zwei, wobei du dann zum Schlafen in den Alkoven klettern müsstest.«

Heike kaute zum zweiten Mal binnen kurzer Zeit an den Fingernägeln. Als sie es bemerkte, tadelte sie sich sogleich. Was Anja anging, war sie sich nicht sicher, sie hatte doch gerade erst ihre Lust am Reisen entdeckt. Und sie wollte ja auch zu Kai, das war im Grunde keine Vergnügungsreise. Doch wenn sie an die recht langweiligen Stunden auf der Autobahn dachte, dann wäre ein bisschen Gesellschaft vielleicht wirklich nett. Und es wäre eine gute Tat. Nicht, dass sie sich zum Samariter berufen fühlte, aber Anjas Beitrag hatte tief in ihr etwas berührt. Nachdenklich klickte sie in dem neuen Forum herum. Gummibaum95 bedauerte, dass er Anjas Wunsch nicht erfüllen könnte, da er in die andere Richtung fuhr. Alex berichtete, er habe derweil mit DerKleineGelbeBus telefoniert, und sie würden morgen starten. Er sei schon ganz aufgeregt und müsse jetzt packen. Eins musste man Stefan lassen, sagte sich Heike. Wenn er sich etwas in den Kopf gesetzt hatte, zog er das offenbar auch durch. Das machte ihn gleich noch symphatischer.

Heike nahm all ihren Mut zusammen und begann eine Antwort unter Anjas Beitrag zu schreiben.

Hallo, Anja, ich bin Heike hier vom Blog. Ich fahre morgen Richtung Süden, nach Frankreich. Ich hätte einen Platz für dich frei. Wenn du möchtest, dann melde dich bei mir.

Sekunden später ploppte ein Chatfeld auf Heikes Bildschirm auf. Es war Anja, sie bat darum, Heike kurz anzurufen zu dürfen. Heike schrieb ihre Handynummer in das Eingabefeld.

Eine Minute später klingelte ihr Handy.

Gabi sah der ganzen Aktion mit einem Lächeln zu und nickte aufmunternd. »Na, geh schon ran.«

»Hallo, hier ist Heike.«

»Hi, hier ist ... Anja.«

Kurzes Schweigen. Heike hörte, wie Anja leise schniefte.

»Ich könnte dich mitnehmen«, sprach sie ins Telefon. »Ich fahre morgen von Hamburg aus für ein paar Tage nach Perpignan. Ich besuche dort meinen Sohn.«

»Ja, also ... Wenn ich da nicht störe ...«

Wieder ertönte ein Schniefen.

»Weinst du?«, fragte Heike geradeheraus.

Anja lachte leise. »Ja, ich freu mich so! So was Nettes hat schon lange keiner mehr für mich gemacht ... also, mir spontan so was angeboten ... Ich habe eben noch gedacht, wie schön das für Alex ist ... und dass ich jetzt selbst eingeladen werde ... Oh Heike, das wäre so toll.«

Heike bebte vor Rührung und bemühte sich, das Zittern in ihrer Stimme zu unterdrücken. »Ich würde mich freuen, wenn du mich begleitest. Falls du wirklich möchtest. Ich würde sagen, wir telefonieren nachher noch mal. Du solltest schon mal packen, und wir besprechen dann, wann und wo ich dich abhole. Ich ruf dich an. In Ordnung?«

»Ja … super, ich weiß gar nicht, was ich sagen soll. Ich bin so aufgeregt! Dann bis nachher?«

Die Frage klang so kläglich, als würde Anja nicht wirklich damit rechnen, dass Heike sie zurückrufen würde. Daher sagte sie jetzt noch einmal mit ruhiger, fester Stimme: »Ich rufe dich nachher wieder an, versprochen.«

»Also bis dann.«

Heike hob den Blick und starrte Gabi an. Ihre Freundin prustete leise.

»Ich habe, glaube ich, noch nie in meinem Leben so was Verrücktes gemacht. Also noch verrückter, als mit Möppi nach Schweden zu fahren. Oh Mist, ob das gut geht?«

»Heike«, Gabi ballte eine Faust und hob sie empor. »Du bist eine Wucht. Ich finde das ganz super von dir!«

»Ich glaube eher, ich werde langsam komplett wahnsinnig.«

Heikes Telefon gab einen Signalton von sich. Sie schaute auf das Display. Eine Nachricht von Stefan: »Coole Sache, wir rocken das. Und dann sehen wir uns hoffentlich nach Dänemark und Frankreich!« Dahinter prangte ein Küsschen-Smiley.

Heike zeigte Gabi ihr Handy. Die spitzte die Lippen.

»Ich werde das Gefühl nicht los, dass dieser Stefan dir guttut. Und ja, die Gabi bleibt dann mal brav noch ein paar Wochen zu Hause, während alle anderen das Abenteuer ihres Lebens erleben.«

»Ach, du …« Heike musste lachen.

Heike musste sich erst mal etwas beruhigen nach diesem aufregenden Vormittag und beschloss, ihre Einkäufe anzugehen. Sie fuhr in das nächstgelegene Einkaufszentrum und suchte sich ein paar schicke neue Shorts und T-Shirts aus. In einem Laden, der eher von der jüngeren Generation frequentiert wurde, fand sie eine poppige Sonnenbrille. Damit würden ihr die Spiegelungen der anderen Fahrzeuge auf der Autobahn sicher nicht mehr so ins Auge stechen. Und weil sie gerade in kribbeliger Reisevorfreude war, kaufte sie sich auch noch einen neuen Sommerhut mit breiter Krempe und einem bunten Band. Dann ging sie in eine Bankfiliale und ließ von ihrem Sparbuch etwas Geld auf ihr Konto übertragen. Ein bisschen Reserve zu haben war sicher nicht schlecht.

Als sie wieder bei Gabi in der Wohnung war, rief sie, wie versprochen, bei Anja an, diesmal deutlich gefasster und weniger aufgeregt. Anja ging sofort nach dem ersten Klingeln ran, sicher hatte sie auf den Anruf gewartet.

Heike war etwas unsicher, was es noch zu planen gab. »Hallo, Anja, ich bin es – Heike. Willst du immer noch mit?«

»Natürlich, wenn ich darf.« Anjas Stimme klang nach wie vor aufgeregt.

»Natürlich.« Heike schmunzelte. »Dann lass uns das in Ruhe besprechen. Möppi – so heißt das Wohnmobil – bietet genug Platz für uns beide. Du kannst das große Bett unten haben, und ich schlafe dann oben im Alkoven. Es wäre gut, wenn du eine Bettdecke mitnehmen könntest. Ich habe nur eine. Platz für Kleidung ist eigentlich genug vorhanden. Es gibt ein kleines Bad mit Toilette. Und kochen können wir natürlich auch. Ich habe noch einiges an Lebensmitteln im Wagen, da ich ja, wie du verfolgt hast, in Schweden war. Am besten packst du ein bisschen was ein, vor allem, wenn du irgendwas Spezielles möchtest. Und Getränke für dich. Natürlich können wir auch irgendwo anhalten und einkaufen, auch kein Problem. Die Stellplätze zahle ich. Allerdings kann es sein, dass Duschen oder so mal extra kostet, komplett einladen kann ich dich nicht, okay? Nimm also am besten etwas Klein- und ein bisschen Verpflegungsgeld mit.« Heike hoffte, dass Anja das verstand, aber sie hatte sich überlegt, dass sie diese Reise nicht völlig umsonst anbieten sollte. Eine kleine Grenze musste sein.

Anja meinte sofort: »Natürlich, das ist kein Problem.«

»Brauchst du noch irgendetwas Spezielles?« Heike hörte Anja am anderen Ende der Leitung wieder aufgeregt atmen.

»Puh, nein – eigentlich nicht. Ich habe ein paar Medikamente, eines davon muss kühl stehen.«

»Kein Problem, der Kühlschrank funktioniert.«

»Ich … ich würde gerne meinen Rollator mitnehmen. Ich laufe damit einfach etwas sicherer, falls ich mal länger unterwegs bin.«

»Ich denke, den kriegen wir auch noch verstaut.« Heike machte sich im Hinterkopf allerdings gerade Sorgen, ob Anja so einer Reise überhaupt gewachsen war.

Als würde sie ihre Bedenken spüren, versicherte Anja: »Ist wirklich nur zur Sicherheit. Ansonsten habe ich nicht viel Gepäck.«

»In Ordnung. Ich fahre morgen früh zeitig hier in Hamburg los. Ich habe das mal grob überschlagen und denke, ich wäre wahrscheinlich gegen zwölf Uhr in Bochum. Falls ich in einen Stau komme, melde ich mich auf jeden Fall. Dann fahren wir gemeinsam einfach weiter gen Süden und machen Rast, wo es uns gefällt.«

»Muss man da nichts buchen oder so?« Anja hörte sich etwas verunsichert an.

»Nein, bisher habe ich noch immer einen Campingplatz gefunden. Und wenn alle Stricke reißen, kann man mit Möppi auch unabhängig stehen.«

»Oh, klasse. Na, da kann uns ja nichts passieren.«

»Nein, eigentlich nicht.«

Kurz herrschte verlegenes Schweigen.

Heike räusperte sich. »Also dann. Ich freue mich, dich morgen kennenzulernen.«

»Ich freue mich auch drauf. Bis morgen.«

Den Abend verbrachte Heike damit, ihre frisch gewaschenen Sachen und die Einkäufe in Möppi zu verstauen. Anschließend räumte sie schon einmal einen Teil des Schrankes leer und packte ihre Bettsachen in den Alkoven. Sie konnte nicht widerstehen und kletterte oben hinein, um Probe zu liegen. Es war durchaus geräumig und gar nicht so unbequem. Das Hoch- und Runterklettern über die Leiter war zwar etwas kniffelig, aber daran würde sie sich bestimmt gewöhnen. Nur eins durfte man dort oben nicht machen: sich ruckartig aufsetzen. Dann stieß man sich nämlich den Kopf.

Kapitel 24

Von Hamburg nach Bochum und Trier

Heike hatte soeben ihre letzten Sachen im Wohnmobil eingeräumt, als ihr Telefon klingelte. Es war Stefan.

»Hi, guten Morgen!« Er hörte sich bestens gelaunt an.

»Guten Morgen«, sagte Heike mit einem Lächeln auf dem Gesicht. »Und? Bist du schon unterwegs?«

»Ja, ich mache gerade eine kleine Pause. Hab mir einen Kaffee geholt.«

»Wo musst du diesen Alex denn abholen?«

»Bei Göttingen, südlich von Hannover.«

»Da hast du ja gestern was angestoßen ...«

Stefan lachte. »Ich finde es eine super Idee. Ich habe den Platz doch frei, und warum nicht wenigstens einmal im Jahr einer der Touren einen Sinn geben? Der Alex scheint ein ganz Netter zu sein und freut sich wirklich total.«

Heike musste lächeln. »Ich mache mich gleich auf den Weg und hole Anja ab. Also, ich weiß ja nicht ... ich bin mir noch nicht so sicher, ob das nicht eine Schnapsidee war, aber schauen wir mal.«

»Ach, warte es ab, das wird bestimmt super. Finde ich toll von dir, dass du auch gleich mitmachst. Ich habe vor-

265

hin noch mal kurz ins Forum geschaut, da war heute Nacht noch richtig was los. Ich schätze, da werden sich noch mehr treffen.«

Heike stieß ein leicht verzweifeltes Lachen aus. »Oha – da habe ich echt ein Ei gelegt, oder? Ich weiß gar nicht, wo die ganzen Leute plötzlich herkommen.«

»Hm …«

»Was?«

Stefan druckste herum. »Na ja, könnte sein, dass ich daran nicht ganz unschuldig bin. Ich bin nämlich in noch so einem Forum, da geht's um Campingbusse, Ausbau und Reparatur und so. Jedenfalls habe ich gestern von der Idee berichtet, das fanden einige total interessant und wollten gleich mal auf deine Seite und in das Forum kommen zum Gucken.«

»Stefan!«, rief Heike entsetzt.

»Was? Ich finde das toll – die Idee, dass jemand, der einen Platz frei und Lust auf ein bisschen Gesellschaft hat, diesen einem Menschen anbietet, der sonst nicht die Möglichkeit hat zu reisen. Ist eine super Sache. Machen wir doch gerade vor.«

»Ja, machen wir vor – aber wer weiß, ob es auch klappt.«

»Ach, Heike, man muss auch mal positiv denken und spontan sein.« Er lachte leise.

»Ich finde das eher gerade total verrückt«, gab sie kleinlaut zu. »Und ich habe ein bisschen Bammel da-vor.«

»Hey, jetzt nicht kneifen. Ich hole Alex ab, du fährst zu Anja, die wird dich sicher nicht beißen. Und wir alle werden eine schöne Zeit haben. Danach sehen wir weiter und ziehen ein Fazit, okay?«

»Okay.« Sie seufzte. Sie hatte es ja auch versprochen.

»Dann wünsche ich dir eine gute Fahrt, und wir hören uns!« Das war keine Frage von ihm, das war deutlich eine Aufforderung.

»Ja, wir hören uns.«

Heikes Unsicherheit legte sich ein wenig, als sie endlich hinter Möppis Steuer saß.

Gabi hatte sich mit einem lachenden und einem weinenden Auge von ihr verabschiedet. Ihr Wohnmobil schon wieder auf der Straße zu wissen, ohne mitzufahren, schmerzte sie sichtlich.

»Bald hast du ihn ja wieder«, sagte Heike noch. Dabei merkte sie, wie der Gedanke ihr wiederum einen Stich versetzte. Möppi wieder abzugeben würde auch nicht leicht werden.

Heike verließ Hamburg auf der Autobahn in südwestliche Richtung. Über Bremen, Osnabrück und Münster würde sie in den Ruhrpott gelangen.

Schon bei Bremen wurde ihr klar, dass sie sich verspäten würde. Der Verkehr war zäh, und es gab einige Baustellen. Das Fahren war bei Weitem nicht so entspannt, wie sie es auf ihrer Reise in den Norden erlebt hatte. Doch sie presste ehrgeizig die Lippen aufeinander und schob sich mit dem Verkehr weiter in Richtung ihres Zieles.

Es war schon kurz nach ein Uhr, als Heike in Bochum ankam. Sie hatte Anja zwischendurch eine Nachricht geschickt, dass sie sich verspäten würde. Möppis Navigationsgerät führte sie ohne Umwege zu Anjas Adresse. Ein großer grauer Wohnblock mit wenig Grün drum herum. Heike stellte das Wohnmobil auf einen Parkplatz vorm Haus.

Da das Gebäude mehrere Eingänge hatte, musste Heike ein wenig suchen, bis sie die richtige Tür gefunden hatte. Anjas Wohnung lag im vierten Stock, erfreulicherweise gab es einen Fahrstuhl, auch wenn dieser klein war und nicht sehr gut roch.

Anja stand schon in der Tür und wartete auf Heike. Eine kleine, schmale und blasse junge Frau mit schulterlangen schwarzen Haaren. Heike war gerührt, zum einen, weil Anja vom Alter her ihre Tochter hätte sein können, zum anderen, weil sie so zerbrechlich wirkte, dass Heike sofort das Bedürfnis verspürte, sie zu beschützen.

»Hallo, ich bin Heike.« Sie lächelte Anja aufmunternd an. Ihre Mitfahrerin sah nämlich etwas verängstigt aus, als würde sie selbst gleich einen Rückzieher machen und Heike die Tür vor der Nase zuschlagen wollen.

»Hi, ich bin Anja. Ich … freue mich so … Gott, ich bin so nervös.« Sie rang sich ein Lächeln ab.

»Du, ich auch.« Heike lächelte sie zaghaft an. »Aber jetzt sind wir ja zu zweit, das macht es einfacher … mit dem Nervös-Sein.«

Ein Strahlen huschte über Anjas Gesicht. »Ja, das stimmt wohl. Komm doch kurz rein.«

Die Wohnung bestand aus einem engen Flur, in dem man sich dank einer großen Reisetasche, des darauf zusammengerollten Bettzeugs und eines zusammengeklappten Rollators fast nicht bewegen konnte, einem kleinen Wohn- und Schlafzimmer zur Linken, einer Miniaturküche ohne Fenster zur Rechten, in der eine Person gerade so stehen konnte, und einer weiteren Tür, hinter der Heike das Bad vermutete. Heike war noch nie in einer so winzigen Wohnung gewesen.

Anja hob entschuldigend die Schultern. »Ist etwas eng hier, aber für eine Person alleine geht das, und ich brauche nicht viel Platz.«

Über der Lehne des Schlafsofas lagen einige bunte gestrickte Kinderpullover. Sie waren so farbenfroh, dass sie in krassem Gegensatz zu Anjas Erscheinung standen.

Heike deutete auf die Pullover. »Die sind ja süß, hast du die gemacht?«

Anja lächelte verlegen. »Ja, ich handarbeite gerne, damit kann ich mir gut die Zeit vertreiben. Ab und an kauft auch mal jemand einen.«

»Die sind echt toll.« Heike nickte anerkennend. »Ich habe leider zwei linke Hände. Stricken, Häkeln – ich kann es zwar, aber nicht so.« Heike wandte sich Anjas Tasche zu. »Dein Gepäck?«

»Ja, ich hoffe, es ist okay. Nicht zu viel?«

»Nein, kein Problem.« Heike unkte im Stillen, dass Möppi fast mehr Stauraum hatte, als es in dieser winzigen Wohnung gab.

»Gut, ich würde sagen, dann lass uns mal. Soll ich die Tasche und das Bettzeug nehmen?«

»Ja, das wäre super. Ich nehme dann den Otto hier …«

Anja deutete auf den Rollator. Sie wirkte zwar zart, aber nicht besonders schwach. Heike atmete erleichtert aus.

Im Fahrstuhl auf dem Weg nach unten merkte Heike, wie unruhig Anja war.

»Hey, du musst nicht nervös sein. Alles gut, und wir haben alle Zeit der Welt.«

Anja sah Heike dankbar an. »Ja, weißt du, ich bin in den letzten Jahren nicht viel aus dem Haus gekommen, geschweige denn, dass ich auf Reisen war.« Sie atmete tief ein und aus. »Eigentlich sitze ich die meisten Zeit in irgendwelchen Arztpraxen, ab und an mal im Krankenhaus, und wenn ich dann wieder zu Hause bin ... Es ist halt so eine Endlosschleife.«

Auf dem Weg zu Möppi merkte Heike Anja doch eine gewisse Schwäche an. Es waren vielleicht zweihundert Meter bis zum Parkplatz, aber Anjas Atmung ging schnell, und ihr Gesicht wurde vor Anstrengung rot. Sie trug aber auch noch ihre Gehhilfe unter dem Arm, die sicherlich nicht gerade leicht war.

Heike verstaute Otto als Erstes in Möppis Heck. »Wenn du ihn haben möchtest, holst du ihn dir da raus oder sagst Bescheid, ja?« Sie hatte insgeheim Sorge, dass Anja sich vielleicht aus Scham oder falschem Stolz bei irgendetwas übernehmen könnte. Dann öffnete sie Möppis Seitentür. »Bitte, nach dir.«

Anja kletterte die Stufen hoch und hielt einen Moment inne. »Oh! Der ist ja toll!«

Heike schob sich mit Anjas Tasche ebenfalls in das Innere des Wohnmobils. »Ja, ist leider nicht meiner. Er gehört meiner Freundin, die kann ihn aber gerade nicht nutzen. Neues Knie.« Heike stellte Anjas Tasche auf das große Bett und legte das Bettzeug dazu. »Du schläfst dann hier und ich da oben.« Sie deutete auf den Alkoven. »Das Bad ist da, und die Küche … na, das ist selbsterklärend, schätze ich. Wollen wir dann los?« Sie schenkte ihrer Beifahrerin ein aufmunterndes Lächeln.

Anja hob die Hände. »Ich bin bereit!«

Nachdem sie vorne Platz genommen hatten, überlegte Heike kurz. »Also, ich bin heute ja schon eine ganze Weile unterwegs. Ich würde vorschlagen, dass wir noch bis Trier fahren und uns an der Mosel einen Platz zum Übernachten suchen.«

Anja hatte sich bereits angeschnallt und hob ergeben die Hände.

»Ich habe keine Ahnung, ich bin noch nie mit einem Wohnmobil unterwegs gewesen.«

Heike lachte. »Ja, so ging es mir bis vor Kurzem auch noch. Keine Sorge. Wir schaffen das schon. Möppis Navi ist allerdings nicht mehr das neuste, vielleicht könntest du während der Fahrt auf dem Handy nach einem Stellplatz schauen. Ich sag dir dann, wonach du gucken musst. Dann hätten wir ein Ziel.«

»Ja, kann ich machen.« Anja nickte eifrig.

»Super, aber erst mal sehen wir zu, dass wir aus der Stadt raus- und auf die Autobahn kommen.«

Heike warf einen letzten Blick auf den grauen Betonklotz, in dem Anja wohnte. Sie war sich ziemlich sicher, dass sie für die Nacht einen schöneren Platz finden würden.

Kapitel 25

Es dauerte etliche Kilometer, bis Anja nicht mehr ganz so nervös dreinblickte und langsam auftaute.

»Alles okay?« Heike schenkte ihr von der Seite her ein Lächeln.

»Ja, alles super. Nur … ungewohnt.« Anja lachte zaghaft. »Ich bin jetzt schon deutlich weiter von Bochum weg, als ich es in den letzten Jahren geschafft habe. Ist quasi wie eine Weltreise.«

Heike musste lachen. »Na, ich bin auch noch nicht so lange mit dem Wohnmobil unterwegs, dass mich das ungerührt ließe. Ich finde es auch ziemlich aufregend.«

»Bist du sonst nicht so viel verreist?« Anja sah Heike neugierig an. Wahrscheinlich dachte sie, man würde als Camper geboren und hätte automatisch in der Mitte seines Lebens schon Hunderttausende Kilometer hinter sich gebracht.

»Nein«, gab Heike ehrlich zu. »Ich habe zwei Kinder, da stand das Familienleben über Jahre im Vordergrund. Und mit Campen hatte ich bis vor wenigen Wochen nichts am Hut.«

»Aha, ich dachte, du wärst schon länger dabei … Und wie kommst du jetzt so plötzlich dazu?«

Heike presste kurz die Lippen aufeinander. »Nun,

meine Kinder sind inzwischen groß, mein Mann hat mich verlassen, und unser Haus wird verkauft. Kurzum – ich musste mal raus aus dem Ganzen. War alles etwas viel. Meine Freundin Gabi hat mir ihr Wohnmobil regelrecht aufgequatscht – und jetzt bin ich hier. Und das ist auch gut so.« Sie zwinkerte Anja kurz zu. »Macht auf jeden Fall viel Spaß.«

»Ja, das glaub ich. Man ist irgendwie so frei und unabhängig.« Anja stieß einen leisen Seufzer aus.

Es war eine ungewohnte Situation, eine völlig fremde Person mit im Wagen zu haben. Heike versuchte in sich hineinzuspüren, wie sie das fand. Es war kein schlechtes Gefühl. Obwohl sie in der ersten Stunde nicht viel redeten, weil Heike sich auf den Verkehr konzentrieren musste und Anja immer noch leicht angespannt und mit großen Augen nach vorne starrte, fühlte es sich an, als würden sie langsam zueinanderfinden. Ob das die Aura von Campingfahrzeugen war? Heike lächelte still in sich hinein. Ob nun die Begegnungen auf den Campingplätzen, die Zeit mit Stefan oder jetzt die kurze Zeit mit Anja – es schien bei den Menschen immer gleich eine Verbundenheit zu bestehen.

Anja besann sich irgendwann auf ihre Rolle als Beifahrer und Navigator. Sie zückte ihr Telefon aus der Tasche. »Soll ich mal gucken, wo wir heute überhaupt hinfahren?«

»Ja gerne, super Idee!« Heike pflichtete ihr nickend bei. Sie hatten noch gut eineinhalb Stunden bis nach Trier, und es war die richtige Zeit, um herauszufinden, wo sie sich hinstellen konnten.

»Wonach muss ich Ausschau halten?«

»Gib einfach in die Suche auf der Karte das Wort Campingplatz ein. Vielleicht findet sich da schon was.«

Anja sah einige Zeit angestrengt auf ihr Telefon. »Ja – hier. Könnte das passen? Das ist ein Camping- und Wohnmobilstellplatz in der Nähe von Trier, direkt an der Mosel.«

Heike nickte. »Das hört sich doch perfekt an. Sag mir mal die Adresse, dann gebe ich sie in das Navi ein.«

Kurz darauf hatte das Gerät die Route neu berechnet und vermeldete, dass sie in einer Stunde und fünfundvierzig Minuten ihr Ziel erreichen würden.

»Läuft!« Heike hob zufrieden einen Daumen.

»Ja – und nicht nur bei uns!« Anja lachte. »Ich habe gerade auf deinen Blog geschaut. DerKleineGelbeBus hat Alex heute früh abgeholt, und sie sind sogar schon in Dänemark. Sie haben ein Foto gepostet.«

Anja hielt Heike das Handy hin, und diese schielte kurz auf das Display. Auf dem Bild war Stefan zu sehen und neben ihm ein junger Mann mit Sonnenbrille. Beide lachten und winkten in die Kamera.

Heike lächelte. »Der Stefan …«

»Kennst du den?«

»Stefan? DerKleineGelbeBus? Ja, kann man so sagen. Wir haben uns in Südschweden kennengelernt, letzte Woche erst. Ich hatte ihm eigentlich nur aus Spaß vorgeschlagen, Alex mitzunehmen, aber er hat dann Nägel mit Köpfen gemacht.«

Anja grinste und nickte. »Gefällt mir jetzt schon, dieser Stefan. Beste Idee ever! Auch wenn das jetzt megaspontan und echt verrückt ist – ich finde es klasse. Danke.«

Heike lächelte etwas schief. »Na, warte erst mal ab, ob wir auch heile wieder zurückkommen.«

Den angepeilten Campingplatz zu finden erwies sich als ernste Herausforderung. Das alte Navigationsgerät führte Möppi zunächst durch ein Industriegebiet, dann zu einer Straße, die es offensichtlich nicht gab, und schlussendlich zeigte der blaue Richtungspfeil auch noch direkt in die Mosel, an deren Ufer sie jetzt gelandet waren.

»Uh – da besser nicht rein.« Heike blieb am Ende der Straße stehen und sah sich um. »Was ist denn bloß los? Das ist mir ja noch nie passiert.«

»Sieht hier nicht nach Campingplatz aus.« Auch Anja sah suchend aus den Fenstern. »Warte, ich guck noch mal auf dem Handy.«

Es dauerte einen Moment, bis sie die Karte und ihren Standort gefunden hatten. Heike konnte nicht anders und machte derweil ein Foto von dem Navigationsbildschirm, auf dem der Weg mitten ins Wasser führte. Irgendwie musste sie ja ein bisschen Material für ihren Blog haben, den sie unbedingt weiterschreiben wollte.

»Ah hier, ich hab's.« Anja deutete nach links. »Da war wohl früher mal eine Straße. Wir müssen zurückfahren, dann links und in die übernächste Straße einbiegen. Da ist unser Campingplatz.«

»Okay, versuchen wir unser Glück.« Heike lenkte Möppi durch das Industriegebiet zurück auf die Hauptstraße.

Der Weg war tatsächlich der richtige, und keine zehn Minuten später standen sie vor der Einfahrt eines Campingplatzes. Ein Schild erklärte, dass sich rechts der normale Campingplatz befand, während es links zu einem Wohnmobilstellplatz ging. Heike sah unschlüssig hin und her. Der Campingplatz war mit hohen Hecken eingefriedet. Fast direkt vor ihnen lag die Mosel.

Heike bog kurz entschlossen auf den Wohnmobilstellplatz ab.

Anja sah sie verwundert an. »Warum nicht auf den Platz rechts?«

Heike steuerte Möppi über den weitläufigen Platz bis ganz nach hinten und direkt an das Moselufer. »Deswegen!« Sie lachte und deutete nach vorne. »Ich glaube, die Aussicht ist hier besser.« Wie auf Kommando kam ein großes Schiff auf dem Fluss vorbei.

»Wie cool!« Anja klatschte begeistert in die Hände. »Und hier können wir jetzt einfach so stehen bleiben?«

Heike zuckte mit den Achseln. »Ja, da vorn sind der Strom- und der Wasseranschluss. Ich gehe uns kurz anmelden und frage noch mal, aber ich denke, das sieht doch gut aus hier.«

Der Stellplatz war überraschend günstig für die fantastische Lage. Heike meldete Möppi beim Platzwart an und erfuhr noch, dass sie die sanitären Anlagen des Campingplatzes mitbenutzen konnten, wenn sie wollten.

Als sie zurück zum Fahrzeug kam, stand Anja vor dessen Motorhaube und blickte auf den Fluss hinaus. »Schau, da drüben, Heike, sind das wohl Weinberge?«

Heike lachte. »Ich komme aus Hamburg, ich habe keine Ahnung, aber sieht ganz so aus, hm?«

»Hach, ist das schön hier.« Anja reckte sich.

»Was denkst du, wollen wir unser erstes Abendbrot draußen einnehmen? Ich habe Stühle und einen Tisch hinten drin.«

»Ja klar!«

Kurze Zeit später hatten die beiden mit Blick auf den Fluss Tisch und Stühle aufgebaut und alles, was zu einem Abendbrot dazugehörte, hinausgetragen. Anja steuerte ein paar Lebensmittel aus ihrer Tasche bei, Streichkäse, Brot, einen Schokoladenaufstrich und eine Dose Pizzabrötchen. »Die habe ich gestern Nacht noch schnell gebacken, ich war so aufgeregt und konnte eh nicht schlafen.«

Heike legte kleine Tomaten, ein Stück Gurke und etwas Aufschnitt dazu und stellte zufrieden fest, dass ihre Tafel reich gedeckt war.

Von Anja schien die Anspannung und Aufregung deutlich abgefallen zu sein. Ihr Gesicht sah jetzt nicht mehr so blass aus, und während sie genüsslich in ein Brötchen biss, sah sie glücklich auf den Fluss hinaus. »Das ist toll«, sagte sie kauend. »Das ist so toll.«

Es war warm genug, dass sie den restlichen Abend draußen verbringen konnten. Ein weiteres Wohnmobil fuhr auf den Platz. Es parkte mit gebührendem Abstand zu ihnen. Das ältere Ehepaar, das ausstieg, winkte ihnen freundlich zu. Heike und Anja grüßten zurück.

Sie unterhielten sich noch ein bisschen über dieses und jenes. Anja schien froh, mal ein ganz normales Gespräch führen zu können, einfach plauschen wie unter Freunden. Heike genoss es ebenso.

Als es dunkel wurde, besuchten sie noch das Waschhaus. Es war nicht weit zu laufen, und Anja war verblüfft über den Komfort. Heike war es diesmal auch, denn es gab eine Fußbodenheizung und leise Musik dudelte.

Dann krochen sie in ihre Betten, Anja zwischen die vielen Kissen in Möppis Heck, Heike in den Alkoven über dem Fahrerhaus. Draußen hörten sie noch ein Schiff vorbeikommen. Die von ihm erzeugten Wellen plätscherten ans nahe Ufer.

»Gute Nacht, Heike. Und noch mal danke!«

»Gute Nacht, Anja.« Heike lächelte und versuchte dann eine bequeme Liegeposition zu finden. Sie war müde von der Fahrerei, aber zufrieden über diesen ersten Reisetag. Kurz nahm sie ihr Telefon zur Hand. Sie rief Kais Nummer auf und schrieb ihm eine Nachricht: »Hi Schatz, bin jetzt unterwegs nach Frankreich. Denke, in zwei oder drei Tagen bin ich dann da.«

Obwohl es schon spät war, kam prompt eine Antwort. »Hey, Mama, super! Ich freu mich. Ruf mich an, wenn du in der Stadt bist, ich schicke dir dann die Adresse. Hab dich lieb!«

Na, hoffentlich freute er sich auch noch, wenn sie da war und ihm wegen seines Studiums auf den Zahn fühlte.

Dann schickte sie noch eine Nachricht an Stefan »Sind in Trier, war ein schöner erster Tag. Anja ist sehr nett.«

Auch von ihm bekam sie prompt eine Antwort. Ein Bild von einer Hand, die eine Flasche Bier hielt; dahinter konnte man ein Lagerfeuer erkennen. »Wir haben auch

Spaß, sitzen gerade noch mit ein paar Holländern zusammen.«

Heike lächelte und antwortete: »Na dann prost. Und viel Spaß noch!«

Sie schloss die Augen und versuchte, Ruhe zu finden. Emotional fuhr sie neuerdings Achterbahn. Es kam ihr so vor, als hätten ihre Gefühle all die Jahre über geschlafen. Plötzlich berührte sie etliches weit mehr als zuvor, positiv wie negativ. Sie lachte viel öfter, musste sich aber auch das eine oder andere Mal die Tränen verkneifen. Anja so glücklich zu sehen hatte sie heute mehrmals schlucken lassen, obwohl sie die junge Frau kaum kannte. Sie fühlte sich plötzlich selbst so lebendig. Aber das erschöpfte sie auch.

Kapitel 26

Von Trier nach Dijon

Am nächsten Morgen hielt Heike sich noch an ihrem ersten Kaffee fest, während Anja schon aufgeregt herumzappelte. »Soll ich ein paar Bütterken machen, und wir frühstücken unterwegs?«

»Bütterken?« Heike musste lachen.

»Ja, Bütterken – Butterbrote. Sagt man das bei euch nicht?«

»Ne, bei uns heißen die Schnitten oder Bemmen.«

»Bemmen?« Jetzt lachte Anja. »Das kannte ich jetzt auch noch nicht.«

»Hast du es eilig?« Heike musste grinsen.

Anja verzog das Gesicht. »Ehrlich gesagt – jaaaa! Ich finde es so spannend, nach Frankreich zu kommen, auch wenn's hier gerade schön ist.«

»Gut, dann mach du ein paar Bütterken, ich gehe mal die Übernachtung bezahlen, und dann fahren wir los.« Heike konnte Anjas Motivation nicht widerstehen.

Eine Stunde später waren sie bereits wieder auf der Autobahn und unterwegs nach Luxemburg, um von dort zur französischen Grenze zu gelangen. Es schien ein schöner Tag zu werden, die Sonne strahlte vom wolkenlosen Himmel. Heike war froh, ihre neue Sonnenbrille an Bord zu haben, und setzte diese jetzt auch auf.

Anja hob den Daumen. »Schick!« Dann zückte sie ihr Handy. »Ich schau mal, was die andern beiden so treiben.«

Heike stellte fest, dass sie von Stefan keine weitere Nachricht mehr bekommen hatte. Darüber war sie fast ein bisschen enttäuscht. Aber wenn er mit Alex und den Holländern einen so netten Abend gehabt hatte … Sie erwischte sich dabei, dass sie ein klein bisschen eifersüchtig war. Sie verkniff sich ein Seufzen. Bald würde sie ihn wiedersehen, wenn sie es denn wirklich wollte. »Und? Gibt es was Neues?«, fragte sie, an Anja gerichtet.

»Ja – oh, cool! Die stehen mit dem Bus direkt am Strand. Hier, guck mal.« Anja hielt Heike wieder das Telefon vor die Nase. Auf einem Bild war Alex zu sehen, das Gesicht in Richtung Sonne gewandt. Auf einem anderen Stefan, mit vom Wind zerzaustem Haar.

»Haha, die wollen irgendwie surfen oder so.« Anja kicherte.

»Surfen? Na dann! Dabei würde ich wahrscheinlich untergehen.« Heike lachte. »Du willst hoffentlich nicht surfen gehen irgendwo?«

Anja winkte ab. »Nein danke, lass mal. Aber wenn die beiden Spaß dran haben … Wo wollen wir denn heute hin?«

Heike zuckte mit den Achseln. »Ich denke, so vier Stunden Fahrt, und dann machen wir wieder einen Stopp.«

»Okay, warte, dann … dann wären wir ungefähr bei Dijon.«

»Hört sich doch gut an.«

»Hört sich nach Senf an.« Anja grinste. »Da gibt es einen Platz nahe der Stadt, wollen wir den ansteuern?«

»Ja. Okay. Hm … sprichst du Französisch, Anja?«

»Ich?« Anja schüttelte den Kopf. »Nein, kein Wort.«

»Prima, ich auch nicht.«

Kurz huschte ein ängstlicher Ausdruck über Anjas Gesicht.

»Hey, keine Angst. Ich spreche auch kein Dänisch oder Schwedisch, lebe aber noch. Und jetzt hätte ich gern ein Bütterken, ich habe nämlich Hunger.«

In Frankreich trafen sie wieder auf die Mosel und folgten mit der Autobahn dem Tal, welches der Fluss in das Land geschnitten hatte. Neben langweiligen Abschnitten, wo sie links und rechts nur auf bewachsene Straßenwälle schauen konnten, boten sich an einigen Stellen spektakuläre Ausblicke zum Wasser und auf die Weinberge. Dann führte die Strecke wieder aufs Land, wo Äcker und Felder dominierten, anschließend durch Auenlandschaften mit vielen Seen. Es sah ganz anders aus als oben im Norden, und Heike fand die Fahrt überwiegend spannend und abwechslungsreich.

Sie erreichten Dijon zur Mittagszeit. Es war merklich wärmer geworden, und Heike und Anja hatten die Fenster heruntergekurbelt, denn es wurde sehr warm in Möppi.

Anja wirkte bedrückt, als sie sich der Stadt näherten.

»Was ist? Alles okay?«, fragte Heike besorgt.

»Ja, ich ärgere mich nur, dass ich nicht so viel von den Orten sehen kann, durch die wir kommen. Früher ... früher wäre ich einfach losgelaufen und hätte mir alles angeguckt. Aber jetzt laufe ich ein paar Hundert Meter, und dann kann ich nicht mehr.«

»Hm, dann machen wir das mit dem Wohnmobil.«

»Was?«

»Na, erst mal eine Stadtrundfahrt, wir haben ja Zeit. Aber du musst navigieren.«

»In der Stadt – oha, okay.« Anja schürzte die Lippen. »Ich kann's versuchen.«

Heike war insgeheim etwas mulmig zumute, aber schlimmer als in Hamburg konnte der Verkehr hier auch nichts ein.

»Am besten fahren wir da vorne rechts und dann Richtung Innenstadt«, schlug Anja vor.

»Bitte wenden!«, schnarrte die Stimme des Navigationsgeräts, als Heike Anjas Anweisung folgte.

»Na, ihr seid euch ja einig.« Lachend schaltete sie das Gerät ab.

Als Erstes kamen sie an einen großen Kreisverkehr, in dessen Mitte eine Statue stand.

»Monument de la Résistance de Dijon 1870«, las Anja laut vor. »Das sagt zumindest mein Telefon.«

Heike lachte. »Dann sehen wir uns die mal genauer an.« Sie fuhr in den Kreisverkehr und einmal ganz herum. »Madame, zu Ihrer Linken sehen Sie ... ein Denkmal ... wofür auch immer ... schon älter ... Möchten Sie es noch einmal sehen?« Heike fuhr eine weitere Runde durch den Kreisverkehr, während Anja sich fast schlapp lachte. »Ja, ja ist gut – ich hab's gesehen.«

Mit gespieltem französischem Akzent sagte Heike: »*Oui* – fein, wir fahren weiter.«

»Oha, da kommt gleich noch so was.« Anja kicherte vor sich hin.

»Primmaaa, noch einmal in *le round* – oh, ist das eine lange *le round*.« Heike lachte inzwischen auch lauthals, denn sie kamen schon wieder an einen Kreisverkehr mit einem Denkmal, der diesmal aber oval gehalten war. Möppi schuckelte ganz schön zur rechten Seite, als Heike das Monument umrundete. »*Oui*, wir sehen einen Brunnen – und einen Vogel auf einer Säule. Wir sehen es von der anderen Seite – und wir sehen es noch mal von hier.«

Anja krümmte sich vor Lachen.

Heike tat betont ernst. »Fahren wir zum nächsten *Zirkel du Verkehr* und schauen, was uns da erwartet.«

Es dauerte nicht lange, und der nächste Kreisverkehr erwartete sie.

»Oh bitte – ich kann nicht mehr!«, prustete Anja.

»Madame wollte eine Stadtrundfahrt – fahren doch rund? Gefällt es Madame nicht?« Heike fuhr schwungvoll in die nächste Kreisbahn. »Wie sehen zur Linken wieder …« Heike blickte aus dem Fenster. »Brunnen mit Garten.« Sie kicherte. »Also eins muss man den Franzosen lassen, einen Preis für die schönsten Kreisverkehre bekommen sie schon mal.«

»Bitte lass uns geradeaus fahren – mir wird sonst noch schlecht.« Anja hob die Hände, als wollte sie sich ergeben.

»Gut, vielleicht gibt es hier ja noch was anderes als Kreisverkehre.« Heike nahm eine Abfahrt mit einem Schild, das Richtung Stadtzentrum wies.

In der Tat führte der Weg sie an einigen beeindruckenden Gebäuden vorbei. Heike hatte keine Ahnung, worum es sich handelte, aber sie sahen wichtig und alt aus. Anja blickte aus dem Fenster und beäugte alles ganz genau. »Schön …!«

Nach einer guten Stunde schaltete Heike die Navigation wieder an. Anja hatte die Adresse des Campingplatzes schon eingegeben.

»Dann bring uns mal hier raus, Möppi.«

»Das war auf jeden Fall eine lustige Stadtrundfahrt.« Anja strahlte, sah aber auch müde aus. »Schon lange nicht mehr so gelacht.«

Der Campingplatz lag in einem kleinen Park am Stadtrand. Hohe Bäume beschatteten die Stellplätze, die durchweg geschottert waren. An der Rezeption wurde Heike freundlich begrüßt, der Mann dort sprach sogar ein paar Wörter Deutsch. Zumindest gelang es ihm, Heike zu erklären, wo sie Möppi parken konnte.

»Guck mal, schon wieder Wasser.« Anja deutete nach vorne durch die Windschutzscheibe.

»Aber die Mosel kann das eigentlich nicht sein«, unkte Heike und streckte sich. Vor ihnen fiel der Campingplatz zum Ufer eines Flusses hin ab.

Sie packten wieder die Campingstühle und den Tisch aus und richteten sich neben Möppi ein. Der Platz war gut besucht, die Parzellen aber durch Hecken voneinander getrennt. Da sie außer den Butterbroten noch nichts gegessen hatten, schlug Heike vor, irgendetwas Warmes zu zaubern. Allerdings standen die beiden Frauen dann erst mal ratlos vor den Vorräten, denn irgendwie passte nichts so recht zusammen.

Heike musste lachen. »Da hab ich ganz schön viel durcheinander gekauft.«

Anja grinste. »Ähm, ja. Wir könnten es mit Nudeln und Ketchup versuchen, ist doch eigentlich ein Klassiker. Dann noch etwas Käse dazu und ... hier, die Fleischwurst, die könnten wir in Würfeln anbraten.«

Das Mahl war sehr improvisiert, aber es schmeckte letztendlich gar nicht so schlecht. Heike hatte sich gerade satt in ihrem Stuhl zurückgelehnt, als ihr Telefon klingelte. Es war Stefan.

Heike freute sich. »Hi, wie geht's dir?« An Anja gerichtet, erklärte sie schnell: »Das ist Stefan, du entschuldigst mich?« Sie stand auf und ging ein paar Schritte um Möppi herum.

»Hallo, Heike, alles klar bei euch?«

»Ja, ganz super. Wir hatten gerade ein richtiges Camper-Essen mit Nudeln und Ketchup.«

»Uh – lecker.« Er lachte. »Alex und ich hatten heute einen coolen Tag. Wir waren surfen, das habe ich schon lange nicht mehr gemacht. Alex hatte richtig Spaß – der Surflehrer ist mit ihm zusammen aufs Brett, und die haben ganz schön Tempo gemacht. Jetzt liegt er im Bulli und schnarcht.«

»Klingt toll! Wir sind in Dijon und hatten eine Stadtrundfahrt mit vielen Kreisverkehren.«

286

»Haha, oh, ja, da ist Frankreich fast noch schlimmer als Holland.«

Heike schwieg einen Augenblick. Es tat so gut, seine Stimme zu hören.

»Heike?«

»Bin noch dran!«

»Wir sind jetzt auch schon in Skagen, das ist ganz oben an der Spitze von Dänemark. Morgen gehen wir bis auf die Landzunge, und da kann Alex dann die Füße ins Wasser halten.«

»Geht das echt da oben, so wie er es sich gewünscht hatte?«

»Ja, das geht hier in der Tat. Einen Fuß in der Nordsee, einen in der Ostsee. Na ja, das sagt man den Touristen zumindest.«

»Das ist lustig, ich glaube, das kommt auch auf meine Liste.«

Er lachte. »Was für eine Liste?«

»Na, weißt du, ich mache mir halt in Gedanken eine Liste mit Orten, die ich mir vielleicht noch ansehen oder erleben möchte.« Heike schmunzelte. In der Tat dachte sie immer öfter darüber nach, dass sie diesen oder jenen Ort auch noch besuchen könnte in ihrem Leben. Wo doch jahrelang ihre einzigen Ziele ihre Arbeitsstelle und der örtliche Supermarkt gewesen waren. Inzwischen hatte sich ihre Welt deutlich vergrößert.

»Oh, gut. Ich hoffe, ich stehe auch noch auf dieser Liste.«

Heike lachte. »Hmmmmm, warte … Ja, irgendwo zwischen Portugal und den schottischen Highlands.«

»Dann ist ja gut.«

»Ist schön, deine Stimme zu hören, Stefan.« Hatte sie das gerade laut gesagt? Sie legte sich die freie Hand vor die Augen. Ups!

Sie hörte ihn atmen. »Ja, deine auch.«

Heike zappelte kurz. Gott – wie eine Sechzehnjährige. Was machte dieser Mann nur mit ihr?

Er räusperte sich jetzt. »Und, wie lange müsst ihr noch fahren bis Perpignan?«

»Das ist noch eine ganze Ecke, ich denke, ein oder zwei Tage noch. Uns hetzt ja niemand. Dann werden wir sicher ein paar Nächte dortbleiben und anschließend gemütlich zurückfahren.«

»Okay …« Er gab einen ergebenen Seufzer von sich. »Aber dann sehen wir uns, ja?«

Heike wurde ganz warm ums Herz. »Bestimmt! Sind ja jetzt auch nur – wie viele? Tausend? Zweitausend? – Kilometer zwischen uns?«

»Dürften ziemlich genau zweitausend sein, und das ist mir gerade eindeutig zu viel.«

»Stefan!«

»Was?«

»Du wolltest mich nicht bedrängen.«

»Hey, sind dir zweitausend Kilometer nicht weit genug auseinander?«

»Doch. Ist gerade ein guter Abstand. Ich habe erst mal noch was zu erledigen. Und du auch, da oben …«

»Ist ja gut. Aber ich freue mich auf dich.«

»Stefan, ich lege jetzt auf. Wir hören uns.«

»Ja gut, dann bis die Tage.«

Heike bekam den ganzen Abend das Schmunzeln nicht mehr aus dem Gesicht. Selbst Anja fiel es auf. »Ihr versteht euch ganz gut, hm?«

Kapitel 27

Von Dijon nach Saint-Bonnet

Es war nicht einfach zu entscheiden, wo man wieder Rast machen sollte in dieser Gegend.

Am Morgen hatten Anja und Heike mit ihren Telefonen in der Hand dagesessen und diskutiert, ob sie bis Lyon, Avignon oder gar bis Montpellier fahren sollten. Anscheinend gab es überall etwas zu sehen auf der Route. Schließlich fiel ihre Wahl auf Avignon im Tal der Rhône, das waren ungefähr viereinhalb Stunden Fahrt. Sie würden durch die Region Auvergne-Rhône-Alpes kommen, deren Name allein sich schon interessant anhörte, wie Heike fand, um dann in der Provence zu landen.

Anja hatte aufgeregt in die Hände geklatscht. »Provence ... ich komme sogar in die Provence!«

Wahrscheinlich war es eine Route, aus der man auch eine sechswöchige Sightseeingtour hätte machen können. Heike bedauerte, dass sie sich selbst einen gewissen Zeitrahmen gesetzt hatte.

Zunächst gab es allerdings von der Autobahn aus nur die üblichen Felder und Äcker zu sehen. Nach und nach wurde das Panorama abwechslungsreicher und die Gegend bergiger. Zudem führte die Autobahn mit deutlich mehr Windungen gen Süden als zuvor.

Im Tal der Rhône wurde es dann richtig aufregend, denn die Berge in Kombination mit der lockeren Bewölkung zauberten an diesem Tag wahre Postkartenmotive. Der Anblick entschädigte sie ein wenig dafür, dass sie hier einfach so durchfuhren, ohne der Landschaft Zeit zu geben, sich ihnen intensiv vorzustellen.

Hier und da verzog Anja bedauernd das Gesicht. Heike tat es leid, dass sie ihr nicht noch mehr von Frankreich bieten konnte.

Zumindest sahen sie in der Ferne die ersten Lavendelfelder, die lila in der Sonne strahlten. Es schien selbst im Innern von Möppi bald nach Lavendel zu duften.

Als Heike bemerkte, wie sehnsüchtig Anja aus dem Fenster sah, warf sie einen kurzen Blick auf die Uhr, zuckte unmerklich mit den Achseln und setzte an der nächsten Ausfahrt den Blinker.

Anja schreckte hoch. »Was ist?«

»Na, das kann ja niemand mit ansehen, wie du dir die Nase am Fenster platt drückst.« Heike lächelte. »Wir fahren jetzt zum Lavendel.«

Sie lenkte Möppi vom Tal der Rhône auf die Berge zu. Kaum hatten sie die Autobahn verlassen, trafen sie auf das echte und ursprüngliche Frankreich. Die Dörfer wirkten wie auf die Hügelkuppen getupft. Die Häuser schmiegten sich eng aneinander, als hätten sie einst den Traum gehabt, eine kleine Burg oder Festung zu werden. Natürlich gab es auch hier und da Neubauten oder größere, moderne landwirtschaftliche Anwesen. Doch diese hielten respektvollen Abstand von den Erhebungen, auf denen die alten Dörfer thronten. Die Berge drum herum waren dicht bewaldet, doch an den Hängen, wo die Bäume endeten, erstreckten sich landwirtschaftliche Flächen. Überall auf den Feldern standen Lavendelpflanzen in langen Reihen. Teils noch grün, in sonnigen Lagen aber voll in der Blüte.

An einem lila gefärbten Feld hielt Heike an. Anja öffnete die Tür, und sofort drang ein Schwall warmer, würziger Sommerluft in den Wagen.

Anja sah kurz fragend zu Heike.

»Nur zu. Du wolltest doch den Lavendel sehen.«

Anja strahlte und stieg aus dem Wagen. Andächtig ging sie einige Meter zwischen den Pflanzenreihen in das Feld hinein. Dann sah Heike, wie Anja die Arme ausbreitete.

Sie stieg ebenfalls aus und lehnte sich mit dem Rücken an Möppis Motorhaube. Es war still, nur ein paar Vögel zwitscherten auf den Feldern. Heike schloss die Augen. Die Luft roch hier ganz anders als in Hamburg, eher wie eine geöffnete Kräuterdose. Heike blinzelte und sah zu, wie Anja einen kleinen Strauß Lavendel pflückte und dabei langsam durch das Feld wanderte. Sie wirkte glücklich. Heike lächelte, dann schloss sie die Augen wieder und genoss die Ruhe. Diese wurde jäh gestört, als ein Trecker herantuckerte, und zwar genau auf dem Feldweg, auf dem Heike Möppi abgestellt hatte. Sie stieg rasch in den Wagen und setzte Möppi rückwärts auf die Straße, um ihn so dicht wie möglich am Rand zu parken. Inzwischen war der Trecker fast bei ihr angekommen.

Erst als Heike wieder ausstieg, bemerkte sie, dass das landwirtschaftliche Fahrzeug zum Stehen gekommen war. Auf dem kabinenlosen Sitz saß eine Frau mittleren Alters, die blonden Haare teils mit einem blauen Kopftuch bedeckt. Sie trug ein verwaschenes kariertes Hemd und eine grüne Latzhose. Heike spähte kurz in Richtung Anja. Diese hatte sich ein ganzes Stück vom Wohnmobil fortbewegt und winkte nun kurz.

Die Frau auf dem Trecker stellte den Motor ab. Heike wurde nervös. Hoffentlich war sie nicht böse, dass Anja dort einfach auf dem Feld herumspazierte und Heike mit Möppi den Weg blockiert hatte. Sie kramte in ihrem Kopf nach irgendeiner passenden französischen Vokabel, während sie auf die Frau und den Trecker zuging.

»*Excusez-moi. Je fais une pause*«, sagte sie ganz mutig und war sich nicht sicher, ob das überhaupt richtig und verständlich war. Entschuldigend hob sie die Hände.

Die Frau mit dem blauen Kopftuch stieg von ihrem Gefährt und lächelte Heike an. »Ich habe an Ihrem Nummernschild gesehen, dass Sie aus Hamburg kommen«, sagte sie.

»Oh, ja.« Heike war verblüfft, hier mitten in der französischen Einöde auf Hochdeutsch angesprochen zu werden.

Die Frau streckte ihr die Hand hin, nachdem sie sich diese an der Latzhose abgewischt hatte. »Stefanie Walter. Sie können Steffi sagen, das machen alle.«

»Steffi. Ich bin Heike.« Sie reichte der Frau die Hand.

Mit einem Kopfnicken deutete Steffi auf Anja. »Ihre Tochter?«

»Oh, nein. Eine Bekannte.«

»Ich freue mich, ein paar deutsche Touristen zu treffen. Da dachte ich mir, ich halte gleich mal an. Hierher verirrt sich nämlich nicht oft jemand.«

»Nicht?« Heike drehte sich einmal um die eigene Achse. »Ich dachte, jedes Jahr pilgern Zigtausende von Touristen zu den Lavendelfeldern.«

Steffi lachte nun. »Schön wäre es. Aber die fahren meist in die stadtnahen Bereiche oder zu den Höfen, die ein richtiges Programm bieten. Wir hier sind einfach nur Bauern mit ein paar Feldern. Anscheinend sterbenslangweilig.«

»Also, ich finde es wundervoll hier. Diese Ruhe und dann die Luft.«

»Wohin seid ihr denn auf dem Weg?« Steffi deutete auf Möppi.

»Oh – zu meinem Sohn nach Perpignan.«

»Ah, an die Küste. Ja, da unten ist es schön.« Die Frau sah nochmals auf das Wohnmobil und schien abzuwägen. »Wollt ihr die Nacht vielleicht auf meinem Hof verbringen? Also, falls das eure Reise nicht durcheinanderbringt. Aber ich«, sie hob hilflos die Hände, »ich würde mich total über Gesellschaft freuen, mit der ich mich auch noch richtig unterhalten kann.«

Heike musste lächeln und überlegte kurz. Im Grunde war es egal, ob sie die Nacht hier oder woanders verbrachten, und es war auch egal, wann genau sie bei Kai ankamen. Sie sollte vielleicht aufhören, sich ständig an irgendwelche selbst gesteckten Zeitvorgaben zu halten, und auch mal flexibel reagieren. Und Anja … Anja sollte schließlich ein bisschen was erleben und mehr zu sehen bekommen als nur die Gegend links und rechts der Autobahn.

»Ja, warum nicht? Wenn das kein Problem ist?«, sagte Heike nun.

»Nein, im Gegenteil. Ich habe sogar einen Stellplatz für ein Wohnmobil. Längere Geschichte … Ich würde mich riesig freuen. Wirklich.«

»Hallo.« Anja war vom Feld zurück und stand nun neben Heike, die Wangen gerötet. Sie war deutlich außer Atem, aber sie hatte einen Strauß Lavendel in der Hand und lächelte glücklich.

»Hallo, ich bin Steffi.« Sie reichte Anja die Hand, woraufhin diese ebenso verblüfft wirkte wie zuvor Heike.

»Oh, freut mich.«

Heike wandte sich Anja zu. »Steffi hat uns eingeladen, die Nacht bei ihr auf dem Hof zu verbringen. Was denkst du?«

Anja sah von Heike zu Steffi. »Okay«, meinte sie schließlich.

Steffi strahlte über das ganze Gesicht. »Gut, dann ist das abgemacht. Ihr könnt schon vorfahren. Ich bin nicht ganz so flott unterwegs.« Sie deutete auf den Trecker. »Ihr müsst einfach die Straße entlangfahren. Vor dem nächsten Hof links ab und dann an der ersten Kreuzung rechts. Nicht wundern, meine Einfahrt ist ein Schotterweg und recht lang. Ich komme gleich nach. Und keine Angst vor dem Hund, der ist ganz lieb.« Steffi winkte fröhlich und kletterte wieder auf ihren Trecker.

Heike sah kurz zu Anja. »Na, dann wollen wir mal. Sie macht doch einen netten Eindruck.«

Anja hob die Schultern. Ganz geheuer schien ihr das Ganze nicht zu sein.

Als sie wieder in Möppi saßen und Heike den Wagen in die angegebene Richtung lenkte, sah Anja sie besorgt an. »Glaubst du, das geht in Ordnung? Ich meine … wir kennen die doch gar nicht. Und was macht die hier? Ich weiß nicht …«

Heike zuckte mit den Schultern. »Die wird uns schon nicht fressen. Und dichter ran an das echte Frankreich kommen wir ohne Sprachkenntnisse ganz sicher nicht.«

»Hm«, machte Anja.

Heike sah im Seitenspiegel, wie Steffi ihren Trecker auf die Straße hinter ihnen lenkte, allerdings war das Gefährt so langsam, das Möppi schnell einen Vorsprung gewann. Sie bogen vor dem nächsten Hof links ab, wie Steffi es ihnen erklärt hatte. Dann folgten sie der schmalen Straße. Diese verlief zunächst schnurgerade zwischen den Feldern hindurch. Zu einem Waldstück hin stieg das Gelände leicht an, und es folgten einige enge Kurven. Die Kreuzung ließ auf sich warten. Links und rechts war lichter Pinienwald zu sehen.

»Gut, es scheint hier recht einsam zu sein«, musste nun auch Heike zugeben. Kurz flatterte es nervös in ihrem Magen. Auf Campingplätzen zu stehen war das eine. Da war man unter anderen Reisenden. Sich aber nun mitten im Nirgendwo bei fremden Menschen hinzustellen, war definitiv etwas anderes.

Als sie endlich an eine Art Kreuzung kamen, hielt Heike kurz an. Rechts führte ein schmaler Schotterweg durch den Wald.

»Da rein? Bist du sicher?« Anja äugte auf den Weg.

»Rechts ab auf den Schotterweg, hat sie gesagt.«

Der Weg war fast so schmal wie die erste Camping-platzeinfahrt, die Heike gemeistert hatte. Hier und da hörte sie, wie Äste über Möppis Dach schrappten, und entschuldigte sich im Stillen dafür. Hoffentlich brachte sie das Wohnmobil nicht völlig zerkratzt zu Gabi zurück. Sie fuhren über zehn Minuten auf dem Schotterweg ent-lang, und gerade als Heike befürchtete, doch falsch abge-bogen zu sein, spuckte der Wald sie auf eine weite Lich-tung aus. Vor ihnen breitete sich eine größere Hoffläche aus, die seitlich von allerlei Schuppen und Unterständen gesäumt wurde und an deren Ende ein flacher Sandstein-bau lag. Vom Haus her kam ein riesiger grauer Hund auf Möppi zugelaufen.

»Oh, ich glaube, wir sind hier richtig.« Heike behielt das Tier im Auge. Der Hund blieb vor Möppi stehen, gab ein heiseres Bellen von sich und wedelte dann mit sei-nem langen Schwanz.

»Der ist groß.« Anja schüttelte den Kopf.

»Steffi hat gesagt, der tut nichts.« Heike fühlte sich spontan an einen Horrorfilm erinnert, den sie vor Jahren einmal mit Kai hatte ansehen müssen.

Anja verzog das Gesicht. »Bitte, du zuerst!«

»Er wedelt immer noch mit dem Schwanz.« Heike öff-nete ihre Tür ein Stück weit. Mit einem ungelenken Hopser war das Tier sofort auf ihrer Seite. Ohne dass sie reagieren konnte, schob der große graue Hund mit einer gehörigen Portion Kraft seinen Kopf durch den Türspalt und fing an, ihre Hand abzulecken.

»Uh – also fressen will er uns nicht. Eher auflecken, befürchte ich.«

Anja beugte sich ein Stück vor und besah sich die Szene. »Ich glaube, er mag dich.« Sie grinste.

»Super – ich freu mich.« Heike hob ihre Hand, von der nun lange Sabberfäden tropften. Das Fortnehmen der Hand quittierte der Hund mit einem Fiepen und dem Versuch, gleich in Möppi einzusteigen.

Heike versuchte, das große Tier zurückzuhalten. »He – nein, nein, mein Guter. Hier ist kein Platz. Warte – ich steige aus.« Kaum hatte Heike das Wohnmobil verlassen, widmete sich der Hund wieder ihrer Hand. Sie verzog leicht angewidert das Gesicht. »Steig aus, Anja – ich weiß nicht, was er tut, wenn er meine Hand aufgelutscht hat.« Der Hund reichte Heike bis zur Hüfte. Sie hoffte, er würde seine Freundschaftsbekundungen nicht noch ausweiten. Doch als Anja ausstieg, widmete er ihr nur einen kurzen Blick.

»Ich glaube, du hast einen neuen Freund.«

In der Ferne hörten sie das Tuckern eines Treckers. Auch der Hund vernahm es und ließ von Heikes Hand ab, um sich erwartungsvoll mitten auf den Hof zu setzen. Sein Blick war konzentriert auf die Einfahrt gerichtet.

Heike und Anja blieben dort stehen, wo sie waren. Als Steffi endlich aus dem Wald auftauchte, hopste ihr das große, ungelenke Tier freudig entgegen und begleitete den Trecker, bis Steffi diesen vor einem Schuppen parkte und den Motor ausschaltete.

»Na, mit Blümchen habt ihr euch ja schon bekannt

gemacht«, rief sie lachend, als sie auf die beiden Frauen zukam.

»Blümchen?« Heike hob ihre angesabberte Hand.

Steffi deutete auf das Haus. »Da vorne ist ein Wasserhahn. Entschuldige, das habe ich ihm nie abgewöhnen können.« Heike folgte ihrem Fingerzeig und wusch sich die Hände. »Da vorne neben der Scheune ist der Stellplatz für das Wohnmobil«, erklärte Steffi sodann. »Es gab in der Gegend mal so ein Programm, ähnlich wie Urlaub auf dem Land, da wurde uns geraten, solche Plätze einzurichten. Viele Leute würden gerne ganz ursprünglich Urlaub machen wollen, hieß es. Na ja, mein Gästezimmer wird häufiger gebucht, muss ich gestehen. Nur gut, wenn er jetzt mal wieder benutzt wird. Ich muss bloß die Sicherung für den Stromanschluss umlegen. Aber kommt doch erst mal rein. Möchtet ihr was trinken?«

Heike und Anja sahen sich kurz von der Seite her an. Steffis Redeschwall überraschte sie beide.

Steffi schien es zu bemerken. »Tut mir leid – Blümchen und ich bekommen nicht so viel Besuch, da freuen wir uns einfach – und ich spreche immer nur Deutsch, wenn ich mit meiner Mutter in Frankfurt telefoniere. Hier bei den Nachbarn ist Deutsch ein absolutes No-go.« Sie lachte und bedeutete ihren Gästen, ihr zu folgen. Blümchen hatte nun Steffis Hand auserkoren und klebte mit der Schnauze förmlich an seinem Frauchen.

Steffis Haus war ein flacher Sandsteinbau mit dicken, ausgeblichenen roten Ziegeln auf dem Dach. Überall standen Blumentöpfe – am Haus, neben der Tür und auf den tiefen Fensterbänken. Bienen schwirrten umher und landeten auf den unzähligen Blüten.

»Lebst du hier ganz allein?«, fragte Heike.

Steffi nickte, während sie die Tür öffnete. »Ja, nur ich und Blümchen, zwei Katzen und einige Ziegen.«

Im Haus war es angenehm kühl. Hinter der Haustür lag direkt der Wohnraum, der eine Mischung aus Küche und Wohnzimmer war. Links gab es eine Kücheninsel, über der an einem Gestell Töpfe und Pfannen hingen, dazwischen diverse Bündel an trockenen Kräutern. Ein dickes Holzbrett auf der Arbeitsfläche, abgenutzt und zerkratzt, kündete davon, dass in dieser Küche wohl gut und gerne gekocht wurde. An der dahinterliegenden Sandsteinwand stand ein großer Herd. Er hatte mehrere Klappen und wurde offensichtlich noch mit Holz befeuert. Es roch nach Gewürzen. Rechts von ihnen stand ein großer Tisch mit einer Eckbank, die sich von dem Kachelofen aus in den Raum hinein erstreckte und schon fast ein Sofa war. Decken und Kissen lagen darauf, und am Ende stand ein kleiner Fernseher auf einem Regal.

Steffi folgte Heikes Blick. »Es ist nicht groß hier, aber für mich allein und ab und zu mal Gäste reicht es. Ich heize mit Holz, es kann ganz schön kalt werden im Winter. Aber momentan ist es ja richtig warm. Lasst uns auf die Terrasse gehen, ich hole uns Eistee.« Steffi deutete auf die zweiflügelige Terrassentür am Ende des Raumes. »Geht ruhig schon raus.«

Blümchen drängte sich noch vor Heike durch die Tür und ließ sich mit einem zufriedenen Seufzer gleich links an der Hauswand nieder. Anja und Heike fanden sich auf einer großen Terrasse wieder, deren Boden aus dem gleichen Sandstein war wie das restliche Haus. Auf dieser Seite des Gebäudes war es deutlich wärmer, da die Sonne sie direkt beschien. »Oh, wow!« Anja ging ein paar Schritte voraus. Die Terrasse war eher ein Balkon, umrahmt von einem schmiedeeisernen Geländer. Direkt dahinter öffnete sich ein weiter Blick in ein Tal und auf die umliegenden Hügel und Wälder. Auch Heike staunte einen andächtigen Augenblick lang. Eine solche Aussicht hatte sie nicht vermutet, schien das Gehöft doch mitten im Wald zu liegen.

Steffi kam mit einem Tablett, auf dem drei Gläser und eine Karaffe standen, aus dem Haus und lächelte nur. »Ja, so habe ich auch geguckt, als ich damals das erste Mal hier war. Da konnte ich nicht anders ... Kommt, setzt euch.«

Rechts auf der Terrasse standen ein großer Sonnenschirm und darunter eine hölzerne Sitzgruppe, mit bequemen Kissen und Decken versehen.

Heike löste sich nur widerwillig von dem umwerfenden Panorama.

»Und, wie lange seid ihr schon unterwegs?« Steffi schenkte jedem ein Glas Eistee ein.

»Das ist der Anfang unserer Reise. Ich war vorher schon in Schweden, aber wir zusammen«, sie sah Anja an, »sind erst seit Kurzem auf Tour.«

»Mädelsurlaub also?«

»Hm ja, irgendwie. Ist eine etwas längere Geschichte.«

Steffi sah Heike fragend an. Die wollte der fremden

301

Frau nicht gleich erzählen, warum sie mit Anja unterwegs war, zumal sie fand, dass es wohl eher deren Sache wäre.

Anja wirkte noch etwas schüchtern und unschlüssig und nippte nun verlegen an ihrem Eistee.

»Na, wie auch immer, ich freue mich auf jeden Fall, dass ihr hier seid.« Steffi hob ihr Glas.

Heike räusperte sich. »Und wie bist du an diesem Ort gelandet?«

Steffi neigte den Kopf und zuckte schließlich mit den Schultern. »Burn-out. Bis vor acht Jahren habe ich in Frankfurt gelebt und hatte ein erfolgreiches Immobilienbüro. Ich habe im Grunde nur gearbeitet – gut, es hat mir auch Spaß gemacht. Aber irgendwann wurde es zur Last, und das mit dem Spaß habe ich mir eingeredet, ohne darauf zu hören, was mein Körper sagte. Ich war wie im Rausch ... ich wollte erfolgreich sein, unabhängig und so weiter ...« Nachdenklich richtete sie den Blick in die Ferne. »Ich hatte eine gescheiterte Beziehung hinter mir, und die klassischen Träume von Familie, Kindern und so waren allesamt zerplatzt. Wobei das im Grunde mit meinem Job auch schwer zu vereinbaren gewesen wäre. Aber ich war irgendwie auf dieser Schiene, wo ich dachte, ich muss alles haben und erreichen. Ich habe mich dann nur noch mehr in Arbeit ertränkt. Und eines Tages – bäm – ging nichts mehr. Als ich wieder halbwegs auf den Beinen war, habe ich mich total geschämt und gespürt, dass ich nicht in mein altes Leben zurückkonnte. Ich wollte weg, weit weg. So bin ich hier gelandet. Ich habe in Frankfurt alles aufgegeben, meine Sachen verkauft,

302

meine Wohnung, meine Möbel. Bin mit einem Koffer im Auto nach Frankreich gefahren. Jetzt bin ich hier – und mir geht es gut.«

Schweigen breitete sich aus.

Heike sah, wie Anja Steffi ganz aufmerksam ansah. »Oh – das war bestimmt nicht leicht«, meinte die junge Frau.

Steffi hob die Hände. »Nein, aber es war eine echte Befreiung. Klar war es ein harter Schnitt, und im Grunde haben mir auch alle einen Vogel gezeigt.« Sie schmunzelte. »Meine Mutter fragt immer noch jedes Mal, wann ich denn zurückkomme. Aber wäre ich dortgeblieben, ich wäre, glaube ich, kaputtgegangen – oder in der Klapse gelandet.«

Heike musste einmal tief einatmen. Steffis Ehrlichkeit traf sie mitten ins Herz. »Und jetzt baust du hier Lavendel an?«

»Na ja, mehr schlecht als recht.« Steffi lachte. »Ich hatte davon überhaupt keine Ahnung, aber zu dem Haus hier gehören ein paar Felder. Verkaufen wollte ich das Land nicht. Im nächsten Dorf lebt ein älterer Herr. Clément ist schon weit über neunzig, aber er hat mir geholfen, die ganzen alten Maschinen wieder flottzumachen, und mir auch sehr geduldig erklärt, wie das mit dem Lavendel so läuft. Im Grunde war er der Einzige, der anfangs überhaupt mit mir geredet hat – alle anderen hier im Umkreis halten mich, glaube ich, eher für die verrückte Deutsche. Aber andere Wege zu gehen kann unheimlich befreiend sein. Man muss sich mit ganz neuen Dingen beschäftigen.«

»Hut ab!«, meinte Anja. »Ich hätte mich das alles niemals getraut.«

»Ich hatte keine Wahl. Irgendwann musste ich ja auch wieder etwas Geld verdienen. Und ich wollte unbedingt hierbleiben.«

Heike strich nachdenklich mit einer Hand über das verwitterte Holz des Gartentisches. »Ich finde das bewundernswert, ehrlich.« Sie machte eine Pause und seufzte dann. »… mein Mann und ich haben uns gerade getrennt. Ich weiß auch noch gar nicht, wie es jetzt weitergehen soll.«

Heike bemerkte, wie Anja sie verdattert ansah. »Ich dachte, das ist schon länger her?«

Heike zuckte verlegen mit den Achseln.

»Oh.« Steffi neigte den Kopf. »Also ist deine Reise jetzt auch ein bisschen eine Flucht, hm?«

»Ja, das kann man so sagen.« Heike senkte den Blick.

Steffi beugte sich über den Tisch hinweg und legte eine Hand auf Heikes. »Glaub mir – fliehen ist nicht das Verkehrteste, wenn es einem zu viel wird. Auch wenn viele etwas anderes behaupten. Ich weiß sehr wohl, dass es gut sein kann, einfach mal seinem Herzen … oder eben einer Autobahn … zu folgen. Man kommt irgendwann, irgendwo wieder an. Manchmal dauert es. Aber dann weiß man, dass es gut wird. So – hat jemand Hunger? Ich würde mich sehr freuen, wenn ich heute für euch kochen darf. Auch so ein neu erworbener Spleen von mir.« Steffi zwinkerte.

Wenig später fanden sich die drei Frauen in der Wohnküche wieder. Steffi gab Anweisungen, was zu erledigen war, und während Heike Gemüse putzte und Anja es in Scheiben schnitt, schürte Steffi das Feuer im Herd. Es sollte Ratatouille geben. Bald nachdem die Auflaufform mit Auberginen, Zwiebeln, Zucchini, Tomaten, Paprikaschoten und Knoblauch gefüllt war und in den Ofen geschoben wurde, duftete es im ganzen Raum, wie es wohl in einem französischen Restaurant nicht herrlicher hätte riechen können. Anjas Magen knurrte laut. Verlegen lachte sie.

Während sie darauf warteten, dass das Essen gar wurde, zauberte Steffi eine Flasche Wein hervor. Anja zögerte kurz und nahm schließlich auch ein Glas.

»So – nun will ich aber wissen, woher ihr euch kennt.« Steffi hob ihr Glas.

Heike sah Anja aufmunternd an.

Die junge Frau erzählte Steffi daraufhin von ihrer Krankheit und wie sie mit Heike zusammengefunden hatte.

Steffi hörte aufmerksam zu, dann hob sie nochmals ihr Glas. »Na, da seid ihr doch genau auf diesem neuen Weg, den ich meinte. Ich wünsche euch beiden von ganzem Herzen, dass euch dieser Weg ganz viel Glück bringt. Das mit diesem Internetforum müsst ihr mir dann gleich noch mal genauer erklären … Aber erst essen wir.«

Sie saßen zum Essen gemeinsam draußen auf der Terrasse. Am Horizont war das Tal in das Rot der untergehenden Sonne getaucht. Grillen zirpten, und ein leichter warmer Wind wehte.

Alle drei erschraken, als Heikes Handy ein lautes »Pling« von sich gab. Sie legte ihr Besteck ab und zog das

Telefon aus ihrer Hosentasche. »Entschuldigung. Ich schau mal kurz, könnte meine Tochter sein.«

Auf dem Display wurden ihr gleich mehrere Nachrichten angezeigt. Eine von Jochen, eine von Stefan – eine Kombination, die sich sehr seltsam anfühlte, bemerkte Heike in diesem Moment – und eine von Jenny. Ihre Tochter fragte nur kurz, ob alles okay sei. Heike schickte einen Daumen hoch.

Als sie Stefans Nachricht öffnete, musste sie sich ein Grinsen verkneifen. Obwohl es nur eine einfache Textnachricht war, fühlte sich Heike, als wäre sie wieder vierzehn Jahre alt, und jemand hätte ihr gerade in der Schule so einen kleinen, bekritzelten Zettel mit einem »Willst du mit mir gehen« zugeschoben.

»Hey, wo seid ihr?«, schrieb Stefan. »Geht's euch gut? Wir sind noch in Skagen, Stellplatz am Meer. Bleiben noch etwas. Alex ist ein super Typ, macht Spaß mit ihm.«

Heike antwortete nur kurz. »Sind irgendwo in Frankreich bei einer netten Deutschen gelandet. Melde mich nachher noch mal.«

Sie legte das Handy weg. Jochens Nachricht konnte sie auch später noch lesen. Sie wollte sich jetzt nicht von ihm den Abend verderben lassen.

Steffi wedelte mit ihrer Gabel. »Hm – dann erzählt mir doch einmal von dieser Internetsache, wo ihr euch kennengelernt habt. Hört sich spannend an.«

Viel konnte Heike ja noch gar nicht berichten, außer das sich aus ihrem privaten Blog blitzschnell ein Forum entwickelt hatte, wo sich Camper mit potenziellen Reisebegleitungen austauschten.

»Das ist eine richtig gute Idee. Ich meine … nicht jeder kann reisen, die Idee, es wie mit einer Art Mitfahrzentrale zu organisieren, finde ich prima. Bietet doch bitte meinen Stellplatz an. Vielleicht bekomme ich dann ja auch mal Besuch. Gut – ganz behindertengerecht ist es hier jetzt nicht, aber zumindest alles ebenerdig. Ich habe ja auch noch das Gästezimmer. Wenn es wirklich Leute sind, die sich über das Forum gefunden haben, verlange ich auch nur die Strompauschale. Ich finde, das muss man unterstützen.«

Anja hob die Augenbrauen. »Finde ich super, Steffi. Ich trage das nachher gleich dort ein. Da kommen bestimmt Besucher.«

»Damit solltet ihr auch noch an andere Anbieter herantreten. Ich meine, es geht wahrscheinlich nicht nur mir so, dass der Stellplatz hier meist leer ist. Wenn ihr das bewerben würdet …«

Heike hob schnell die Hände. »Ho!« Sie lachte. »Die Idee ist gerade mal ein paar Tage alt. Ich bin selbst noch ganz überrascht, was sich da plötzlich anbahnt.«

Am späten Abend lagen Anja und Heike satt und leicht beschwipst in ihren Betten in Möppis Bauch.

Während Anja noch einmal ihren Laptop anschaltete, sah Heike auf ihr Telefon. Jetzt öffnete sie auch die Nachricht von Jochen. »Habe einen Makler mit dem Haus beauftragt. Er hat einen Schlüssel für Besichtigungen. Er denkt, es wird nicht lange dauern, das Haus hätte ja eine gute Lage. Melde mich.«

Heike seufzte.

»Alles in Ordnung?«, fragte Anja vom unteren Bett aus.

»Ja, alles gut. Mein Mann … Ex-Mann hat mir nur geschrieben, das unser Haus ab sofort von einem Makler angeboten wird.«

»Heike, das tut mir echt leid. Ich habe ja nicht geahnt, dass das noch so frisch ist.« Anjas Stimme hörte sich im Dunkeln des Wohnmobils schon so vertraut an wie die einer guten Freundin.

Heike seufzte traurig. »Wie Steffi schon sagt, irgendwann wird man wieder ankommen. Gibt es was Neues aus dem Forum?« Heike hatte nicht wirklich Lust, jetzt auch noch ihren Laptop anzuschalten.

»Stefan hat einen Bericht über seine Fahrt mit Alex online gestellt. Alle sind begeistert. Ich habe jetzt kurz etwas von dem Stellplatz hier geschrieben und angeregt, dass die anderen auch Plätze posten, wenn sie für … besondere Fahrten, sag ich mal, geeignet sind. Ich finde die Idee total gut.«

»Ja, ich auch. Ich werde morgen wieder einen Bericht schreiben. Heute bin ich zu müde. Und dann der Wein … Schlaf gut, Anja.«

»Du auch, Heike.«

Kapitel 28

Von Saint-Bonnet nach Avignon

Am nächsten Vormittag verabschiedeten sie sich herzlich von ihrer Gastgeberin.

Steffi wirkte traurig, ihren Besuch so schnell wieder ziehen lassen zu müssen. »Schade, dass ihr nicht länger bleiben könnt. Falls ihr auf dem Rückweg hier vorbeifahrt – Blümchen und ich würden uns wirklich freuen.«

»Vielleicht kommen ja bald andere. Ich habe schon von deinem Stellplatz als echtem Geheimtipp in unserem Forum berichtet.« Anja lächelte versöhnlich.

Heike nickte zustimmend. »Anja ist da schneller als ich und kennt sich besser aus.«

Steffi lachte. »Ihr seid, glaube ich, ein gutes Team. Macht was draus. Und jetzt wünsche ich euch eine tolle Weiterfahrt und noch ganz viele schöne Erlebnisse. Ich schaue später mal im Internet nach und werde euch dort weiter verfolgen. Und jetzt los!«

Als sie wieder auf der Autobahn gen Süden unterwegs waren, zog Anja sich ihren Laptop auf die Knie.

»Ich werde mal eine Karte in das Forum einbauen, wo die User Stellplätze eintragen können.«

Heike nickte noch etwas unschlüssig, während sie Möppi lenkte. »Hört sich sinnvoll an. Ich habe gar nicht so viel Ahnung von alldem, was man da machen kann. Woher weißt du das alles?«

»Na ja, sagen wir mal, ich hatte in den letzten Jahren ziemlich viel Zeit, um vor dem PC zu sitzen. Da schaut man sich einiges ab. Wir haben übrigens inzwischen knapp über fünfhundert Mitglieder.«

»Was?« Heike sah Anja überrascht an.

»Das wird, glaube ich, noch um einiges größer.« Anja lachte. »Also, wenn du einen Rückzieher machen willst, dann lieber jetzt.«

»Nein.« Heike schüttelte den Kopf. »Rückzieher machen ist jetzt nicht mehr. Aber, Anja?«

»Hm?«

»Du musst mir versprechen, dass du mir weiterhin hilfst. Ohne dich bin ich in Sachen Internet sonst aufgeschmissen.«

Anja grinste nur. »Denke, das geht klar.«

Sie kamen am frühen Nachmittag in Avignon an. Möppi hatte sie jetzt endgültig in ein mediterranes Klima gebracht. Die Luft war warm und roch nach Bergen und Wasser.

Das Erste, was sie von Avignon sahen, war eine hohe, alte Stadtmauer, die zunächst keinen Blick auf die Stadt zuließ. Es gab zwar Tore und Türmchen, aber keine Durchfahrt – zumindest keine, bei der Heike sich getraut hätte, das Wohnmobil durchzusteuern.

An Eisenstangen hängende, mittelalterlich anmutende

Straßenlaternen baumelten im leichten Wind, zu ihrer Rechten war der Fluss jetzt nur durch eine Mauer von der Straße getrennt.

»Schöne Mauern«, unkte Anja irgendwann. Sie hatte ihren Laptop schon vor einigen Stunden beiseitegelegt und lange nachdenklich aus dem Fenster geblickt. Auch Heike hatte ihre Gedanken kreisen lassen. Hamburg war so weit entfernt, dass sie dazu gar keine klaren Gefühle mehr hatte.

»Ja, die wollen wohl, dass keiner reinguckt.« Heike fuhr weiter daran entlang.

»Guck mal – da steht eine halbe Brücke im Fluss.« Anja zeigte durch das geöffnete Fenster nach draußen.

Heike grübelte kurz. »Ist das nicht diese Brücke, die in dem Kinderlied besungen wird?«

»Was für ein Kinderlied?«

Heike begann leise die einfache Melodie zu singen: *Sur le pont d'Avignon l'on y danse, l'on y danse, sur le pont d'Avignon l'on y danse tout en rond.*«

Anja lachte. »Ich dachte, du kannst kein Französisch.«

»Kann ich auch nicht, aber dieses Lied hat meine Tochter im Kindergarten gelernt, und dazu gab es so ein Tanzspiel. Das habe ich mit Sicherheit fünfhundert Mal mitsingen müssen.« Heike summte die Melodie noch mal.

»Danke, jetzt habe ich einen Ohrwurm. Aber schau, dahinten geht eine ganze Brücke über den Fluss, und da ist dann irgendwo der Campingplatz.«

»Hoffentlich hat der nicht auch so eine schicke Mauer.« Heike nickte nach links, wo es nach wie vor nur Steine zu sehen gab.

Ihr heutiges Ziel lag auf einer Insel inmitten des Flusses. Obwohl vor dem Tor zum Campingplatz eine kleine Schlange Reisemobile stand, bekamen sie auch hier noch einen Platz. Dieser war allerdings nicht mit einer guten Aussicht ausgestattet. Auf der einen Seite war ein Zaun, auf der anderen stand schon der Wohnwagen ihres Nachbars.

»Etwas kuschelig hier«, bemerkte Heike, als sie versuchte auszusteigen, ohne die Tür gleich an den nächsten Camper zu schlagen. »Wird schon gehen für eine Nacht.«

Da die Parzelle wirklich nicht dazu einlud, die Stühle auszupacken, beschlossen die beiden, sich ein wenig umzusehen. Anja blickte zögernd zwischen dem Weg und Möppis Heck hin und her. Sie wirkte etwas blass heute. Der spontane Spaziergang im Lavendel, der lange Abend und der Wein hatten Spuren hinterlassen.

»Möchtest du ihn mitnehmen?«, fragte Heike vorsichtig. In den letzten zwei Tagen war Anjas Krankheit kein Thema gewesen. Heike hatte zwar gesehen, wie Anja mehrmals am Tag Medikamente einnahm, aber ansonsten wäre ihr nicht sofort aufgefallen, dass bei der jungen Frau irgendetwas nicht stimmte. Anja schien sich jedoch vor unvorhersehbaren Belastungen, wie einem Spaziergang ins Blaue, zu ängstigen.

»Hm, ich weiß nicht.«

Heike sah Anja an, dass es nicht nur die Unsicherheit mit dem eigenen Körper war, sondern auch etwas Scham.

»Pass auf«, Heike bot ihr den Arm. »Du hakst dich bei mir ein, und wir gehen ganz langsam. Wenn du eine

Pause brauchst, sagst du Bescheid. Und wenn es gar nicht geht, laufe ich zurück und hole das Ding. Okay?«

»Okay!« Anja lächelte sie dankbar an.

Ganz gemütlich schlenderten sie vom Campingplatz in Richtung Flussufer. Ein Trampelpfad führte durch eine Hecke, dann über einen kleinen, rasenbewachsenen Deich, und schon standen sie an der Rhône, fast genau gegenüber der alten, unvollständigen Brücke, hinter der sich die Stadtmauer und eine Art Festung erhoben.

»Oh, das ist … beeindruckend.« Heike hielt einen Augenblick inne. Dann gingen sie ein Stück weiter und setzten sich auf eine Bank. Auf dem Fluss paddelten ein paar Kanuten herum, und in einiger Entfernung tuckerte ein Ausflugsschiff auf dem Wasser.

Anja streckte genüsslich die Beine aus und hielt das Gesicht in die Sonne. Schweigend saßen sie eine ganze Weile dort. Irgendwann bemerkte Heike, dass Anja sich aufrecht hingesetzt hatte und auf die Brücke starrte. Als sie spürte, dass Heike sie beobachtete, presste sie die Lippen kurz aufeinander. Dann nickte sie in Richtung der Brücke. »Die sieht aus wie mein Leben.«

Jetzt setzte sich auch Heike wieder gerade hin. »Wie meinst du das?«

»Abgebrochen halt.«

»Ja, aber du lebst ja noch.«

Anja lachte kurz auf. »Ja, noch!«

Heike wusste nicht recht, was sie sagen sollte, aber es schien auch nicht nötig zu sein, denn Anja sprach weiter.

»Weißt du, bevor ich meine Diagnose bekam, hatte ich

313

ein ganz normales Leben. Ich hatte einen Job, der mir Freude machte, ich hatte einen Freund, ich hatte eine Familie. Dann stellte mich der Arzt vor vollendete Tatsachen, zumindest was die Diagnose anging. Alles andere ist bei MS nämlich so gut wie nicht vorhersehbar. Ich kann steinalt werden, ich kann aber auch in fünf Jahren tot sein. Und genau da brach mein altes Leben ab.« Anja seufzte leise. »Ich wurde depressiv, bekam Medikamente, diese lösten einen Schub aus, ich bekam Schmerzen, andere Medikamente, die Depression wurde schlimmer. Ich verlor meinen Job, mein Freund kam mit der Situation nicht klar, und meine Eltern …« Jetzt lachte sie enttäuscht auf, »die halten mich für eine Simulantin und einfach nur für faul.«

»Was?«, entfuhr es Heike. Entsetzt sah sie Anja an.

»Ist so. Mein Vater hat wortwörtlich zu mir gesagt, dass ich die Krankheit nur als Ausrede für meine Faulheit benutzen würde. Seitdem habe ich kein Wort mehr mit ihm gesprochen.«

»Das ist hart.« Heike schüttelte den Kopf. Wenn sie darüber nachdachte, dass einem ihrer Kinder so eine Diagnose gestellt worden wäre … nie im Leben wäre sie auf die Idee gekommen, Jenny oder Kai als Simulanten abzustempeln. »Das tut mir sehr leid, Anja.«

»Das Schlimme ist, ich kann selbst damit einfach nicht umgehen. Ich sitze die meiste Zeit zu Hause und grüble vor mich hin. Dabei sollte ich doch eigentlich zusehen, dass ich noch irgendwas Sinnvolles mache in meinem Leben. Ich meine …« Sie hob ergeben die Hände, »mir bleibt schon so vieles verwehrt. Familie, Kinder – da bin

314

ich doch raus, schätze ich. Ich würde mich das auch gar nicht trauen. Aber irgendwas muss ich doch noch machen!«

»Hmhm … ja, da kommt man wohl in so einen Teufelskreis, aus dem man schlecht rausfindet. Also, ich … ich habe jetzt auch viele Jahre in einer Blase gelebt, nein, wohl eher in einem Karton. Ich habe gar nicht gemerkt, dass vieles von meinem alten Leben einfach vorbei war, und ich habe nichts Neues angefangen. Ich konnte aus diesem Karton auch nicht raus, nicht mal rausgucken konnte ich.« Heike senkte den Blick, diese Erkenntnis traf sie jetzt selbst. »Und dann steht mein Mann da und sagt, er geht.«

»Und was hast du da gemacht?« Anja sah Heike neugierig an.

»Ich hab den Nudelsalat fallen lassen und lag fünfzehn Minuten später im Krankenwagen. Blackout, ausgeknipst. Zack, weg war ich.«

»Aua – ehrlich. So ähnlich wie bei Steffi?«

»Ja, ehrlich. Ich hätte ihm in dem Augenblick sagen sollen, was er für ein Armleuchter ist und all so was, aber dazu kam ich gar nicht. Tja, aber mein Karton war weg, ich sah die nackte Wahrheit über mein Leben und musste mir eingestehen, dass ich plötzlich nicht nur vor dem Nichts stand, sondern auch in der Zukunft nichts für mich sah.«

»Wow … und dann? Ich meine, jetzt sitzt du hier.« Anja nickte anerkennend.

»Ja – und das Wunderliche daran ist: Das ist alles gerade mal ein paar Wochen her.«

Anja senkte den Blick. »Ja, ich habe mich gestern schon total erschrocken, ich dachte, das ist Jahre her oder so.«

»Nein. Aber es kommt mir vor, als wäre es vor einer halben Ewigkeit gewesen. Was ich dir damit eigentlich sagen wollte … es kann sein, dass sich binnen weniger Tage dein ganzes Leben umkrempelt. Und das muss nicht immer etwas Schlechtes sein, selbst bei dir nicht. Ich meine … guck, du sitzt jetzt auch hier.«

»Das ist wohl wahr.« Anja fasst kurz nach Heikes Hand und drückte diese ganz fest. »Das ist wohl wahr …«

Am Abend verfasste Heike einen neuen Bericht für ihren Blog. Natürlich vergaß sie nicht, Steffis Hof zu erwähnen. Im Forum kam sie selbst schon gar nicht mehr hinterher. Neue Fahrgemeinschaften wildfremder Menschen hatten sich gebildet, und die ersten hatten ebenso wie sie die ersten Erlebnisse online gestellt. Heike freute sich ehrlich darüber. Dass aus so einer kleinen Idee plötzlich so etwas Großes werden konnte.

Zeitgleich mit ihr war Anja online. Sie bewegte sich viel souveräner im Internet als Heike und spickte das Forum mit nützlichen Inhalten und Beiträgen, die die anderen User zum Mitmachen animierten. Heike sah sie über den Tisch hinweg an. Sie saßen im Wohnmobil, weil draußen heute einfach kein Platz war, um einen Tisch und Stühle aufzustellen. Anja war ganz vertieft und tippte fleißig auf die Tasten. Heike wurde warm ums Herz. Und wenn sie es nur geschafft hatte, dass Anja einige Stunden ihre Krankheit und das leidige Drumherum vergessen konnte, hatte sie schon etwas Gutes vollbracht.

Kapitel 29

Von Avignon nach Perpignan und Collioure

Auf dem Weg von Avignon in Richtung Perpignan beschlossen sie, über Land zu fahren. Sie hofften, so noch ein wenig von der Camargue zu sehen.

Camargue, das waren für Heike weiße Pferde, die durch seichte Salzwasserfelder galoppierten, und große Herden schwarzer Rinder. Nachdem sie allerdings einige Kilometer am Rand des Naturparks entlanggefahren waren, musste sie trocken zugeben: »Sieht hier ein bisschen so aus, als wäre es das französische Holland: flach, Wiesen, Schilf.«

Anja lachte. »Ja, da hast du leider recht, irgendwie gibt es hier ziemlich viel Nichts.«

Dafür entschädigte Montpellier die beiden mit echtem Urlaubsfeeling. Schicke französische Jugendstilbauten mit schmalen, verschnörkelten Balkongeländern säumten die Straßen, hier und da standen Palmen, und die dichte Bebauung wurde immer wieder von kleinen Parks unterbrochen, in denen Menschen in Cafés saßen. Die ganze Stadt hatte etwas Mondänes an sich und strahlte zugleich Ruhe aus. Man spürte die Nähe zum Mittelmeer.

Heike hatte inzwischen beschlossen, dass sie nicht hetzen mussten. Den einen oder anderen Zwischenstopp konnten sie sich gönnen, und so parkte sie Möppi am Mittag auf einem großen Parkplatz unweit des Stadtzentrums. In einem der Cafés verputzte jede von ihnen einen riesigen Eisbecher. Dabei beobachteten sie die Menschen auf den Straßen, kicherten und lachten und vergaßen einen Augenblick lang, warum sie eigentlich auf dieser Reise waren.

Danach ging es weiter in Richtung Perpignan. Sie nahmen Straßen, die zwischen Lagunen und der Küste entlangführten. Dort wechselten kleine Ansiedlungen mit Feldern ab, durchbrochen von urigen Pinienwäldern und großen Plantagen, auf denen die Bäume in schnurgeraden Linien standen. Hier und da sahen sie pompöse Villen nahe der Küste, dann wieder Campingplätze. Diese waren wesentlich größer als alle, die Heike bisher angefahren hatte. Auf einigen sah sie sogar riesige Wasserrutschen in den Himmel ragen, es waren wohl richtige Ferienanlagen. Sie fuhren durch urtümliche, verschlafene Dörfer, wo ältere Herren auf Klappstühlen vor den Häusern saßen und den Tag vorbeiziehen ließen. Und sie kamen durch größere Orte, wo man vom Tourismus lebte und wo sich unzählige kleine bunte Läden aneinanderdrängten. Kaum hatten sie eine der Ortschaften hinter sich gelassen, erstreckten sich auch schon wieder Felder und Pinienwälder entlang der Straße, um dann aufs Neue von Ferienanlagen und hohen Hotelbauten abgelöst zu werden.

Sie folgten dem Küstenverlauf, und zu ihrer Linken

sahen sie das Wasser der Lagunen glitzern, breite Strände und die Schaumkronen des Mittelmeers.

Je näher sie Perpignan kamen, desto öfter erhaschten sie einen Blick auf imposante Berge in der Ferne.

Kurz bevor sie die Küstenstraße verlassen mussten, hielt Heike auf einem Parkplatz, um sich bei Kai zu melden. Dieser schickte ihr sogleich die Adresse, zu der sie kommen sollte. Diese lag allerdings nicht in Perpignan, sondern ein Stück Richtung Süden in einem Ort namens Collioure. Also blieben sie in der Nähe der Küste und fuhren weiter.

Überraschenderweise änderte sich die Landschaft jetzt gänzlich. Sie wurde richtig bergig, und die Straße wand sich immer höher über die Küste, die zudem felsiger und steiler wurde. Nur noch hier und da gab es kleine Buchten mit weißen Stränden.

Sie waren gerade an den ersten Häusern des Ortes vorbeigefahren, als die Navigation beschied, sie sollten nach links abbiegen.

»Links? Da geht's ins Meer?« Anja beugte sich vor und versuchte zu erkennen, ob der Schotterweg, in den der Pfeil wies, überhaupt befahrbar war. »Nicht, dass wir gleich im Wasser stehen, wie an der Mosel.«

Heike lenkte Möppi, der angesichts des warmen Wetters und der plötzlichen Steigungen zunehmend zu schnaufen schien, langsam auf den Weg. Möppi holperte artig die recht steile Abfahrt hinunter.

Heike klammerte sich am Lenkrad fest. »Wenn das hier falsch ist, kommen wir hier nie wieder weg.«

Am Ende des Weges befand sich zu ihrer Erleichte-

319

rung ein größerer geschotterter Platz auf einem Felspla-
teau. Hinter einem blauen Tor ragten das rote Ziegeldach
und die oberste Etage eines gelben Hauses hervor, das
wie ein Schwalbennest am Felsen klebte. Nicht weit von
ihnen tat sich schon der Abgrund hinunter zum Meer
auf.

Heike hielt an und löste die Hände vom Lenkrad.
»Puh, das war jetzt aber noch mal ein Ritt.«

»Da kommt jemand.« Anja deutete zu dem blauen Tor.

»Kai! Das ist Kai, mein Sohn!« Im Nu war Heike aus
dem Wohnmobil geklettert und lief ihm entgegen.

»Hey, Mama!« Er breitete die Arme aus.

Heike umarmte ihren Sohn und war so von Stolz erfüllt, wie groß und kräftig er war und wie gut er aussah.
»Mensch«, sie hielt ihn eine Armeslänge von sich entfernt, »das scheint dir aber mehr als gutzutun, dieses
Frankreich.«

»Ja, ist schon was anderes, als nur zu sitzen und zu
studieren. Du siehst aber auch gut aus, Mutti.«

Jetzt bemerkte Kai, dass seine Mutter nicht alleine gekommen war.

»Hi!« Anja winkte schüchtern vom Wohnmobil her.

»Hi! Äh, Mama, und wer ist das?«

Heike winkte Anja zu, dass sie zu ihnen kam. »Kai, das
ist Anja. Sie begleitet mich auf dieser Reise.«

»Hi, freut mich.« Kai begrüßte Anja höflich und lächelte ihr zu.

Anja gab ihm etwas scheu die Hand. »Hi.«

»Schön, dass ihr da seid. Mama, du und ein Wohnmobil?« Er schüttelte den Kopf.

»Ja, deine Mama fährt jetzt Wohnmobil.« Heike grinste stolz. »Sag, wohnst du hier? Ich dachte, du bist in Perpignan.«

»Äh ja, ist eine längere Geschichte. Ari und ich haben erst in Perpignan gewohnt, jetzt aber konnten wir das Haus hier mieten. Ist doch eine tolle Lage, oder?« Er deutete aufs Meer. »Und die Tauchschule ist gleich unten in der Bucht.«

»Ist Ari deine Freundin?« Heike hob neugierig die Augenbrauen.

»Hm, Mama, komm einfach mit – ich stelle euch Ari vor.«

Kai ging voran in Richtung des Hauses am Hang. Hinter dem blauen Gartentor verbarg sich ein stufiger Garten, welcher vor dem Haus in eine große Terrasse überging. Was Heike oben vom Parkplatz aus gesehen hatte, war in der Tat die oberste Etage des Hauses. Diese war wesentlich größer, als sie vermutet hatte. Zur Terrasse hin bildeten steinerne Rundbögen eine schattige Überdachung. Unter dieser befand sich ein großer, langer Holztisch, der aussah, als wäre er mindestens zehn Jahre als Treibholz im Mittelmeer unterwegs gewesen. Einfache Bänke aus halben Stämmen säumten ihn ein.

»Ari? Ari! Meine Mutter ist da.«

Heike wurde kurz nervös und blickte gespannt aufs Haus. Dass Kai eine Freundin hatte, freute sie.

Statt einer Frau kam jetzt aber ein junger blonder Mann aus einer der Terrassentüren und strahlte sie an. »*Bon jour* – ich bin Ari.« Er streckte Heike die Hand hin.

Heikes Blick sprang zwischen Kai und Ari hin und her.

Kais Gesichtsausdruck sprach Bände, sie kannte ihren Sohn.

»Oh, okay, hallo, Ari, freut mich.«

Heike sah zu Kai. »Freund-Freund oder Freund?«

»Mama, Freund. Ari und ich leben schon länger zusammen, also auch in Köln.«

Heike setzte sich auf eine der Holzbänke. »Okaaaay ...« Heike hatte mit irgendwelchen Hiobsbotschaften bezüglich des Studiums gerechnet. Dass ihr Sohn aber ... Sie hatte nicht geahnt, dass er ... Selbst in Gedanken wollte ihr Gehirn da gerade keine Worte finden. Sie fuhr sich mit beiden Händen über das Gesicht.

»Alles gut? Möchtest du etwas trinken?« Kai sah seine Mutter besorgt an.

»Etwas Hochprozentiges wäre gut, am besten das Stärkste, was ihr im Haus habt. Du und Ari, ihr seid also ... schwul?«

»Ich hol mal was zu trinken.« Ari verschwand wieder im Haus.

Es hörte sich komisch an. In Gedanken strich sie gerade seltsamerweise weitere Enkelkinder und überlegte, wie denn wohl – so es überhaupt noch mal eins geben würde – das nächste gemeinsame Familientreffen ablaufen würde. Jochen würde nicht begeistert sein, gar nicht. Verrückt, was einem bei solchen Botschaften blitzschnell durch den Kopf schoss. Heike legte sich unwillkürlich eine Hand auf die Stirn, als hätte sie Fieber.

»Mama, ich weiß, ich hätte mal was sagen sollen ... Aber das ist auch für mich nie so einfach gewesen.« Er sah jetzt ein bisschen verzweifelt aus.

Heike hob die Hand. »Kai, alles gut – ich habe in den letzten Wochen so viele Nachrichten bekommen, gute und schlechte ... Gib mir einfach ein paar Stunden oder vielleicht auch Tage, um mich daran zu gewöhnen, okay?«

»Hier, bitte, Frau Berger.« Ari war wieder auf die Terrasse gekommen und reichte ihr ein Glas.

Heike nahm einen Schluck und hustete. »Oh ... das ist gut, ja, das ist richtig gut. Ari, ich bin Heike.«

Ari lächelte verhalten. Ihm schien die ganze Situation auch nicht sonderlich angenehm zu sein. Er wandte sich an Anja, die ein Stück zurückgeblieben war und die Szene mit gebührendem Abstand beobachtet hatte. »Möchtest du auch irgendetwas trinken?«

Anja lächelte. »Eine Cola wäre ganz gut. Nicht ... nicht so was da.«

Heike fing sich wieder. Der Alkohol rauschte durch ihren Körper und richtete alles gerade, was eben ins Wanken geraten war.

»Trotzdem, Mama, ich freue mich riesig, dass du hier bist.«

»Oh Kai, ja ... Ich habe auch einige Nachrichten im Gepäck, aber lass uns mal kurz Luft holen.«

Er hob die Hände.

Heike sah von der Terrasse über den Garten hin zum Meer. »Wow ... was für eine Wahnsinnsaussicht.«

»Du kannst dort oben stehen bleiben mit dem Wohnmobil – oder willst du lieber auf den nächsten Campingplatz? Auch kein Problem.« Kai deutete auf den Hang hinter sich. »Aber von da ist die Aussicht echt gut, du kannst auch noch ein Stück vorfahren. Keine Angst, es geht nicht so tief runter, wie man denkt. Abgestürzt ist da noch keiner. Wir haben dort öfter Camper stehen. Leicht verdientes Taschengeld.« Er zuckte mit den Achseln. »Ari hat sogar ein kleines Bad da oben ausgebaut, das sieht man nur nicht sofort. Ist hinter den Büschen versteckt.« Er lächelte verlegen.

Heike sah an Kai vorbei zu ihrer Mitfahrerin. »Anja, was denkst du? Campingplatz oder Familie?«

Anja sah hinaus aufs Meer. »Ich find's super hier.«

»Gut, wir bleiben hier. Du hast es gehört, Kai.«

Den Nachmittag über verbrachten sie im Schatten der Rundbögen, und Heike berichtete von ihrer Reise mit Möppi zu Jenny. Kai wiederum erzählte ganz unverfänglich, wie Ari und er jetzt die Tauchschule von Aris Vater führten, der sich nach einer schweren Operation langsam erholte.

Anja war angesichts der beiden jungen Männer nur zaghaft aufgetaut. Jetzt aber lachte sie mit am Tisch und schien sich wieder zu entspannen.

Als die Sonne langsam hinter den Bergen unterging, tippte Kai Heike von der Seite her an. »Gehen wir beide noch mal runter zum Strand?«

Heike stand mit ihm auf und zwinkerte Anja kurz zu.

Ari nickte. »Geht nur, Anja und ich können uns auch allein unterhalten.«

Breite Stufen führten einen verschlungenen Fußpfad hinab zur Bucht. Der Boden war aus feinem Kies, und die Wellen gaben ein leises Rauschen von sich, wenn sie auf den Strand trafen. Es war ruhig und friedlich in dieser Bucht, und die Wärme des Tages hatte sich in den Fels-wänden gehalten.

Heike hakte sich bei Kai unter, als sie am Strand ange-kommen waren. »Toll, dich wiederzusehen, Kai. Ich … ich vermisse dich und Jenny doch manchmal sehr.«

»Du, Mama.« Kai blieb stehen. »Sei nicht böse auf Jenny, aber sie hat mir schon erzählt, warum du gekom-men bist.«

»Hat sie?« Heike blieb stehen.

»Ja, also das mit Papa und dir. Natürlich war ich auch erst entsetzt und traurig, aber … ich kann es auch verste-hen und komme damit klar.«

»Okay.« Heike drückte seinen Arm.

»Mir … mir ist es nur wichtig zu wissen, wie es dir geht. Geht es dir wirklich gut?«

»Ja, Kai, mir geht es gerade wirklich gut. Sehr gut. Auch wenn mein Sohn mich heute etwas überrumpelt hat.«

»Entschuldige. Aber das ist auch etwas, das man nicht mal schnell auf eine Postkarte schreibt.«

»Ja, da hast du recht. Hauptsache, du bist glücklich. Alles andere ist egal. Aber sag, hast du das Studium ganz hingeschmissen?«

Kai stieß einen tiefen Seufzer aus. »Ja.«

»Oha. Also das eine«, Heike deutete den Abhang hi-nauf, »das kannst du dem Papa erzählen, wann du willst. Aber das mit dem Studium, das solltest du ihm bald er-klären.«

»Ja, ich weiß.« Kai lachte kurz auf. »Das wird er wohl auch eher verstehen als die Sache mit Ari.«

»Oh, das befürchte ich auch. Dein Vater ist in der Hinsicht etwas … altmodisch. Aber auch das wird er überleben.«

»Und du, Mama? Was willst du jetzt machen?«

»Erst mal bleibe ich ein paar Tage hier. Ich muss doch sehen, was mein Sohn so macht. Und Anja … Anja braucht einen ganz tollen Urlaub. Das liegt mir sehr am Herzen. Und ich erhole mich auch etwas hier, und dann gucke ich mal, wo es mich als Nächstes hinzieht.«

»Du hast jetzt richtig Reisefieber bekommen, hm? Find ich gut. Aber wieso die Anja bei dir mitfährt, das musst du mir jetzt noch mal erklären.«

Heike erzählte Kai Anjas Geschichte, während sie langsam den Strand hinauf- und dann wieder hinabliefen.

»Das ist eine tolle Sache. Und dieser Stefan … ist das irgendwie dein Freund, oder so?«

Kai schien neuerdings ein gutes Gespür für die Gefühle anderer zu haben. Oder Heike hatte einfach ein paar Mal zu oft Stefans Namen erwähnt.

»Wäre das ein Problem für dich?« Heike sah ihren Sohn eindringlich an.

»Nein. Also gut … ich müsste mich dran gewöhnen. Aber ein Problem … nein. Solange er nett ist.«

Heike grinste. »Na, noch sind wir ja nur Freunde und nicht mehr.«

»Aber ein bisschen verguckt hast du dich schon, oder, Mama?« Kai lachte und legte Heike den Arm um die Schulter.

Kapitel 30

Collioure

Schon in den ersten Tagen erwiesen sich Kai und Ari als perfekte und vor allem rücksichtsvolle Fremdenführer.

Heike hatte Kai von Anjas Krankheit erzählt und dieser wiederum Ari eingeweiht. Anja fragte selbst nicht nach und erzählte auch nichts. Wahrscheinlich war gerade der Umstand, dass sie sich nicht erklären musste, so angenehm für sie. Die junge Frau blühte förmlich auf.

Ob Ari oder Kai, einer von den beiden nahm sich immer Zeit für Heike und Anja. Sie fuhren mit ihnen in das kleine Städtchen, und da Ari hier aufgewachsen war, fanden sie jedes Mal den perfekten Parkplatz, sodass Anja nicht lange laufen musste. Auch war es Aris Gegenwart geschuldet, dass nach wenigen Tagen jeder wusste, wer Heike und Anja waren. Kai und Ari waren hier bekannt und anscheinend ziemlich beliebt, sodass die beiden Frauen bald begrüßt wurden wie Einheimische.

Ari zeigte ihnen die verwinkelten Gassen des Städtchens, wo handtuchschmale Häuser sich über drei oder vier Etagen emporstreckten. Sie trugen die roten Ziegeldächer immer etwas schief, wie Baskenmützen. Überall standen oder hingen Blumen. Nicht nur einmal geschah es, dass Ari im Vorbeigehen von einer aus dem Haus stürzenden Frau umarmt und mit lautem französischem Palaver hineingebeten wurde. So fanden sich Heike und Anja plötzlich an einem einheimischen Küchentisch bei Käse, Schinken und Wein wieder. Ari und Kai übersetzten eifrig bei solchen Überraschungseinladungen, allerdings verstand Heike oft trotzdem nur die Hälfte. Was sie aber sehr wohl verstand, war die Art, wie Herzlichkeit hier gelebt wurde.

Heike wusste bald, dass es am Hafen bei dem alten Fischhändler Pino immer die beste Ware gab, dass Madame Rollete einen hervorragenden Kuchen backte, den man am besten bei einem Café au Lait in ihrem Café unterhalb des Palastes einnahm. Dieser wiederum dominierte das Gesicht von Collioure, denn die Mauern reichten vom Hafen empor bis auf ein Plateau, wo die eigentlichen Gebäude standen. Von dort oben hatte man eine fantastische Aussicht über den Hafen und die Klippen bis hinüber zu dem alten Fort, das auf einem Bergkamm über die ganze Bucht wachte.

Es gab viele Touristen im Ort, aber dank Ari und Kai fühlten sich Heike und Anja nie selbst wie Fremde. Sie waren hier schnell zu Hause und gehörten mit zu der großen Familie, die im Ort und der näheren Umgebung lebte.

Morgens schliefen sie lange, an den Vormittagen boten die jungen Männer ihnen immer etwas zum Besichtigen an, und an den Nachmittagen, wenn die Sonne vom Himmel stach, lümmelten Heike und Anja auf zwei Liegen auf der Terrasse im Schatten der Rundbögen. Ari war dann unten in der Bucht und kümmerte sich um die Taucher und Schnorchler, Kai wiederum saß im hauseigenen Büro und organisierte die Buchungen und Touren.

Abends kochte entweder Ari landestypische Hausmannskost, die eher schon spanisch anmutete als französisch, mit Tapas, Käse, Öl und Schinken und immer wieder frischem Fisch. Oder die vier fuhren in den Ort, um am Hafen in einem der Bistros zu essen. Dabei genossen sie die Aussicht auf die vielen kleinen Boote im Hafen und auf das Meer, welches zwar ruhig in der Bucht lag, aber weiter draußen kabbelig die Felsen umspülte.

Anja ging mit Ari und Kai nach wenigen Tagen völlig zwanglos um. Dass die beiden jungen Männer ein Paar waren, machte die Sache für sie wohl einfacher. Heike freute sich, Anja, die vor wenigen Tagen noch als graue Maus aus einem großen Betonbau gekommen war, jetzt in einem bunten T-Shirt zwischen den beiden Männern sitzen zu sehen, wo sie oftmals Tränen lachte.

Nur als Ari sie fragte, ob sie Lust hätte, auch einmal mit schnorcheln zu gehen, zuckte Anja kurz zurück und drohte sich wieder in ihr Schneckenhaus zu verkriechen.

Kai versuchte sie zu ermutigen. »Das ist nicht gefährlich, du kannst fast überall im Wasser stehen, und Ari und ich sind gleich neben dir.«

Heike nickte ihr aufmunternd zu.

»Nur, wenn Heike auch mitkommt.« Anja sah sie bittend an.

»Ich? Schnorcheln? Nein!«

»Ach komm, Mama.«

Abends im Wohnmobil saß Anja ratlos auf ihrem Bett. »Heike?«

»Hm?« Heike lag oben im Alkoven und tippte einen neuen Bericht in ihren Blog. Ihr Aufenthalt hier in Collioure entpuppte sich als beliebtes Thema, und ihre Follower fragten immer schon, was sie Neues erlebt hätten.

»Du, Heike, ich hab doch gar keinen Bikini oder Badeanzug dabei.«

Heike rutschte im Alkoven nach vorne an die Kante. »Na, dann besorgen wir dir einen.«

»Aber ich sehe doch aus wie ein Milchbrötchen.«

»Anja …« Heike konnte inzwischen Witze über das Thema machen und sagte nur: »Das ist den beiden Jungs, glaube ich, herzlich egal – und den Fischen auch. Wir kaufen dir morgen einen, und dann machen wir das. Mitgehangen, mitgefangen.«

Anja bekam einen hübschen gelben Bikini, der ihre Haut nicht ganz so blass wirken ließ, wie es eine dunkle Farbe vielleicht getan hätte, und Gabis kaufte sich auch einen neuen Badeanzug in dem Strandshop am Hafen. Sie war sich nämlich nicht sicher, ob ihr alter einen Badetag im Meer aushalten würde.

Am Nachmittag stiegen sie dann mit Ari und Kai zum Strand hinunter. Heike musste schmunzeln, als Anja einen Blick auf die beiden braun gebrannten, muskulösen Männer in ihren Badehosen warf. Sie sah aus, als würde sie es kurz bedauern, dass man als Frau hier keine Chance hatte.

Ari erklärte ihnen, wie sie die Tauchermasken und die Schnorchel aufzusetzen hatten. Dann nahm er Anja an die Hand und führte sie ins Wasser. Heike tappte todesmutig ihrem Sohn hinterher, der sich zu ihrem Ärgernis über sie zu amüsieren schien, anstatt sie mit besorgten Blicken zu bedenken.

Das Meer war warm und ruhig. Sie liefen im knietiefen Wasser bis zu den Felsen, und dann erklärte Ari, dass sie hier nun schnorcheln würden, aber dafür müssten sie schwimmen. Er blieb ganz dicht bei Anja, jederzeit eine Hand an ihrem Rücken oder ihrer Schulter, sodass sie sich nicht alleine fühlte. Kraft für solch einen Ausflug hatte sie in den letzten Tagen genug getankt. Heike machte sich eher Sorgen um sich selbst. Sie wusste nicht, wann sie das letzte Mal im offenen Meer geschwommen war. Etwas ängstlich sah sie zu Kai, der aber deutete nur mit einem Daumen nach oben und steckte auch schon das Gesicht unter Wasser. Heike versuchte es ihm gleichzutun. Es war eigentlich recht einfach, sich bäuchlings im Wasser treiben zu lassen. Heike fand schnell ihr Gleichgewicht und staunte, wie gut sie durch die Tauchermaske sehen konnte. Unter ihr tat sich eine ganz neue Welt auf. An den Klippen wuchsen unter Wasser wahre Gärten aus Anemonen, und Abertausende kleine bunte Fische huschten dazwischen umher. Für einen längeren Moment vergaß Heike alles um sie herum.

Wieder am Strand angekommen, fiel Anja erst Ari und Kai um den Hals und dann Heike. »Das war der Hammer! So was Tolles habe ich noch nie erlebt.«

Heike pflichtete ihr strahlend bei.

Aus einem Tag waren längst zwei geworden, und die eine Woche ging in die nächste über. Heike hatte nicht geplant, so lange bei Kai zu bleiben, aber es war einfach zu schön in Collioure. Die Tage verstrichen, und trotz aller Schönheit rührte sich in Heike etwas. Sie hatte seit ihrer Ankunft hier keine einzige Nachricht von Stefan bekommen, obwohl dieser laut Internet mit Alex noch einige Tage in Dänemark verbracht hatte und diesen inzwischen wieder zu Hause abgeliefert hatte. Heike schwankte zwischen Sorge und Verärgerung. Hatte er sie gar vergessen? Ein paar Mal griff sie nach ihrem Telefon, legte es dann aber doch wieder beiseite. Eines Abends – sie waren jetzt fast zehn Tage in Collioure – nahm sie all ihren Mut zusammen und schrieb ihm eine Nachricht.

»Hallo?«

Sogleich schickte auch er ein »Hallo!« und einen grinsenden Smiley.

»Ich habe lange nichts von dir gehört, Stefan.«

»Ich sollte dich ja nicht unter Druck setzen.«

»Vermisst du mich immer noch?« Heike kniff die Augen kurz zusammen.

Es kam ein Foto. Es zeigte Stefans Beine und Füße, er saß anscheinend im Gras auf irgendeinem Deich, dahinter das Wattenmeer und ein Sonnenuntergang. Zwischen den Knien hielt er eine Flasche Bier.

Dann schrieb er: »Ja, vermisse dich immer noch. Wäre mit dir sicher noch schöner hier, aber schätze, Greetsiel kann mit Frankreich nicht mithalten.«

Heike lachte leise. »Oh, du Armer. Aber ich plane bald zurückzukommen. Treffen wir uns dann?«

Wieder kam ein Bild. Es zeigte Stefans Gesicht, wie er breit grinste.

»Du Spinner.«

»Bitte melde dich, wenn du wieder auf dem Weg nach Hamburg bist. Ich freu mich riesig, dich bald wiederzusehen!«

»Mache ich!« Heike jagte ein warmer Schauer über die Haut.

»Kann es kaum erwarten. Ich zähle solange weiter Schäfchen hier am Deich.«

Kapitel 31

Von Lyon über Bochum nach Hamburg

Der Abschied von dem kleinen Ort am Mittelmeer war mehr als hart gewesen. Erst hatten sie sich noch ganz tapfer von Ari und Kai verabschiedet, aber als Möppi brav den Berg zur Straße hochgetuckert war, hatte Anja gewimmert und geschluchzt und dann auch Heike. Daraufhin hatten sie beide geheult und zwischendurch doch immer wieder lachen müssen.

Heike war auf die nächste Autobahn gefahren und hatte den Fuß stur aufs Gas gedrückt. Zu groß war die Verlockung, einfach wieder abzufahren und zurückzukehren. Aber sie hatten Kais und Aris Gastfreundschaft lange genug strapaziert. Es war Zeit, sich auf den Weg nach Hause zu machen. Was für Heike eine neuerliche Reise ins Ungewisse bedeutete und für Anja die Rückkehr in ihre winzige Wohnung in dem grauen Betonbau.

In der Nacht hielten sie auf einem Campingplatz bei Lyon. Auch wenn Frankreich immer noch wunderschön war, hatte keine der beiden Lust, sich etwas anzusehen. Am nächsten Morgen frühstückten sie fast wortlos, jede hing ihren eigenen Gedanken nach. Dann ging es weiter

334

Richtung Deutschland. Zwischendurch schrieb Heike Stefan eine Nachricht, dass sie jetzt auf dem Rückweg seien.

»Treffen wir uns bei Hamburg?« Heike hatte noch keine Ahnung, wo und wie, aber sie wollte Stefan unbedingt wiedersehen. Vorher musste sie Möppi zu Gabi zurückbringen.

»Ich mache mich auf den Weg«, antwortete er.

Irgendwo vor Luxemburg brach Anja das Schweigen.

»Du, Heike. Der Alex hatte da eine Idee. Er war ja von der Fahrt mit Stefan genauso begeistert wie ich jetzt von der Fahrt mit dir.« Dabei tätschelte sie Heike kurz den Arm. »Danke noch mal, du weißt gar nicht, wie gut mir das getan hat.«

»Um welche Idee geht es denn?« Heike war wirklich neugierig. Sie hatte Anja des Abends öfter beobachtet, wie diese ganz in Gedanken vor ihrem Laptop gesessen hatte.

»Also, dein Blog, der läuft ja super. Und in dem Forum ist richtig was los. Wir sind nicht die Einzigen, die unterwegs waren. Da sind ein paar ganz tolle Geschichten bei rausgekommen.« Anja drehte sich aufgeregt auf dem Beifahrersitz in Heikes Richtung. »Also, Alex und ich … wir finden, dass man das durchaus noch etwas mehr ausbauen und vielleicht auch professioneller gestalten könnte. Damit Camper und Mitfahrer noch besser zusammenfinden.«

»Hört sich gut an. Macht das doch.«

»Na ja, wir würden gern dein Forum als Grundlage benutzen.«

Heike zuckte mit den Achseln und lachte. »Du, ich habe von dem ganzen Internetkram keine Ahnung. Ich bin froh, dass ich so halbwegs den Überblick behalte mit dem Blog. Wenn ihr euch mehr um das Forum kümmern wollt – dann macht das.«

»Das ist total cool, danke. Das wird super, du wirst sehen.« Anja grinste verschmitzt, und Heike wusste mit einem Mal, dass sie in Zukunft nicht mehr traurig in ihrem Betonbau rumsitzen würde. Sie schien wieder eine Idee für ihr Leben zu haben und die Kraft und den Mut, dies auch anzugehen. Heikes Herz machte einen kleinen Hüpfer. Dafür hatte sich der Weg tausendmal gelohnt.

Als die beiden Frauen sich wenige Stunden später in Bochum voneinander verabschiedeten, heulten sie schon wieder. Heike hatte Anja noch geholfen, ihre Sachen nach oben zu tragen, und Anja war in ihrem Wohnzimmer verschwunden und hatte Heike zwei zuckersüße kleine Strickjäckchen in die Hand gedrückt. »Für deine zukünftige Enkeltochter.«

»Ach, Anja.« Sie hatte mitbekommen, wie Jenny ihr erzählt hatte, dass Finn bald ein Schwesterchen haben würde.

»Das ist das Mindeste, was ich dir geben kann.«

»Und du kommst klar jetzt? Ich meine …«

»Heike, mir ist es seit Jahren nicht so gut gegangen wie gerade, und ich werde es ausnutzen. Du hast mir eine Idee geliefert, die meinem Leben einen Sinn gibt, und ein Vorbild warst du auch. Ich weiß also gar nicht, wie ich dir danken soll.«

Heike drückte Anja noch mal. Ihr fehlten die Worte.

Gerade als Heike zum Fahrstuhl ging, rief Anja: »Wir sehen uns dieses Jahr noch mal wieder, versprochen!«

Bevor Heike nachfragen konnte, schloss Anja grinsend ihre Tür.

Heike fuhr mit einem guten Gefühl weiter. Das nannte man wohl »Urlaub mit Mehrwert«. Sie lenkte Möppi wieder auf die Autobahn und drehte die Musik lauter.

Irgendwo bei Bremen bemerkte sie, dass ihr Telefon klingelte. Nicht am Steuer, ermahnte sie sich. Doch es klingelte unaufhörlich weiter. Sie warf einen Blick auf das Display. Stefan! Na gut, einmal …

»Hey!«

»Heike? Wo bist du?«

Sie hörte sofort, dass irgendetwas nicht stimmte.

»Stefan? Was ist los?« Es war laut bei ihm im Hintergrund.

»Der Bus! Totalschaden. Da war ein Lkw … Auffahrt …«

»Stefan? Stefan, ist dir was passiert?« Heike jagte ein kalter Schauer über den Rücken.

Er schrie ins Telefon, denn der Lärm im Hintergrund übertönte ihn fast. »Mir geht's gut. Der Bus wird gerade abgeschleppt. Ich bin kurz vor Hamburg. Stillhorn, da auf dem Rastplatz!«

»Stefan – ich bin in einer Stunde da.«

Heike hatte noch nie so aufs Gaspedal des armen Möppi getreten wie jetzt, aber es handelte sich schließlich um einen Notfall.

Es wurde etwas mehr als eine Stunde, aber dann kam sie endlich am genannten Rastplatz an und fand auch Stefan dort. Sein Anblick rührte sie. Er saß auf einer Bank, sein ganzes Hab und Gut aus seinem Bus um sich herum verstreut. Er sah aus wie ein Gestrandeter. Was er wohl auch war an diesem Tag.

Heike parkte neben ihm und sprang aus Möppi hinaus. »Mensch, Stefan, was machst du denn für Sachen?«

Er stand wankend auf und kam ihr entgegen. Sie nahm ihn in den Arm und drückte ihn.

»Oh Gott«, stammelte er. »Das ist mir noch nie passiert. Da kam ein Lkw, ich guck noch so, und rums, zieht der rüber. Ich hab nur noch die Mittelleitplanke gesehen, und mein Bus … Mein Bus ist hin. Alles kaputt.« Er schniefte.

Heike drückte ihn. »Oh weh. Aber Hauptsache, dir ist nichts passiert.« Sie schob ihn kurz von sich weg und legte dann sein Gesicht in ihre Hände. »Geht es dir wirklich gut?«, fragte sie nachdrücklich.

»Ich habe ein paar Schrammen am Bein. Ein Krankenwagen war auch da, doch ich wollte nicht mit.«

»Aber mit mir kommst du jetzt mit. Los, Sachen einladen.« Heike schnappte sich schon die erste Tasche.

Stefan stand total unter Schock. Heike sah aus den Augenwinkeln, wie er sich mit zittrigen Händen über das Gesicht wischte.

Als sie von der Autobahn abfuhren, missachtete sie das zweite Mal an diesem Tag die Telefonregel. Sie wählte Gabis Nummer.

»Gabi, ich bin es. Bin gleich da. Ich bringe jemanden mit. Notfall. Stell mal 'nen Schnaps hin!«

Kurze Zeit später hatte Heike es geschafft, Stefan in Gabis Küche zu bugsieren, ihn auf einen Stuhl gesetzt und ihm ein großes Glas Schnaps in die Hand gedrückt. »Trink!«, befahl sie. Alkohol war zwar keine gute Lösung, aber gerade das einzige Heilmittel, das sie zur Hand hatte.

»Was ist euch denn passiert? Alles klar?« Gabi sah perplex auf Heike und Stefan.

»Stefan hatte einen Unfall. Sein Bus ist hin.«

Stefan sah immer noch aus, als hätte man ihn verprügelt.

»DerKleineGelbeBus? Ach du meine Güte, das tut mir leid.« Aus Gabis Stimme sprach tiefstes Mitgefühl. Und auch Heike konnte inzwischen nachvollziehen, wie schwer es Stefan fallen musste, hatte sie Möppi doch selbst ins Herz geschlossen. So ein Wohnmobil, ob groß oder klein, war nicht einfach nur ein Duschklo auf Rädern. Es war ein Teil des Lebens, es schrieb Geschichten, und es war immer für einen da. Wenn man es verlor, dann war es so, als würde man einer Schildkröte den Panzer wegnehmen. Sie legte Stefan tröstend die Hand auf die Schulter.

»Ist Möppi denn okay? Bist du okay, Heike?« Gabi sah ihre Freundin immer noch mit großen Augen an.

»Möppi ist okay. Vielleicht ist sein Tank so gut wie leer, aber er steht sicher und wohlbehalten hinten auf dem Hof. Alles gut. Ich fürchte jedoch, du musst jetzt nicht nur mir, sondern auch Stefan kurz ein Quartier bieten.«

Gabi hob die Hände. »Kein Problem.«

Heike lächelte dankbar.

»Du bist die Beste.«

Kapitel 32

Hamburg

Stefan hatte sich nach ein paar Tagen so weit von seinem Schock erholt, dass er fast wieder der Alte war. In Gabis Wohnung wurde es mit drei Erwachsenen jedoch reichlich eng. Stefan schlief artig auf dem Sofa und Heike im Gästezimmer. Sie waren ja auch nur Freunde. Aber Heike war klar, dass sie Gabis Gastfreundschaft nicht überstrapazieren durfte. Stefan wiederum ging es gerade so wie ihr vor einigen Wochen. Er hatte sein Zuhause verloren und wusste nicht, was er jetzt tun sollte. Und genau genommen hatte Heike auch immer noch kein zukünftiges Zuhause. Ihr brach es fast das Herz, dass ihre Zeit mit Möppi nun vorbei war. Aber das kleine, dicke weiße Wohnmobil würde jetzt wieder Gabis Zuhause werden. Es hatte sich auch etwas Ruhe und harmonische Celloklänge verdient. Heike hatte ihn ja ganz schön in Europa herumgejagt.

Am fünften Tag in Gabis festen Wänden fasste Heike am Morgen einen Entschluss.

»Stefan – du ziehst jetzt erst mal bei mir ein«, sagte sie bestimmend.

»Hier im Gästezimmer?« Er lachte, denn so langsam hatte er seinen Humor auch wiedergefunden.

»Nein, wir gehen heute los und kaufen zumindest mir schon mal ein neues Zuhause.«

Jetzt musste auch Gabi lachen. »Na, du bist ja optimistisch, so schnell kriegst du in Hamburg keine Wohnung.«

Heike grinste. »Ich kaufe auch keine Wohnung?«

»Nicht?« Gabi hob die Augenbrauen.

»Nein – ich kaufe mir heute ein Wohnmobil.«

Stefan schlug mit der flachen Hand auf den Tisch und lachte laut auf. »Wann fahren wir los?«

Sie nahmen Heikes Kombi, der war ja auch noch da, und machten sich auf den Weg zu dem größten Wohnmobilhändler im Raum Hamburg, den sie ausfindig machen konnten.

Ein engagierter junger Verkäufer führte sie durch die Reihen der ausgestellten Modelle.

»Der Holiday MoviCool ist voll klimatisiert mit automatischen Dachfenstern und Fußbodenheizung. Er ist ideal sowohl für den Sommer- als auch für den Winterurlaub.«

Heike und Stefan tappten hinter dem Verkäufer her. Bis jetzt hatte Heike noch nichts gesehen, was ihr Herz rührte. Diese neuen Wohnmobile hatten zwar alle erdenklichen Sonderausstattungen, aber sie hatten kein Herz. Heike rümpfte also auch beim Holiday MoviCool die Nase und schüttelte den Kopf.

»Haben Sie nicht vielleicht etwas Gebrauchtes? Diese Modelle übersteigen unser Budget.« Heike hatte ihr

Sparkonto geplündert. Bis das Haus verkauft wäre, müsste sie damit über die Runden kommen. Sie konnte sich bei Weitem kein Wohnmobil für Abertausende Euros leisten. Ihre erste Euphorie war beim Anblick der Preisschilder schon verflogen. Klimaanlage hin oder her – die waren alle zu teuer, auch wenn der Verkäufer sie noch so anpries.

»Ja, die gebrauchten Wohnmobile kann ich Ihnen auch zeigen. Hier haben wir aber noch den HolidayLiner 365 …«

Heike hörte schon gar nicht mehr zu und zupfte stattdessen an Stefans Hemdsärmel.

»Da – guck mal da.«

Ganz hinten auf der großen gekiesten Fläche blitzte ein blauer Alkoven hinter den ganzen weißen Hochglanzmodellen hervor. Heike und Stefan gingen auf das Wohnmobil zu, ohne auf den Verkäufer zu warten.

Das blaue Ding sah aus, als schliefe es. Seine Rollos an der Frontscheibe waren zugezogen und der Aufbau halb mit einer Plane abgedeckt.

»Hey, wer bist du denn?« Heike kam sich inzwischen überhaupt nicht mehr seltsam vor, wenn sie mit Fahrzeugen sprach.

»Das ist ein alter VW LT 28.« Stefan klopfte dem Wohnmobil sachte auf die Motorhaube. »Schätze, Baujahr 1985. Die sind eigentlich unkaputtbar.«

Heike war inzwischen um das blaue Wohnmobil herumgegangen und stand an der Seite.

»Das ist Greta«, sagte sie jetzt laut.

Stefan trat neben sie. »Hm?«

»Greta, schau …« Heike deutete auf einen verblassten Schriftzug auf dem Alkoven. Da hatte wohl einst Great Mountain gestanden. Nun waren nur noch die Buchstaben »Gre t a« zu lesen.

Der Verkäufer hatte inzwischen bemerkt, dass Heike und Stefan ihre eigenen Wege gegangen waren, und kam ihnen hinterhergeeilt.

Heike deutete auf Greta. »Und was ist mit dem hier?«

»Da kann ich gar nicht viel zu sagen, den haben wir in Zahlung genommen. Zustand innen vier bis fünf. Der hat ein paar Hunderttausend Kilometer auf dem Tacho. Ich würde Ihnen ja empfehlen …«

»Können wir den mal von innen sehen?«, fragte Stefan jetzt.

»Den?« Der Verkäufer schien fast verzweifelt. »Na, wenn Sie unbedingt möchten. Ich weiß aber nicht mal, ob der trocken ist.«

Er suchte an einem überdimensionalen Schlüsselbund den richtigen für die Blaue Greta. Die Tür klemmte etwas, aber dann ging sie mit einem Knarren auf.

Heike stieg zuerst in den Aufbau. Dieses Wohnmobil war eine Ecke größer als Möppi und auch anders aufgeteilt. Im Heck war auf der einen Seite ein breites Bett und auf der anderen eine geräumige Nasszelle mit Toilette. Der Küchenblock befand sich auf der linken Seite, gegenüber sorgten zwei große Schränke für Stauraum. Der Sitzplatz war für vier Personen ausgelegt, mit zwei Sitzbänken, die zueinander standen, einem sehr geräumigen Fahrer- und Beifahrerbereich und einem Alkoven.

Das Holz war alt und abgewetzt, Bett und Sitzecke hatten keine Bezüge, sondern nur blanken Schaumstoff, und es gab auch keine Gardinen an den Fenstern.

»Die Aufteilung ist aber super, oder?« Heike sah zu Stefan.

»Ja, das mit dem großen Bett dahinten ist gut. Und das Holz hier überall ... Einmal abschleifen und streichen, und dann ist das wieder hübsch.«

»Neue Bezüge und ein neuer Fußboden wären auch gut.«

Der Verkäufer kramte in einer Aktenmappe, die er unter dem Arm trug.

»Hm, ja. Der Vorbesitzer hat noch alles neu machen lassen. Reifen, Bremsen, TÜV für zwei Jahre. Aber seine Frau wollte dann doch eine Klimaanlage für Italien.«

»Was soll das Ding denn kosten?«

Heike sah Stefan fast böse an, als er mit leicht abwertendem Ton über Greta sprach. Aber er zwinkerte ihr nur zu.

»Ja, also ... fünftausend Euro.«

»Pff«, machte Stefan und winkte ab. »Heike, komm, ich glaube, wir fahren doch besser zu dem anderen Wohnmobilhändler.«

»Na ja, ich könnte Ihnen den auch für viertausendachthundert Euro geben.«

»Viertausendachthundert Ocken für diese Blechdose? Der muss innen doch komplett renoviert werden.« Stefan machte Anstalten, das Wohnmobil zu verlassen.

»Viertausendfünfhundert, mehr geht nicht.« Der Verkäufer machte ein zerknirschtes Gesicht.

»Viertausendzweihundert, und wir besorgen die Zulassung und holen ihn heute noch ab.«

Der Verkäufer hielt Stefan die Hand hin. Dieser aber trat beiseite und ließ Heike den Vortritt.

»Bitte, schlag ein.«

Nach einer längeren Wartezeit in der Zulassungsstelle bekamen sie ein Kennzeichen für die Blaue Greta. Am Nachmittag weckten sie das Wohnmobil aus seinem Dornröschenschlaf und schafften es zu Gabi auf den Parkplatz. Als Greta da so neben Möppi stand, nahm Heike Stefan von der Seite her in den Arm.

»Meinst du, dass wir das da drin gemeinsam eine Weile aushalten?«

Stefan drückte sie an sich. »Ja, ich glaube schon. Wir haben doch das gleiche Problem.«

»Wir? Welches Problem?«

»Fernweh!«

Epilog

Amsterdam, im August 2019

»Hm, nee, einen Tick weiter links.« Heike dirigierte Stefans Hände über das Heck von Greta.

»Da, ja genau, bitte.«

Stefan klebte vorsichtig mit den Fingerspitzen einen Amsterdam-Aufkleber auf Gretas Hinterteil.

»Perfekt. Sieht super aus.«

Heike trat einen Schritt zurück. Oben rechts prangte ein Hamburger Wappen, aber das war schon drauf gewesen.

»Glückwunsch, dein erster Aufkleber.« Stefan küsste Heike auf den Mund. Das machten sie so seit einiger Zeit, denn keiner hatte Lust gehabt, oben im Alkoven zu schlafen, und so mussten sie sich das Bett ja teilen.

Schon bei Gretas Renovierung waren sie sich nähergekommen, und Heike musste feststellen, dass es sich richtig gut anfühlte. Sie hatte alle Bedenken fortgewischt. Es war egal, was Jochen dachte – und ihre Kinder fanden es gut, dass ihre Mutter nicht in Trübsal verfiel. Jenny hatte die beiden bereits eingeladen, wieder nach Schweden zu kommen, und auch Kai wollte Stefan bald kennenlernen. Heike und Stefan hatte somit schon wieder einige Tausend Kilometer Reiseplanung auf dem Zettel. Zunächst waren sie aber eine Tour durch die Niederlande gefahren. Zum einen, um Greta erst mal kennenzulernen, zum anderen aber auch, um zu sehen, wie es zwischen ihnen im Reisealltag klappte. Es klappte fantastisch.

Heike sah stolz auf ihren ersten Aufkleber.

Auch Stefan nickte zufrieden. »Hast du heute eigentlich schon auf deinen Blog geschaut?«, fragte er dann. »Anja hatte da gestern eine Überraschung angekündigt.«

»Ne, ich guck aber gleich mal.« Heike stieg in Gretas Aufbau. Kuschelig war es geworden im Inneren. Allerdings diesmal ein bisschen mehr Heike als Gabi und ein klein bisschen Stefan noch dazu. Greta erstrahlte in zarten Grün- und Gelbtönen. Stefan hatte etwas Geld von der Versicherung bekommen und einen Teil zu Gretas Renovierung beigesteuert. Das war kein Ersatz für den KleinenGelbenBus, aber genug Startkapital, um aus Greta ein gemütliches Zuhause auf Rädern zu machen.

Heike öffnete den Laptop und rief ihren Blog auf. Wie Anja bei ihrer Rückkehr aus Frankreich angekündigt hatte, war sie fleißig gewesen. Das Forum hatte jetzt eine bessere Struktur und war auch optisch ansprechender. Es tummelten sich inzwischen fast tausend User auf der Plattform, und anhand der Reiseberichte konnte man feststellen, dass die Idee gut ankam. Anja verwaltete die Seiten zuverlässig und gewissenhaft. Sie hatten sogar die ersten Werbeanfragen bekommen. Anja hatte Heike zunächst aufklären müssen, wie so etwas ablief. Aber es schien sich somit eine Möglichkeit aufzutun, mit dieser

Internetseite ein bisschen Taschengeld zu verdienen – und vielleicht eines Tages noch mehr als das.

Auf der Startseite des Forums war ein neues Bild eingefügt worden. Darauf stand ganz groß das Wort »Einladung«.

»Stefan? Haben wir am 21. September eigentlich schon was vor?«

»Ne, ich glaube nicht. Wieso?« Er setzte sich neben Heike und nahm sie in den Arm. Sie schob ihm den Laptop hin.

»Wir müssen zu einem Treffen.« Lachend deutete sie auf den Bildschirm.

»Anja und Alex haben das tatsächlich selbst organisiert. Ein Wochenende, wo sich alle Camper und ihre Mitfahrer noch mal treffen. Da – in Mecklenburg an einem See.«

Sie schrieb Anja gleich eine Nachricht. »Super! Wir freuen uns und kommen auf jeden Fall!«

Anja antwortete prompt. »Hey – ich hatte gehofft, ihr holt mich ab?!« Es folgte ein Smiley und dann: »Keine Sorge, Alex bringt ein großes Zelt mit, ich werde dort schlafen. Aber mit dem Zug nach Mecklenburg zu fahren wäre uncool.«

Stefan las von der Seite her mit und grinste. »Das wird bestimmt gut. Ein bisschen Platz haben wir ja noch, also erst zu Anja und dann auf nach Mecklenburg. Kriegst auch 'nen zweiten Aufkleber dann.«

»Muss ja voll werden, die Greta.«

Heike musste kurz schlucken. Dieses völlig spontane Leben, ohne zu wissen, wo der Weg einen hinführte und

wo man am nächsten Abend sein würde, war noch ungewohnt. Sie wunderte sich insgeheim, dass es ihr so viel
Spaß machte. Sobald sie hinter Gretas Lenkrad saß, war
die vage Angst jedes Mal verflogen.

»Aber wenn wir dann nach Schweden müssen, wegen
des neuen Enkelkindes, dann klebe mir bitte nicht so einen großen schwarzen Schwedenelch hinten aufs Wohnmobil, das ist out«, meinte Stefan.

»Hey, das ist meine Greta. Ich klebe drauf, was ich will.
Du bist hier nur Gast!« Sie knuffte ihn liebevoll in die
Seite und kuschelte sich dann an ihn. »Du darfst dafür in
Italien den Aufkleber aussuchen. Und in Portugal auch.«

Wer glücklich sein will braucht Mut – denn manchmal können Veränderungen wunderbar sein!

352 Seiten. ISBN 978-3-7341-0617-0

Nach dem Tod ihres Mannes zieht es Dagmar den Boden unter den Füßen weg – noch dazu muss sie erfahren, dass Heinrich ihr nur Schulden hinterlassen hat. Das große Haus muss verkauft werden, doch Dagmar will nicht so schnell aufgeben. Voller Tatendrang entschließt sie sich, einzelne Zimmer unterzuvermieten. Heraus kommt eine bunt gemischte WG von Personen, wie sie unterschiedlicher nicht sein könnten. Für Dagmar und ihre neuen Mitbewohner ergeben sich damit nicht nur neue Herausforderungen, sondern vor allem ganz neue Lebenswege. Und das Schicksal einer ganz besonderen Bewohnerin schweißt sie alle enger zusammen, als sie jemals geahnt hätten …

Lesen Sie mehr unter: **www.blanvalet.de**

Eine Prise Glück, ein Löffel Freude und jede Menge Liebe – so schmeckt das echte Leben.

512 Seiten. ISBN 978-3-7341-0011-6

Bürgermeisterin Therese liebt ihre schwäbische Heimat – Wiesen mit sattgelbem Löwenzahn, ein paar sanft geschwungene Hügel und mittendrin Maierhofen. Doch die jungen Leute ziehen weg, und der Dorfplatz wird immer leerer. Als Therese krank wird und das Dorf kurz vor dem Aus steht, raufen sich alle Bewohner zusammen – seien es die drei alten Männer, die immer auf der Bank sitzen, der linkische Metzgermeister Edy oder die schüchterne Christine. Und sie haben nur noch ein Ziel: ihren schönen kleinen Ort zu retten und das erste Genießerdorf entstehen zu lassen – einen Ort, an dem der echte Geschmack King ist!

Lesen Sie mehr unter: **www.blanvalet.de**